ARTEMIS

Volume 6

Narrativa

Pietro Rando

RACCONTI

DEL FERRO

E

DEL SANGUE

Editing e impaginazione: R. D. Hastur

Copertina: Davide Romanini

ISBN: 978-88-6817-060-8

Pubblicato da **Eclypsed Word**

Marchio di **Kreattiva Edizioni**
Via Primo Maggio, 416, 41019, Soliera (MO)
Tel. +39 3316113991 +39 3392494874
Cod. Fisc. 90038540366
Partita IVA 03653290365

Collana "Artemis", 2018

Dedico questo libro a mia madre.

Pietro Rando

Prefazione

L'idea di questo romanzo trae spunto da un racconto breve, scritto da me per hobby, subito dopo la fine della scuola, oltre venti anni fa. Per lo più, l'avevo scribacchiato come passatempo, durante le pause di ricreazione di un corso regionale sull'uso del computer. All'epoca era ben lungi da me l'idea che esso sarebbe divenuto, in futuro, la base per questo romanzo antologico. L'evoluzione del progetto fu molto lunga: inizialmente lo pensai come fumetto seriale, scrissi una sessantina di soggetti e, avendo poca dimestichezza con l'ambiente editoriale, mi limitai a programmare un'auto-produzione con l'appoggio di un amico disegnatore; purtroppo il progetto si arenò subito alle prime tavole a causa di sopravvenuti impegni lavorativi da parte di entrambi. Per il lavoro tralasciai la mia attività di scrittore nei successivi dieci anni, fino a che non fui licenziato, nel 2010. Avevo nuovamente molto tempo libero a disposizione, così decisi di rimaneggiare vecchi racconti da me scritti in precedenza e d'idearne di nuovi. Di lì a poco, iniziai a collaborare con un gruppo di scrittura creativa, conosciuto tramite Facebook e pubblicai i miei primi racconti all'interno di tre differenti antologie; fra gli scrittori con cui ho piacevolmente collaborato in quel periodo, vi fu Natale Figura, il quale mi chiese di dargli una mano con una nuova raccolta di racconti brevi: si trattava dell'Antologia Quattrotemi, pubblicata con Lulu.com, alla quale partecipai con tre dei miei lavori; uno di essi è il racconto d'apertura di questo romanzo. In seguito, decisi di integrare a questo altri racconti brevi, riunendoli in quello che sarebbe diventato Racconti del Ferro e del Sangue.

Il romanzo che vi appresterete a leggere non è, dunque, il classico racconto strutturato con un unico stile di narrazione, bensì una raccolta delle prime tre antologie di racconti brevi: ogni storia potrebbe benissimo camminare da sola, ma insieme esse delineano la saga di un uomo tormentato, cui un destino avverso sembra voler negare la giusta felicità.

Leòn Felìne è un eroe di quei tempi, non tanto famoso da avere un posto nella Storia, ma abbastanza veritiero da riuscire a lasciare, suo malgrado, un'impronta negli eventi. Leòn non è il classico cavaliere senza macchia, bensì un uomo dai mille difetti, il cui unico desiderio è di vivere una vita normale; purtroppo per lui, ciò non sarà possibile e gli stessi eventi lo condurranno a iniziare un cammino che lo porterà, dalla Francia, a intraprendere un lunghissimo viaggio verso oriente.

Per quanto Leòn precorra Marco Polo, il personaggio letterario più vicino a lui è forse l'Orlando Furioso, giacché, come l'eroe descritto da Ariosto, anche Leòn è un uomo impegnato in un'eterna ricerca; punto di distinzione fondamentale, con l'eroe dell'epica Bretone, sta nel fatto che la ricerca di Leòn sarà improntata non tanto al ritrovamento di qualcosa, ma di qualcuno.

Nelle pagine che vi appresterete a leggere, sarà narrata la vita di Leòn, dal momento della sua turbolenta nascita, fino al suo cammino in Terrasanta.

A differenza di buona parte dei racconti, riguardanti il Medioevo, non si tratterà di vicende di Cappa e Spada, bensì, come anticipato dal titolo, di Ferro e Sangue.

Questo romanzo, per me, è stata l'occasione ideale di mettermi in gioco, sperimentando e provando più stili di scrittura. Il mio unico augurio, è che possa piacervi.

Pietro Rando

PARTE I

Le Origini del Guerriero

Nascita di un guerriero

Inghilterra, A.D. 743

Il Cristianesimo si è ormai diffuso in tutta l'Isola, mettendo fine al Paganesimo. Ma vi è ancora un'antica e secolare religione, praticata da piccole fazioni.
Gli ultimi credenti, chiamati 'I seguaci di Daghdna', celebrano in segreto i propri riti.

Un'occulta società deviata della Chiesa, chiamata 'I Cavalieri di Cristo', ha iniziato una tremenda crociata contro la Vecchia Religione.

Chiunque venga scoperto a praticare tali riti, è punito con la morte...

Cominciò con il lampo, seguito dal tuono. Inizialmente fu lontano, quasi flebile, come ciò di cui non si teme. Successivamente, toccò al fulmine colpire un albero al suo passaggio. Non so perché, ma alla vista di tale poderosa scintilla abbattersi sul legno mi sentii sgomenta. Può un fulmine, essere amaro? In quel momento fu proprio questo il sapore nella mia bocca.

Qual triste modo, rammentare quell'evento con amarezza!

Avvenne in una terra di guerre e carestie, solcata da fiumi e brughiere. Accadde tutto pochi giorni or sono, ma a me sembrano già trascorsi diversi cicli solari.

Mi chiamo Vivianna e sono una Sacerdotessa della Grande Madre; sacerdotessa di una religione che gli invasori cristiani delle nostre terre bollano come pagana. La verità è che loro stessi sono i veri pagani: il nostro Culto era presente in queste terre fin dall'alba dei tempi!

Il pensiero ritorna a quella notte, il cielo senza stelle, buio come pece. Il firmamento si era coperto di sinistre nubi solcate da fulmini che ogni tanto ne illuminavano l'oscurità, ma era la mia notte... il momento in cui avrei dato alla luce il mio bambino.

L'avevo portato in grembo per due solstizi, ogni giorno l'avevo sentito crescere in me. Non era solo un figlio generato nella notte di Beltane, ma molto di più! Nel suo sangue, scorreva potente lo Spirito del dio guerriero. Suo padre, Accolon, era l'ultimo discendente di una grande stirpe di guerrieri Pendragon; io, invece, fui prescelta dalla Grande Madre per donargli la vita.

Questa nostra unione avrebbe portato un nuovo equilibrio nelle terre di Britannia, a patto che il nostro destino compisse il suo corso.

Le torce erano accese da un po', quando iniziarono le prime doglie. Uno dopo l'altro, i druidi e le levatrici si alternarono ad accudirmi, tenendomi al caldo. Quando giunse il momento della rottura delle acque, mi fecero distendere su una portantina, accompagnandomi nel luogo dove avrei partorito. Cinto dalle Antiche Pietre, che fungevano da accumulatori d'energia divina, il Tempio Megalitico si ergeva nella sua arcaica maestosità. All'interno del cerchio di pietre un menhir coricato fungeva da altare, al centro di questo era stato tracciato con polveri di gesso un pentacolo bianco racchiuso in un cerchio sulle cui punte erano state poste le torce per illuminare il sentiero divino; per ognuna di esse, un druido era stato incaricato di fungere da guardiano contro gli spiriti malvagi, sui quali evocava gli incantesimi e i sortilegi più adeguati.

Disposti in un cerchio più grande, i druidi minori eseguirono le danze rituali, intonando le parole di Coloro Che Abitarono Prima Di Noi.

Attesero il mio arrivo, purificarono il mio corpo tracciandomi sulla pelle i simboli della Grande Madre. I portatori mi aiutarono a sistemarmi sull'altare, sopra un piccolo affossamento. Era un piano d'appoggio che mi permetteva di stare comoda, come l'avessero scolpito apposta per la mia schiena. Ero vestita solo di una tunica blu, legata in vita da una corda.

Il capo dei druidi, che mi aveva assistito per tutto il travaglio, aprì le mie gambe, aiutato da altre due sacerdotesse che mi tenevano ferma. Come se un terremoto avvolgesse le mie carni, iniziai a fremere. Un immenso dolore pervase il mio corpo all'altezza dello stomaco:

- Il bambino, - disse una delle due sacerdotesse. - È troppo grande per il grembo della madre!

Costei aveva dato voce alle paure che fino allora mi avevano accompagnato nella mia gravidanza. Date le dimensioni del mio ventre, entrambe avevano pensato che fossero due gemelli. Invece era uno solo, ma grande quanto due: evidentemente aveva ereditato la stazza dal padre:

- Prendi, - mi disse il Capo dei Druidi, porgendomi un recipiente colmo di un liquido scuro. - Ti aiuterà a non sentire dolore.

L'uomo mi fece bere una pozione dallo strano sapore. All'inizio sembrò che i miei sensi iniziassero ad acuirsi, poi a un tratto rimasi quasi incosciente. In quel mentre, il bambino iniziò a farsi largo verso l'uscita.

Mi sentivo come estraniata dal mio corpo, come se quella donna non fossi io. Udivo le mie urla, era la mia voce, eppure non sentivo il dolore.

Poco prima di partorire, mi parve di vedere uno strano animale balzarmi addosso e artigliarmi il grembo; si trattava di una belva che non avevo mai visto: somigliava a un gatto, ma molto più grande e massiccio; possedeva fauci, piene di denti aguzzi e il suo ruggito raggelava l'anima, tuttavia la sua folta criniera gli dava un ché di regale, come fosse stato l'incarnazione di un Re.

Fu l'ultima cosa che vidi, prima di svenire. Quando riaprii gli occhi, vidi il druido prendere in braccio mio figlio appena nato.

Le altre sacerdotesse lo avevano lavato del mio sangue e staccato dal cordone ombelicale.

Vidi Taliesin, il capo dei druidi, sollevare a due mani il neonato verso il cielo.

Da quel momento, il suo spirito avrebbe acquisito la consapevolezza di Chi Sarebbe Stato Sempre Più Grande di Lui.

Fu lì che cominciai a temere sul destino di mio figlio, avrebbe mai avuto una buona vita? Presi il bambino tra le braccia: così piccolo, ma allo stesso tempo così grande. Pareva fosse già pronto ad affrontare il mondo, persino il suo vagito era potente, quasi un ruggito!

Una grande volontà albergava in lui, la stessa che lo portò d'istinto a cercare il mio seno per la prima poppata.

Fu allora che me ne accorsi: uno strano segno adornava il suo petto, come se glielo avesse lasciato la belva, incidendogli a sangue la carne con i suoi artigli acuminati.

In quel momento capii: quell'animale era uno Spirito, incarnatosi nel mio bambino; in seguito seppi trattarsi di un leone, il più maestoso dei felini... lo avrebbe protetto per tutta la vita.

Spossata, mi addormentai felice con mio figlio sul petto ancora intento a poppare.

Nel cielo sopra di me, nuvole nere cariche di pioggia iniziarono ad ammassarsi.

Ma la mia felicità si sarebbe presto trasformata in angoscia.

I druidi, avevano interpretato correttamente i segni del temporale e iniziarono a operare le loro magie per allontanarne il male.

Purtroppo altri occhi avevano osservato il nostro rito: occhi accecati dalla brama di sangue.

Si facevano chiamare Cavalieri di Cristo, ma erano in realtà mercenari e fanatici della peggior specie: la loro Crociata era la scusa per agire indisturbati nelle loro scorrerie e trarre profitto dall'omicidio e dal ladrocinio. Costoro bramavano ricompense ultraterrene, promesse loro da un Arcivescovo che da tempo aveva perso ogni traccia di santità o di spiritualità, annegate nel sangue delle mie genti. Col beneplacito del Re, avevano iniziato una feroce repressione contro tutti i riti pagani, puntando il dito su noi Seguaci di Daghdna: eravamo colpevoli secondo le loro leggi, in quanto peccatori e lussuriosi; al fine di debellare il nostro credo, ci accusarono addirittura di fare patti col Maligno, la loro Entità malvagia. La verità era che molti di costoro agivano solo per denaro: la missione ufficiale della Chiesa divenne solo un pretesto per depredare la povera gente. Ci avevano cercato in ogni casa, braccati come fossimo stati animali, molti dei nostri vennero torturati fino alla morte. Eravamo rimasti solo noi pochi superstiti di un culto, presente su queste terre prima ancora che il suolo Britannico fosse calcato dalle Legioni Romane. Eravamo gli ultimi, e per questo dovevamo morire!

Gente di questo stampo erano coloro che avevano spiato il mio parto, dall'alto di una collina vicino al tempio; vigliacchi di questo tipo, che s'affrettarono a chiamare i loro servitori armati.

***

Fui svegliata da un improvviso rovescio di pioggia. Era di nuovo notte e mi trovavo al riparo dentro una tenda, riscaldata da un piccolo braciere.

Il neonato dormiva accanto a me e per la prima volta notai al mio fianco Accolon, che ci guardava entrambi con dolcezza. Era venuto anche lui a veder nascere suo figlio, ma a causa di un incidente occorso al suo cavallo, era arrivato solo il giorno dopo.

Inizialmente, avevo giaciuto con lui nella notte di Beltane soltanto per obbedire alla Grande Madre e concepire un figlio, tuttavia mi era stato impossibile non provare amore per lui: Accolon aveva un fisico possente e nerboruto, ciò nonostante era stato molto dolce e premuroso con me; nonostante le considerevoli dimensioni del suo fallo, proporzionate al resto del corpo, era persino riuscito a non farmi troppo male durante la penetrazione.

In quel momento lui era lì, a guardare me e il nostro bambino con aria trasognata. Era curioso notare come un guerriero di stirpe Pendragon, con draghi tatuati sugli avambracci, dallo spirito indomito e abituato a uccidere molti uomini, riuscisse a divenire docile come un agnellino al momento di esser padre per la prima volta. A un tratto mi chiesi se, in un'altra occasione, avessi mai potuto sposare un uomo del genere. Purtroppo per me, il destino tracciatomi dalla Grande Madre prevedeva tutt'altro.

Accadde all'improvviso e fu il panico generale.

I Cavalieri di Cristo piombarono su di noi con i loro cavalli sbuffanti, feroci al pari di chi li cavalcava.

Ricordo Accolon prendere in braccio me e nostro figlio per portarci fuori, prima che la tenda fosse incendiata. Nel frattempo attorno a noi, i Cavalieri del Cristo avevano messo a ferro e fuoco tutto l'accampamento. Uccidevano chiunque, senza distinzione di sesso o di età: non vi era traccia di amore o di nobili ideali nei loro fiammeggianti occhi colmi di cupidigia; nemmeno i bambini furono risparmiati dalla loro crudeltà, alcuni furono letteralmente arsi vivi, le loro urla agghiaccianti arrivarono alle mie orecchie insieme al lezzo di legna e di carne bruciata.

Alcuni druidi si unirono a noi nella fuga, ma furono presto raggiunti da tre nostri nemici a cavallo. Vidi la testa di Taliesin mozzata dalla spada di un cavaliere, mentre Accolon riuscì a mettermi in sella a un cavallo, assieme al nostro bambino:

- Scappa! Raggiungi Dover, usa quest'anello per pagarti il passaggio per la Francia e fa appendere questo stemma alla loro bandiera! Una volta arrivata a Calais, qualche nostro seguace si metterà in contatto con te!

Mi diede l'anello e il suo vessillo: un drago rosso su sfondo bianco. Senza lasciarmi il tempo di replicare mi attirò a sé e mi baciò; il suo ultimo bacio d'addio. Con la coda dell'occhio, gli vidi dare una manata al cavallo affinché partisse al galoppo. Mi voltai indietro, giusto in tempo per vedere Accolon estrarre la spada e affrontare da solo a piedi quei tre cavalieri.

- Fatevi sotto, cani bastardi, - lo sentii gridare gettandosi nella mischia. - Oggi morirete per mano di un Pendragon!

Lo vidi uccidere il primo dei tre e costringere gli altri due ad affrontarlo, mentre io riuscivo a scappare. L'unica mia consolazione di quegli istanti fu che mio figlio fosse riuscito a non piangere. Addirittura, più di una volta lo vidi cercare di prendere la mia mano, come per darmi forza!

Con le lacrime agli occhi, spronai il cavallo fin quasi a sfiancarlo. I sentieri divennero strade e ai loro bordi iniziarono a esservi case, finché, giunta che fui a Dover potei finalmente vedere il mare.

Si era fatta l'alba e mio figlio cercò il mio seno per la poppata, esausta scoprì la mia tunica per allattarlo.

Avevo un aspetto scarmigliato e assomigliavo a una pazza isterica più che a una sacerdotessa, ciò nonostante una famiglia di marinai mi accolse nella sua casa. Mi trovarono in strada, mentre chiedevo informazioni sui battelli che facevano la spola nella Manica. Erano seguaci del Vecchio Culto: riconobbero lo stemma dei Pendragon in cui avevo avvolto il bambino e fecero in modo di nascondermi. Mi diedero ristoro e si offrirono di portare me e il mio bambino in Francia.

Si trattava di una coppia di anziani che condividevano la casa con i loro tre figli pescatori, sarebbero stati questi ultimi ad accompagnarci nella traversata. Saremmo partiti l'indomani, ma l'arrivo dei Cavalieri di Cristo segnò irrimediabilmente il mio destino.

Alcune persone mi avevano vista al porto, da costoro i Cavalieri di Cristo seppero della mia presenza in Città, presto avrebbero trovato anche me. Fu allora che capii...

Per salvare mio figlio, avrei dovuto sacrificare me stessa.

Diedi ai pescatori le istruzioni fornitemi da Accolon e consegnai loro il bambino, insieme al vessillo e all'anello; chiesi loro degli stracci che annodai in un fagottino. Infine, dopo essermi assicurata che nessuno potesse vedermi e far scoprire anche loro, uscii dalla casa. Montai a cavallo e mi misi a correre per andare il più lontano possibile.

Incrociai un drappello di Soldati di Cristo e li obbligai a seguirmi, spronando il cavallo come un'ossessa per mettere quanta più distanza possibile fra loro e il mio bambino.

Percorsi almeno un paio di leghe, prima che il mio cavallo crollasse stecchito per la stanchezza.

Fui catturata dai Cavalieri di Cristo alle porte di Longbridge, dopo che riuscii a percorrere a piedi un altro miglio. Per prima cosa colpirono il fagottino che portavo in braccio, aspettandosi di vederne fuoriuscire il sangue. Cocente fu la delusione nei loro occhi quando scoprirono che, al posto del mio bambino, le loro spade avevano infilzato solo un mucchio di stracci.

Mi catturarono viva, conducendomi di fronte all'Arcivescovo. Egli, nella sua infinita carità cristiana, aveva fatto appendere Accolon a una delle travi del soffitto. Vidi il corpo massiccio del mio amante di Beltane pieno di ferite: aveva venduto cara la pelle; seppi che ci vollero ben venti uomini per accerchiarlo e catturarlo. Era ancora vivo e, nonostante nessuna tortura gli fosse stata risparmiata, nulla pareva aver piegato il suo spirito.

I nostri sguardi s'incrociarono e bastò un impercettibile cenno del mio capo per fargli capire che nostro figlio era salvo: il suo sguardo s'illuminò e un mezzo sorriso piegò le sue labbra tumefatte. Avevamo fatto insieme il nostro dovere ed entrambi saremmo morti, ma né l'Arcivescovo, né altri Cavalieri di Cristo avrebbero mai più potuto raggiungere il nostro bambino.

L'Alto Prelato addentò un morbido cosciotto d'agnello con patate, servito su un grosso vassoio d'argento... pensare che il bastardo predicava la povertà e la morigeratezza nei suoi potenti sermoni della domenica!

L'odore speziato della carne mi arrivò alle narici, ricordando al mio stomaco che ero ancora digiuna dal giorno prima. L'Arcivescovo mi squadrò, quasi schifato dal mio aspetto, eppure un tempo, anch'egli aveva bramato di avermi; poco importava che il suo desiderio di lussuria fosse proibito dal suo credo. In fin dei conti, per quale motivo non peccare, se poi ci si può assolvere confessandosi? Da quando mi aveva vista egli aveva anelato di possedere il mio corpo, nonostante io l'avessi rifiutato; abituato ad avere qualunque cosa desiderasse, aveva provato a irretirmi con doni che io, puntualmente, rimandavo indietro.

Il mio rifiuto l'aveva fatto incaponire ancora di più nei miei confronti, poi vi fu la notte di Beltane e tutto cambiò. Come seppe che ero rimasta incinta durante un rito pagano, quel che prima poteva assomigliare all'amore divenne il più cupo odio. Incapace di farsene una ragione, l'Arcivescovo rispose con la vendetta. Allettato da essa, l'Alto Prelato si unì ai Cavalieri di Cristo, fino a divenirne uno dei massimi esponenti.

Con lo stomaco ancora preda dei morsi della fame, lo vidi addentare un altro pezzo di carne. Il corpo del religioso era scheletrico, quasi fosse sempre affamato; teneva la postura della schiena sempre piegata in avanti, come un lupo pronto ad azzannare; il naso, di contro, somigliava più al becco di un rapace. Come un avvoltoio, egli aveva atteso il momento più propizio per accusarmi:

- Pazza, - disse, aggredendomi con voce tonante. - Vi rendete davvero conto di cosa avete fatto?

Si era voltato verso di me, incurante che la sua preziosa stola ricamata con motivi in oro finisse dentro il piatto. Guardandomi con occhi fiammeggianti, si era poi alzato in piedi, puntandomi il dito contro, sibilando:

- State lasciando che il seme del Maligno contamini questa terra!

Sostenni il suo sguardo, quindi gli sputai addosso:

- Il seme del male ha contaminato voi per primi, - dissi, urlandogli contro con tutto il fiato rimastomi in gola. - I nostri riti ci mettono in comunione con lo spirito della natura. Essi sono più antichi di qualsiasi altro culto e soprattutto non hanno mai recato male a nessuno! Avete forse dimenticato? Vi fu un tempo in cui voi, venendo da stranieri a predicare su queste terre in pochi e sparuti gruppi, elemosinavate qualunque cosa! Noi vi abbiamo accolto in pace e sfamato! I primi di voi hanno condiviso parecchio con la nostra gente, eppure adesso noi siamo divenuti il male per tutti i vostri seguaci! Predicate l'umiltà, eppure vestite d'abiti ricamati in oro! Predicate la morigeratezza nel cibo e invece v'ingozzate come maiali! Predicate il perdono, ma non vi fate scrupolo di uccidere donne e bambini! E vogliamo forse parlare di cosa mi dicevate o cosa avete fatto pur di potermi avere nel vostro letto? Chi, fra noi due è il vero Maligno?

Lo vidi diventare paonazzo di rabbia: avevo colpito nel segno.

La sua vendetta nei miei confronti sarebbe stata tremenda, ma avevo distolto la sua attenzione da mio figlio, facendo ancora guadagnare tempo alla famiglia di pescatori:

- Strega! Sgualdrina di Satana! Come osate mettere in dubbio la nostra moralità? Voi siete la sola responsabile di questo male che contamina la nostra terra, - continuò L'Arcivescovo, infuriato. - I peccati di lussuria di voi pagani hanno annebbiato il vostro giudizio e avvelenato la vostra anima; solo il rogo potrà salvarvi! Prendetela! Che il fuoco purificatore mondi la sua anima dal peccato!

Due guardie mi trascinarono fuori dalla stanza. Portavano gli elmi e i loro volti erano imperscrutabili, mi chiesi se anche loro avessero mogli e figli ad attenderli a casa.

La pira fu allestita al centro della piazza, vidi la gente lanciare insulti verso me e Accolon, al quale non sarebbe stato risparmiato il mio supplizio: lo incatenarono a dei ceppi; lo avrebbero torturato, per poi decapitarlo dopo la mia esecuzione.

Mio dolce e valoroso Accolon, quale meraviglioso marito e padre saresti stato, qualora le cose fossero andate diversamente!

Spossata nel corpo e nell'animo, mi lasciai trascinare inerte verso il rogo.

L'Arcivescovo in persona venne per assicurarsi della mia fine, prese in mano la torcia per essere lui stesso a infliggermi la pena.

- Con questo fuoco io purifico la tua anima dal peccato, - disse, benedicendo la mia anima e facendo morire la sua nell'estasi della vendetta. - Possa essa trovare misericordia in Paradiso!

Abbassò la torcia lentamente, per rendere il gesto ancora più solenne. La paglia secca prese fuoco velocemente, presto il calore iniziò ad avvolgere il mio corpo.

Chiusi gli occhi, rivolgendo alla Grande Madre un'ultima preghiera. Come se Ella l'avesse già intuita, ritrovai la mia anima a librarsi sopra il mare: divenni un gabbiano, volteggiante sopra una barca di pescatori. Li riconobbi subito, soprattutto il fagottino che la moglie di uno di loro teneva in braccio, mostrandogli le coste della Francia.

Era mio figlio! Era salvo!

Lacrime dolci scesero sul mio viso lambito dalle fiamme. Li riaprii un'ultima volta, col poco fiato rimastomi in corpo provai a dire ad Accolon che nostro figlio era al sicuro, ma l'unica cosa che notai fu una piccola fiammella del rogo arrivare sulle corde ai polsi del guerriero.

Vidi il mio possente uomo, in un ultimo estremo gesto, liberarsi, prendere la scure al boia e conficcarla nella testa dell'Arcivescovo, aprendogliela a metà.

Fu la confusione.

La gente, impaurita da Accolon, iniziò a scappare in tutte le direzioni, impedendo di fatto alle guardie d'intervenire.

Per un momento, con la coda dell'occhio, mi parve veder fuggire il mio amante fra la folla, ma io avevo già lo sguardo al cielo, dove vidi la Grande Madre nella sua luminosa veste bianca attendermi a braccia aperte.

Allungai le mie membra verso di Lei e la abbracciai ringraziandola, poiché, anche se quel giorno si era presa la mia vita, alla fine ne aveva risparmiata almeno un'altra...

Un incontro decisivo

Quell'anno, a Calais l'autunno era giunto in anticipo regalando ai suoi abitanti un po' di frescura. Le nubi frustate dal vento, se ne erano andate via lasciando il cielo sereno. Gli abitanti ne avevano approfittato, uscendo per le vie della città dove tutto era un fluire di carri e di gente pronta a far affari.

Accadde proprio quel giorno che Boswich il Cacciatore, detto Felìne, passasse per Calais col suo carico di pelli. Era stata un'annata poco fortunata dalle sue parti e l'uomo era salito su al Nord, per unirsi ad altri compagni nella caccia ai lupi in Bretagna. Egli aveva deciso di passare per Calais giusto il tempo di barattare la sua merce, preferibilmente con nuove punte di freccia e vino. L'uomo, nonostante l'eccessiva corpulenza e il peso della sacca che portava a tracolla, camminava per le vie del porto di buon passo. Il lungo arco di tasso riusciva a non ostruirlo nei movimenti, garantendogli le braccia libere. Non a caso, egli l'aveva posizionato in mezzo alle scapole, alla maniera dei Britanni da cui discendeva. Giunto nei pressi di alcune imbarcazioni l'uomo fece mente locale, cercando di ricordare la posizione della locanda dove aveva pernottato il mese prima. La padrona, seppur tracagnotta nel fisico e non bellissima d'aspetto, era stata estremamente gentile con lui, ospitandolo nel suo letto per la notte. Per Boswich, abituato alle giornate di caccia passate in solitudine, era stata una bellissima nottata. Preso dal ricordo di quei bei momenti, l'uomo aveva atteso con trepidazione il momento in cui poter fare ritorno in quel posto. L'idea, di riveder quella donna e passare altri bei momenti nel suo letto, gli solleticò il desiderio, ma non prima di potersi scaldare lo stomaco con un buon pasto. Preso dalla voglia di arrivare al più presto alla locanda, il cacciatore osservò nelle varie direzioni in cerca di orientamento. Il sole non era forte, tuttavia un sottile lampo riuscì ad abbagliarlo. Accecato dal riverbero, l'uomo distolse gli occhi solo il tempo necessario da posarli su qualcosa d'inaspettato. Si trattava di uno strano simbolo, a lui decisamente familiare. Boswich focalizzò lo sguardo per vedere meglio, quando qualcosa d'inimmaginabile attirò la sua attenzione.

Era approdata una barca di pescatori, proveniente dall'Inghilterra. Dalla sua posizione, egli poteva vedere i marinai a bordo compiere le operazioni di attracco. Fin qui non vi sarebbe stato nulla di strano, ma ciò che attrasse l'attenzione del cacciatore aveva radici ben più profonde.

Aveva a che fare col suo passato, qualcosa che avrebbe voluto dimenticare ma che avrebbe sempre ricordato. Il vessillo Pendragon raffigurante un drago rosso in campo bianco, sfidava apertamente la sorte esposto sull'albero maestro accanto alla bandiera Inglese.

Boswich era ancora ragazzo quando, insieme a pochi altri, era stato iniziato ai misteri di Daghdna. Nel tempo, con lo studio e una buona costanza, egli sarebbe potuto divenire anche druido, se non fosse stato per il suo carattere irascibile. Da che rimembrasse, il giovane cacciatore non perdeva occasione per attaccar briga anche per un nonnulla. Ciò lo rendeva odioso per gli altri compagni che al contrario, s'impegnavano più di lui a portare pace e armonia fra la gente. Questo suo modo di fare lo aveva in seguito allontanato dal culto, per il quale una delle principali virtù richieste era proprio la pazienza verso il prossimo. Ciò nonostante, l'uomo non aveva dimenticato chi si era prodigato per lui nel momento del bisogno. Alcuni druidi lo avevano sostenuto fino alla fine, pagandogli l'imbarco sulla nave diretta in Francia durante uno dei primi esodi.

La persecuzione della Chiesa Romana, verso qualsiasi forma di paganesimo in Inghilterra, si era fatta insostenibile. Ciò costrinse molti a emigrare verso altre terre. Si erano resi necessari pochi secoli, affinché le piccole comunità cristiane presenti in Gran Bretagna divenissero numerose e potenti più degli adoratori degli antichi Dei. Erano bastate le parole di pochi Vescovi, timorosi dei vecchi culti, a far scatenare nei loro confronti una feroce crociata. All'inizio, i Cristiani erano stati accolti in pace convivendo in'armonia con gli altri culti.

Da allora, era passata parecchia acqua sotto i ponti. I preti di adesso erano molto differenti dai primi missionari giunti in quelle terre.

Nuove frange di fanatismo religioso Cristiano avevano contaminato il loro credo che, col benestare del Re, prosperava in parecchie parti dell'Inghilterra.

Diversa era la situazione in Francia, dove il culto di Daghdna era definitivamente scomparso da qualche tempo. All'epoca, molti abitanti in quelle terre pensavano che tale culto si fosse estinto e quei pochi ancora a conoscenza si contavano ormai sulla punta delle dita.

Fu con un misto di curiosità e timore che Boswich si avvicinò alla barca. Chi si fosse trovato a passare di lì per caso avrebbe notato una semplice imbarcazione da pesca, i cui occupanti erano intenti a scambiare merci con altri colleghi e mercanti d'oltremanica.

C'era un ché di strano nella presenza di quello stemma, che si fosse trattato di una trappola per scovare qualche seguace? Il cacciatore decise di aspettare, del resto non aveva altri impegni.

Fortunatamente, non dovette farlo a lungo.

Dopo un po' si presentò un mercante, un seguace che l'uomo aveva conosciuto di vista quando era sbarcato a Calais la prima volta. Costui si fece avanti eseguendo con la mano il segno segreto di riconoscimento ai pescatori, ma essi non lo riconobbero. Pensando fosse una trappola, il commerciante si defilò.

Tuttavia, Felìne non fu molto sicuro che quegli uomini fossero realmente spie della Chiesa Inglese. Sembrava davvero una famiglia di gente di mare, inoltre la donna aveva in braccio un bimbo appena nato. Quale spia degna di tale nome si sarebbe portata appresso un infante? C'era qualcosa che non andava, forse era davvero un agguato. In quel caso, se l'avessero preso, gli avrebbero fatto la pelle. Poteva esserci anche un'altra spiegazione, ma se così non fosse stato? Se avesse avuto ragione, egli avrebbe potuto riscattarsi con chi l'aveva aiutato in passato.

Doveva saperne di più...

Con fare distratto, si avvicinò alla donna, quel tanto che bastò per sentirne i discorsi fra lei e il marito rimasto sulla barca:

- È necessario partire, Maude, - disse il pescatore. - Fra poco si alzerà il vento e dobbiamo approfittarne se vogliamo essere di nuovo a casa per domani!

- È vero, ma ancora nessuno si è fatto vivo, - protestò la moglie.

- Inoltre non farebbe bene al bambino compiere subito una seconda traversata!

- E va bene, - rispose stizzito il consorte. - Ma se nessuno si presenta, faremo a modo mio: il bimbo sarà cresciuto da nostro figlio Ben!

Dunque era il neonato l'unico motivo dello stendardo Pendragon appeso all'albero maestro! Assicuratosi che non ci fosse nessun altro sul molo, Boswich si avvicinò alla signora tenendo pronta la mano sul coltello da caccia, qualora la situazione l'avesse richiesto:

- Perdonate, madonna, - esordì schiarendosi la voce. - Forse posso esservi utile... per caso qualcuno vi ha istruito per quanto riguarda il bambino?

Maude trasalì di fronte a quel selvaggio spuntatole improvvisamente da dietro, coperto sul petto da pelli di lupo. Ella si sarebbe aspettata d'incontrare un nobile, o qualcuno di più alto rango. Costui invece, sembrava un bandito appena uscito dalla galera. Poteva davvero fidarsi?

D'altronde, la persona che l'aveva remunerata non aveva fatto alcuna descrizione di chi si sarebbe presentato. Un caprone come quello, senza alcuna apparente educazione, sarebbe stato in grado di proteggere il bambino?

Maude decise di fidarsi del suo istinto. Dentro di sé, la donna chiese agli dei un segno, il neonato sorrise e ciò la rassicurò:

- Accidenti a voi, - disse a fil di voce. - Per poco non mi spaventavate! Ce ne avete messo di tempo, per farvi vivo!

- Chi siete voi? - domandò Boswich. - Non mi sembrate seguaci di Daghdna...

- Non lo siamo infatti, anche se rispettiamo il Vecchio Culto, - rispose ella, tranquillizzata dal fatto che l'uomo avesse riconosciuto lo stemma. - Siamo una famiglia di pescatori e risediamo a Dover. Due giorni fa una donna, la madre di questo bambino, ce lo ha affidato per traghettarlo qui, a Calais.

La moglie del pescatore si fermò un attimo, per sedersi sopra una cassa. Si sistemò meglio la creatura in braccio, dandogli un pezzo di pelle a mo' di ciuccio, il bimbo sembrò gradire il nuovo succhiotto. Poi, la donna continuò:

- Ci ha dato un anello d'oro come pagamento per la traghettata, avvisandoci che qualcuno si sarebbe messo in contatto con noi all'arrivo, anche se non credevo sareste stato voi. Siamo arrivati questa mattina e vi abbiamo aspettato, finalmente vi siete fatto vivo... ecco! Tenete!

Boswich non sapeva che pesci prendere quando la donna, alzatasi in piedi, gli mise il piccolo fardello fra le braccia. Il neonato si dimenava in cerca di una migliore posizione, costringendo il cacciatore a stringerlo meglio a sé.

Per un breve istante, l'uomo ebbe comunque l'impressione che gli sfuggisse di mano, ciò lo fece sussultare a tal punto da fargli temere per lui!

Qualcosa scattò dentro il suo animo. Esplose potente, come la furia di un uragano. Da quel giorno, la sua missione sarebbe stata quella di proteggere quel bambino! Qualsiasi cosa fosse accaduta, era necessario che sopravvivesse! Lo guardò nuovamente, dritto nei suoi piccoli occhietti grigi e d'un tratto comprese che, forse, era stato il destino ad affidarglielo. La vita che il cacciatore aveva condotto fino a quel momento non l'aveva mai portato a generare figli o ad accudirli. Quello che aveva in braccio era un essere troppo delicato, tanto che l'uomo ebbe nuovamente paura di farlo cadere. Eppure, quel pargoletto non sembrava per nulla intimorito dall'aspetto rude del cacciatore:

- È un bravo bambino e sembra forte come un toro, - continuò Maude. - Vi lascio anche la nostra capra per allattarlo. Non mangiatela!

- Ma, io... - biascicò confusamente l'uomo.

- Finché non troverete qualcuno che possa prendersi cura di lui, - insisté la donna. - Dovrete farlo mangiare quattro volte al giorno! È bello grosso e ha sempre fame...

Felìne non seppe cosa fare, la successiva domanda gli venne d'istinto:

- Ha un nome?

- A essere sincera, non lo so, - rispose Maude. - Quando piange sembra un gatto...

Incuriosito, l'uomo ne guardò il corpicino, sul quale s'intravedeva una buona possanza fisica.

Da grande, avrà sicuramente spalle larghe. È un piccolo felino, ma forte come un leone...

Maude diede un ultimo bacio al neonato, avendo comunque ormai imparato a volergli bene. In un'altra situazione, ella non si sarebbe mai fidata di un tipo come Boswich, eppure il pargolo pareva trovarsi a proprio agio. Era strano vedere quel dolce frugoletto fra le braccia di quell'essere tarchiato, barbuto e puzzolente come un caprone:

- Addio piccolo, - disse la donna con voce roca, rivolta al bimbo.

- Abbi cura di te!

L'uomo avrebbe voluto replicare, ma era come paralizzato. L'infante riusciva a monopolizzare tutta la sua attenzione, estraniandolo dal resto del mondo. Vedendo l'uomo silenzioso, perso negli occhi di quel faccino cui sembrava già voler bene, la moglie del pescatore credé di poter lasciare il bambino al sicuro.

Trattenendo una lacrima e senza voltarsi indietro per non affezionarsi ancor di più a quella creatura, Maude si avviò verso la barca, dove vi salì accompagnata dal marito. Il suo compagno le cinse le spalle con un braccio. Quella sera, calde lacrime sarebbero cadute sulla sua spalla. Con molta pazienza, egli l'avrebbe consolata stringendola a sé, aiutandola col tempo a farsene una ragione. Fu così che alla fine, Boswich rimase solo sulla banchina del porto col neonato in braccio e la capra per compagnia.

In tutta Calais non vi era coppia più strana a vedersi. Il cacciatore non aveva mai avuto modo di conoscere a fondo i suoi genitori, morti durante una repressione della chiesa in Inghilterra quando aveva solo cinque anni. Era accaduto trentacinque anni prima. Suo padre e sua madre erano stati brutalmente uccisi dai soldati per ordine del Vescovo. Se chiudeva gli occhi, Felìne vedeva ancora il volto di sua madre metterlo in salvo, nascondendolo dentro una cesta. Poco dopo, lei sarebbe stata trafitta da una spada.

Al solo pensarci, l'uomo ne udiva ancora le urla.

I cavalieri di Cristo li avevano scovati durante una retata; suo padre era un conciatore che non aveva mai fatto del male a nessuno, ma a quanto pareva non importava. Avevano bussato alla porta, intimando ai suoi genitori di aprire. Suo padre prese tempo, per dar modo alla moglie di nasconderlo. Da bambino, Boswich si divertiva a intrufolarsi dentro le ceste colme di pelli da trattare, quel giorno non sarebbe stato un gioco. Ricoperto completamente da più strati di pelame, il piccolo Felìne udì le grida di dolore dei suoi genitori mentre venivano trucidati. Al solo sentirli urlare il ragazzino si paralizzò, facendosela addosso dalla paura. Per sua fortuna, il grosso canestro che lo conteneva assorbì l'urina, impedendo di fatto agli assassini di accorgersi di lui.

Fu trovato molto tempo dopo da uno dei seguaci, che conosceva la sua famiglia. L'uomo portò il bambino dai druidi, affinché lo proteggessero. Essi si presero cura di lui, nutrendolo e provando a istruirlo anche se con scarsi risultati, fino al momento del suo imbarco. Boswich, dentro di sé non perdonava ai seguaci di quel culto di essere stati involontariamente causa della morte dei suoi. Come lui, quel bambino che teneva in braccio non aveva più nessuno al mondo e con molta probabilità non avrebbe più rivisto i suoi genitori.

Il cacciatore non avrebbe più permesso a un qualsiasi credo di rovinargli la vita:

    - E sia, piccolo,- promise solennemente Boswich. - Vorrà dire
    che mi prenderò cura di te. Non so come farò, ma in qualche
    modo ci arrangeremo!

Il neonato, tenuto saldamente in braccio dal cacciatore, si volse verso di lui sorridendo:

    - Dunque, il tuo nome sarà Leòn Felìne! Proprio così, piccolo:
    porterai il mio soprannome! Io mi chiamo Boswich, ma da
    quando sono in Francia tutti mi chiamano Felìne, perché
    quando di notte vado a caccia sembro avere la vista dei gatti!

Per tutta risposta, il bambino ruttò e la capra parve assentire:

   - Per la miseria, - rise il cacciatore. - Non fosse che bevi ancora il latte, giurerei che sei ubriaco! Beh, tranquillo: col tempo avrò modo di insegnarti anche quello!

Boswich in realtà non si sarebbe mai più ubriacato per il resto della sua vita. A malapena avrebbe toccato il vino, se non quel pochino per scaldarsi in inverno. Fu grazie a Leòn, se l'irascibile arciere divenne il miglior padre che un bambino potesse desiderare. Dal canto suo, il piccolo si dimostrò un figlio ubbidiente e capace, grazie a lui.

I primi tempi furono i più duri.

Boswich dovette rimanere nella città di Calais, poiché il neonato non era ancora grande abbastanza da poter viaggiare. Divenne assistente di un fabbro, il quale gli diede vitto e alloggio dentro la sua fucina mentre la moglie badava a Leòn. Tuttavia, il bimbo sembrava riuscisse a trovarsi più a suo agio accanto a Boswich mentre martellava, piuttosto che fra le braccia della moglie del fabbro che lo cullava. Alla fine, misero la culla direttamente nella fucina, ma in un posto abbastanza lontano da possibili scintille. Il soffio dei mantici, gli sprizzi di scintilla scaturiti dal ritmico martellare del ferro battuto, questi furono i rumori e i primi ricordi visivi di Leòn. Per quanto sembrasse assurdo, il figlio di Boswich sembrava trovarsi a proprio agio solo in mezzo a tutto ciò.

Quando Felìne si sentiva stanco, gli bastava guardare il bambino per ritrovare le energie e lavorare con più forza, ma anche Leòn senza volerlo fece la sua parte. Fra i clienti del fabbro, oltre ai mercanti e ai soldati, vi erano parecchie massaie che venivano a comprare pentole e tegami. Ogni volta che le donne si accorgevano di quel tenero pargoletto, finivano sempre con l'acquistare qualcosa. Tanto fu il successo dell'infante, che il padrone della fucina vide i suoi affari raddoppiarsi. Persino quando il bambino iniziò a camminare, Leòn fece in modo di aiutare Boswich nel lavoro. La sua specialità era divenuta quella di sgattaiolare in strada e tirare le gonne delle signore, per condurle nella fucina. Alla vista di quel frugoletto, che sapeva a mala pena camminare, nessuna resisteva alla tentazione di seguirlo.

Quando Leòn compì dieci anni, venne il momento per Boswich di lasciare Calais. Il bimbo cresceva forte come un toro, il suo fisico denotava già una futura costituzione muscolosa. A soli cinque anni era già alto per la sua età, tanto da rivaleggiare con i bambini più grandi di lui. Fu a causa di uno di essi, che Boswich prese questa importante decisione. Fabiàn, uno dei figli del fabbro, aveva sette anni all'epoca. Cresciuto viziato dai genitori, non aveva preso di buon grado l'arrivo di Leòn, che a suo dire gli toglieva le attenzioni della madre. Quando nessuno lo vedeva, o non era egli stesso impegnato in altre marachelle, il bambino si avventurava nella fucina per infastidire il figlio di Felìne. Il poveretto era troppo piccolo per reagire, inoltre restava sempre in silenzio. Leòn non piangeva mai. Persino quando era triste, il massimo che faceva capire erano gli occhi umidi, per questo Fabiàn si divertiva a tiranneggiarlo. Gli piaceva dargli pizzicotti fino a fargli diventare la pelle rossa, tutto questo fino al giorno in cui ebbe la sua prima lezione.

Fu lo stesso Leòn a impartirgliela, non appena fu alto abbastanza da poter guardare il figlio del fabbro negli occhi. La prima cosa che fece il figlio di Felìne, fu tirare un pugno a Fabiàn così forte da fargli sanguinare il naso. Non riuscendo a trattenere le lacrime, il bambino corse disperato dalla madre. Lei, dopo aver tamponato le narici al figlio, si avvicinò al piccolo Felìne, col chiaro intento di dargli la punizione che meritava. Avrebbe voluto dare a quell'impertinente almeno uno scappellotto, invece si ritrasse subito dopo aver incrociato lo sguardo duro del bambino. Aveva visto due occhi di belva e aveva avuto paura di lui. Più tardi, avrebbe raccontato a un'amica, di come le fosse sembrato che un leone uscisse dal corpo del virgulto per assalirla.

Passò del tempo e Leòn crebbe ancora, tanto da superare in altezza i suoi coetanei. A soli dieci anni, egli era alto più della metà di un adulto. Il suo fisico, esercitato assieme al padre nella fucina dove prestava lavoro, si era sviluppato in maniera eccezionale. Una volta, addirittura, aveva vinto una scommessa con Fabiàn, diventato ormai suo amico, su chi dei due sarebbe riuscito a battere più volte il ferro di una vanga.Il figlio del fabbro s'impegnò parecchio, del resto era più grande di qualche anno rispetto a Leòn ed era anche lui abbastanza forte. Fabiàn riuscì a battere il ferro per quaranta volte, prima di mollare per la fatica. Fra le peculiarità del carattere del piccolo Felìne, vi era sempre stata una grande risolutezza. Tale virtù, unita a una buona dose di caparbietà e a una discreta intelligenza, consentiva al ragazzino di fare la differenza nei confronti di ogni rivale. Osservando il lavoro degli altri quel tanto che bastava, Leòn riusciva a riprodurlo esattamente, ovviamente a condizione che tale cosa gli piacesse. A tavola, per esempio, non c'era stato modo di insegnargli le buone maniere.

Quando Leon pranzava da loro, la madre di Fabiàn lo definiva un'animale come suo figlio, ma entrambi i ragazzini in quell'occasione ci ridevano sopra. Non era così invece per la lotta o il lavoro nella fucina. Che si trattasse di battersi a mani nude o con i bastoni, Leòn non aveva eguali, persino i ragazzi più grandi lo temevano. Quel giorno, il giovane Felìne, dimostrò tutta la sua bravura. Cadenzando opportunamente il ritmo di battuta come aveva visto fare a suo padre, Leòn riuscì a battere il ferro della vanga per ben cento volte, tanto da meritarsi un encomio da parte del cliente per la robustezza del suo attrezzo! Questo indispettì non poco il fabbro, anche se Leòn non ne capì il perché. Dopo un po' di tempo, sembrò che i rapporti fra Boswich e il padrone della fucina si fossero incrinati.

La verità aveva radici in tante cose. Con l'andare del tempo e col continuo lavorare, l'ex cacciatore sembrava essere divenuto persino più bravo del suo datore di lavoro.

Boswich iniziò a essere molto apprezzato dai clienti, tanto che gli stessi iniziarono a commissionargli personalmente dei lavori. In realtà Felìne non faceva granché, la vera differenza era Leòn che batteva il ferro più forte e più volte del padre, il quale poi non doveva far altro che eseguire le ultime rifiniture.

Accadde un giorno che un cliente del luogo avesse deciso di commissionare al fabbro due spade. Sarebbero servite al gentiluomo per esercitarsi, quindi non avrebbero dovuto avere alcun fronzolo. L'importante era che fossero ben bilanciate e il ferro fosse battuto adeguatamente per non rompersi. Per snellirsi il lavoro, il fabbro ne fece forgiare una a Boswich e lui, come al solito, lasciò che fosse suo figlio a batterne il ferro. Leòn si dedicò tutta la notte a martellare il metallo, non contento ne saggiò il bilanciamento personalmente. Si occupò anche dell'affilatura, tanto che il filo divenne capace persino di tagliare una foglia.

Al momento della consegna, Boswich incise una B per distinguere la sua spada da quella realizzata dal fabbro. Il giorno dopo, accadde che uno dei servi del gentiluomo tornasse a lamentarsi per il lavoro del fabbro.

Pareva infatti che durante un allenamento, una delle due spade si fosse rotta ferendo il suo padrone.Il fabbro incolpò Boswich di esser stato un inetto, riempiendolo d'insulti e minacciando di cacciarlo via. Felìne se la prese con suo figlio, non prima di avergli chiesto spiegazioni, ma Leòn giurò e spergiurò di avere eseguito tutto il lavoro al meglio di come sapesse fare.Suo padre lo ascoltò, per sicurezza provarono a realizzare di nuovo una spada, ripassando insieme tutte le fasi della lavorazione fatte da Leòn. In effetti, Boswich si rese conto che suo figlio aveva eseguito correttamente il suo compito. La spada realizzata era uguale a quella che lui aveva marchiato con la B, tanto che per distinguerla v'incise stavolta una L. Il giorno dopo, Felìne fece vedere al fabbro la nuova spada, ma egli continuò a prendersela con lui dicendo che era un pessimo lavoro. Fu solo quando il servo portò la spada rotta due giorni dopo, che la verità venne a galla. Su di essa non vi era nessuna incisione, segno che a rompersi era stata la lama realizzata dal fabbro. A riprova di ciò, Felìne consegnò al servo la spada realizzata da suo figlio, affinché la provasse insieme all'altra. Egli tornò il giorno successivo, complimentandosi per la robustezza delle due lame, le quali se non fossero state incise differentemente, sarebbero sembrate gemelle.

Ciò fece montare su tutte le furie il fabbro, che in un eccesso d'ira tirò un pugno a Boswich. Leòn intervenne a difesa del padre, così come Fabiàn del suo. In breve, all'interno dell'officina si scatenò una rissa. Senza alcun timore reverenziale, Leòn prese a calci e pugni il fabbro e suo figlio, mandandoli al tappeto.

Da quel giorno, i rapporti fra Boswich e la famiglia del fabbro peggiorarono al punto da spingere l'ex arciere a lasciare Calais. Del resto, anche a Boswich era passata la voglia di lavorare nella fucina. Ogni giorno infatti, cresceva in lui il desiderio di tornare a cacciare nella foresta. Fu così che una mattina, il cacciatore prese le sue cose e insieme al figlio s'incamminò verso Sud.

Fortuna volle, che quel giorno il Conte L'Aìgle passasse per quelle parti, col suo seguito di servi e soldati. Durante il viaggio di ritorno, il cacciatore e il ragazzino si accodarono alla carovana. Del resto, in quei tempi non era mai consigliabile viaggiare da soli attraverso le foreste. Più volte accadeva che gruppi di persone si aggregassero a un nobile, per usufruire della protezione dei suoi armati.

Ad ogni modo Boswich ricambiò il favore al Conte, offrendogli un capriolo che era riuscito a uccidere al primo colpo di freccia.

Colpito dall'onestà dell'uomo, il nobile decise di assumere Felìne, dandogli la possibilità di costruirsi una casa nelle sue terre in cambio di un certo numero di prede, che il cacciatore avrebbe dovuto consegnare al Castello durante l'anno.

Al colmo della felicità, Boswich accettò: finalmente sarebbe tornato a dedicarsi alla sua attività preferita. Purtroppo per lui, a distanza di tempo, tale scelta si sarebbe rivelata fatale...
Ma questa è un'altra storia.

L'Aquila e il Leone

Un raggio di sole spuntò dalla finestra posandosi sui suoi occhi, il piccolo Claude li aprì di malavoglia, sarebbe rimasto volentieri a dormire un altro po'. Furono solo gli impegni derivanti dal suo rango di rampollo a farlo alzare dal letto. Quella mattina gli sarebbe toccato studiare il galateo di corte, di per sé materia molto noiosa, fortuna che almeno vi era Michelle. A differenza degli adulti presenti nella Tenuta, che fossero nobili, servi, o semplici sguatteri, la vita per il dodicenne Claude era difficile poiché unico ragazzino in mezzo ai grandi.

Unica compagnia era la figlia del cuoco che aveva da poco compiuto i dieci anni, peccato fosse poco più di una mocciosa. Michelle era poco avvezza ai giochi maschili di guerra o strategia, tanto apprezzati dal figlio del Conte. Il piccolo nobile sentiva la mancanza di un amico della sua età.

Nonostante tutto, la mattinata trascorse senza intoppi. Il precettore di galateo approfittò della presenza della ragazzina, per insegnare a Claude i passi dei balli di società. Era simpatico osservare i due adolescenti danzare, ma il maestro quel giorno si concentrò soprattutto sulle regole e buone maniere, da seguire al momento di invitare la dama a ballare.

Michelle, che faceva la parte della dama, prese la faccenda molto seriamente, tanto da essere la prima a bacchettarlo. Lo faceva in particolar modo quando il piccolo Conte non si applicava con la giusta serietà, quasi fosse stata lei la padrona del Castello! Fortunatamente, dopo la lezione di galateo c'era sempre l'esercitazione di combattimento con le spade di legno, che al nobile rampollo piacevano di più.

Michelle non vi partecipava, del resto poteva per un ragazzino una spada, seppur di legno, essere paragonabile a una ragazza?

Il suo istruttore quel giorno gli insegnò le difese basse, Claude s'impegnò tantissimo a impararle. Avrebbe volentieri continuato nel pomeriggio ad allenarsi fra gli alberi in collina, se non fosse accaduto un fatto inaspettato.

Era successo che, una compagnia di giocolieri e acrobati di circo, avesse avuto intenzione di portare in dono al Conte un esemplare di leone. L'animale era stato catturato in Africa da alcuni berberi, per esaudire i capricci di un Califfo di Granada. Durante il trasporto via mare, la nave araba era stata abbordata dai pirati Corsi, che ne avevano depredato il carico e l'avevano rivenduto in Francia. Lì, era stato acquistato da quella compagnia di saltimbanchi giramondo. Resisi conto di non poter gestire un'animale del genere, essi avevano trovato più opportuno cederlo al Conte in cambio di ospitalità e di un discreto appannaggio.

Non conoscendo la reale pericolosità della belva, i giocolieri avevano imprigionato il felino alla meno peggio, lasciandolo a digiuno. La sete di sangue dell'animale, risvegliata dai morsi della fame, aveva agito moltiplicando la sua ferocia. I saltimbanchi non si erano prodigati più di tanto a controllare lo stato della gabbia, sicuri che presto se ne sarebbero sbarazzati.

Purtroppo, la stessa noncuranza nel gestire la belva sarebbe stata loro fatale.

Approfittando della disattenzione di uno dei giocolieri, che aveva chiuso la porta della gabbia, senza inserire il passetto, il leone riuscì a evadere dalla prigione. La belva riuscì a dileguarsi nelle colline adiacenti ai territori dell'Aigle, non prima di essersi saziata sbranando i saltimbanchi.

La scoperta dei cadaveri portò il caos all'interno della tenuta, con Claude costretto a essere relegato nelle sue stanze.

Unico elemento positivo fu non doverci stare da solo, ma in compagnia di Michelle. Fortunatamente, i due ebbero cibo a sufficienza per una buona dose di spuntini. Ne ebbero abbastanza, da poterne dividere anche con la coppia di armati rimasti fuori a piantonarne la porta. Fu un noioso calvario per il figlio del Conte, restare lì dentro con la figlia del cuoco.

Michelle non sapeva giocare né a scacchi, né a dadi, anzi nemmeno voleva saperne di imparare quei giochi!

Il divertimento preferito della bambina era impersonare una principessa o la brava massaia, ma Claude non aveva la benché minima intenzione di far la parte del servo o peggio, del marito! Pur di far passare il tempo senza annoiarsi, il ragazzino si sarebbe detto persino disposto a insegnare alla poppante la lotta col bastone!

Egli, si sarebbe anche dedicato con passione a tale insegnamento, se non fosse stato che ella perdeva di mano il legno al primo colpo e si metteva a piangere a ogni toccata di bastone.

Fu al momento della partenza del Conte, che l'atmosfera fra le persone all'interno della Tenuta cambiò, diventando più pesante e carica di preoccupazione. Claude lo capì dall'atteggiamento dei soldati, posti a guardia delle sue stanze. Mentre all'inizio, costoro lanciavano qualche battuta in risposta a loro due, dopo la partenza del Conte, le bocche delle guardie si chiusero in uno strano silenzio. Ogni tanto, lui e Michelle avvicinavano l'orecchio alla porta senza successo, pur di udire le loro parole.

Tuttavia, gli armati parlavano sempre bisbigliando sottovoce, col risultato di preoccupare ancor di più i due. Fu solo a tarda ora, che il padre fece ritorno col suo seguito di soldati. Il Conte non passò a dar la buonanotte al figlio che già dormiva, ma si chiuse nella stanza degli ospiti con altra gente e vi vegliò tutta la notte. Fortunatamente per tutti, si seppe che il leone era stato ucciso!

Il giovane rampollo vide dalla finestra la carcassa dell'animale, posta su un carro in cortile. In cuor suo egli ne fu sollevato, poiché aveva temuto per la sorte del padre.

Quella stessa mattina, il figlio del Conte si accorse anche della presenza di un nuovo e misterioso individuo.

Fu Michelle ad avvisare Claude, prendendolo per una manica e portandolo verso la stanza degli ospiti, sul cui uscio vi era in quel momento un andirivieni di gente. Nell'arco della giornata vi si erano avvicendate persone di ogni tipo, da medici a servitori, mentre ai ragazzini l'ingresso era stato vietato.

Che costui sia malato?

Ogni tanto, Claude, vedeva suo padre entrare in quella stanza, restarvi per un po' e poi uscirne di nuovo dando disposizioni ai servi. Ogni volta, lo sguardo del Conte pareva afflitto, altre invece esprimeva ansia e trepidazione. Il Signore dell'Aìgle era visibilmente molto preoccupato, tanto da non dar conto nemmeno al figlio.

Non l'ho mai visto così, chissà cosa sta succedendo...

Claude decise comunque di non fare domande. Del resto, per un adolescente, risolvere un enigma poteva essere un toccasana per quelle noiose giornate.

Nessuno dei servi interrogati parve volersi sbottonare, addirittura il mistero s'infittì quando emerse un nuovo indizio, che lo intimorì non poco. Uno dei domestici anziani, uscì frettolosamente dalla stanza, con un fagotto in mano. A causa di una storta il servo inciampò e cadde, rovesciando il contenuto del suo carico. I bambini, presenti sulla scena, videro tutto. Il domestico raccolse l'involto il più velocemente possibile, ma non prima che Claude ne notasse al suo interno delle bende insanguinate. Vi era dunque un ferito in quella stanza? Il Conte, mostrava sempre più segni di preoccupazione per la sorte del suo ospite. Quale alto personaggio poteva essere costui, se suo padre si preoccupava tanto per la sua vita? Fu solo dopo una settimana, che le condizioni del misterioso inquilino iniziarono a migliorare. I medici confermarono che il ferito stava reagendo alle cure e che sicuramente si sarebbe ristabilito.

Nel frattempo Michelle, intenzionata ad aiutare Claude nell'ennesimo tentativo di carpire il segreto a suo padre, unico addetto ai pasti dell'ospite misterioso, riuscì a cavarne fuori un nome: l'inquilino pareva si chiamasse Leòn.

Lo chiamano leone... che si tratti proprio della bestia?

Claude non poteva crederci: aveva visto personalmente la carcassa della belva; i servi l'avevano scuoiata la mattina successiva il suo arrivo al Castello, trattandola in maniera tale da non farla marcire. Infine la sua pelliccia era stata esposta nella sala dei ricevimenti, come raro tappeto.

Adesso il leone non può più spaventare nessuno...

In ogni caso, altri indizi come le posate, i piatti e gli orinatoi, portati via dalla stanza dai servi continuamente, confermarono in lui il fondato sospetto che il misterioso ospite chiuso nella camera fosse un essere umano. La vista di alcuni calzoni, notati di sfuggita in mano a un domestico appena rientrato, diedero a Claude la certezza che l'ospite misterioso fosse di sesso maschile. Dovette passare un'altra settimana perché la situazione si normalizzasse, prima che il Conte decidesse di togliere il piantonamento degli armati dalla stanza dell'ospite.

Claude, stratega in erba, aveva distolto l'attenzione di suo padre da sé. Infine, aveva atteso il momento più opportuno per raggiungere il suo obiettivo.

Quel tempo era finalmente giunto.

Approfittando delle ore notturne, il figlio del Conte sgattaiolò dentro la stanza degli ospiti. Claude era deciso a voler vedere in faccia chi l'avesse tenuto sveglio per la curiosità fin la notte prima. Le finestre erano state chiuse, al fine di non fare entrare luce e permettere all'invitato di riposare anche in tarda mattinata. Una sola candela restava accesa sopra un tavolo, consentendo una debole illuminazione. Era quel tanto che bastava ai servitori, per entrare senza inciampare e compiere silenziosamente il loro operato, affinché la persona a letto non fosse disturbata. Il talamo, posto all'interno proprio al centro della camera, era grande. Il baldacchino al momento coperto da tendaggi, celava la persona al suo interno impedendone la vista. Più curioso che impaurito, Claude si avventurò fino ai bordi del lussuoso giaciglio, quando un urlo improvviso lo colse alla sprovvista:

- Nooo! Padre noooo!

Merda! Mi ha scoperto!

Al ragazzino si gelò il sangue, l'unica cosa che riuscì a fare fu acquattarsi ai piedi del letto, dove rimase in ascolto:

- Perché, padre? - si lamentava continuamente il misterioso occupante. - Perché?!

Claude si rese conto non trattarsi di vere urla: l'ospite misterioso parlava nel sonno a causa di un incubo, eppure quella voce... non era una voce di donna, tuttavia non sembrava neanche d'uomo.

È più simile alla mia...

Lentamente, col cuore in gola, Claude si alzò in piedi. Fredde gocce di sudore scesero dalla sua fronte, mentre il respiro si faceva sempre più intenso. Scostare i drappeggi richiese un'altra buona dose di coraggio, ma troppa era la curiosità ormai. Alla fine lo vide, un urlo gli si strozzò in gola poco prima d'uscir fuori.

Si trattava di un giovinetto come lui, ferito in tutto il corpo. Nel torace erano state sapientemente poste le fasciature, tuttavia in alcuni punti si notavano ancora rimasugli di sangue.

Claude non riuscì a vederne il volto, in compenso ne udì il suo pianto. Qualsiasi cosa quel poveraccio agonizzante avesse subito, pareva tornare a tormentarlo in sogno.

Nel dormiveglia, il ferito protese la mano. D'istinto, Claude la prese fra le sue. Tale gesto parve calmare l'altro, rasserenando il suo sonno. Fu solo quando l'ospite dormì profondamente, che Claude lasciò la sua mano e abbandonò la stanza.

Tornò la sera successiva insieme a Michelle, ma ella fu troppo spaventata dalle bende per continuare oltre, preferendo andarsene via subito. Del resto, la sua curiosità femminile era stata soddisfatta e non valeva la pena restare in quel luogo così lugubre. Fu al momento del chiudere la porta da parte della bambina che Leòn aprì gli occhi, due occhi grigi come il ferro:

- Chi sei? - chiese, rivolgendosi a Claude. - Non sembri uno dei servi...

- Infatti, sono il figlio del Conte, - rispose il giovane. - E tu?

- Leòn... almeno, credo...

Non aveva l'atteggiamento sussiegoso dei servi di suo padre, lo guardava dritto negli occhi senza alcun timore reverenziale, quasi fosse un suo pari:

- Leòn, - domandò Claude. - Qual è il tuo titolo nobiliare?

Il ferito lo guardò stranito:

- Non ho idea di cosa tu stia parlando, - rispose, per poi voltare
il capo per riprendere a dormire. - Non ricordo nulla...

L'aveva congedato con quelle poche parole.

Il giovane nobile, seppur mezzo indignato dal modo di fare dell'altro, lasciò che Leòn riposasse. Nei giorni successivi, al momento di spiarlo durante il sonno, Claude lo vide dormire più serenamente e ne fu contento. Aveva tante cose da domandare, ma poteva aspettare. Ad aumentar di più il mistero, Claude fu convocato tre giorni dopo dal padre nella sua stanza privata. Si trattava di un piccolo stanzone, dove il Conte soleva ricevere i nobili suoi vicini. Per nessun motivo, fino a quel momento era stato permesso a Claude di accedervi. Se suo padre aveva fatto un'eccezione del genere per lui, allora doveva trattarsi di qualcosa di estremamente importante. A parte qualche arazzo appeso alle pareti e un pregiato tavolo con qualche sedia, realizzata nello stesso stile, la stanza era spoglia di ulteriore mobilio, se si escludeva uno scaffale colmo di rotoli. Rispetto alle fantasticherie che si era fatto anni addietro, a Claude il luogo sembrò persino scialbo, ma non era sicuramente di quello che suo padre voleva parlare:

- Figlio mio... sei oggi con me in questo luogo, perché è qui che i
nostri avi hanno preso importanti decisioni per il futuro del
nostro casato. So che ti sei accorto del tuo coetaneo, ricoverato
nella stanza: il suo nome è Leòn Felìne, figlio di uno dei miei
cacciatori. Come avrai notato dal viavai di medici, quel povero
giovane ne ha subite parecchie, tanto da essere stato trovato in
fin di vita...

Il Conte si era volutamente preso una pausa, per dar modo al figlio di assimilarne meglio i concetti.

Dal canto suo, Claude era rimasto sorpreso che suo padre si fosse accorto delle sue sortite da Leòn. Ricordava di esser stato molto attento, tuttavia il fatto che il Conte non lo rimproverasse lo incuriosì ancora di più.

Lasciò che continuasse:

- C'è molto di più dietro questa faccenda, figliolo: un segreto
che ha a che fare con l'origine del casato di tua madre. La
famiglia di tuo nonno materno era inglese e venne cacciata da
quelle terre a causa del loro credo religioso, questo nonostante
tua madre fosse cristiana. Grazie al nostro matrimonio e
soprattutto alla promessa della conversione da parte di tuo
nonno, essi poterono scampare alla persecuzione e trovare
rifugio qui da noi. Altri, purtroppo non furono così fortunati e
ancora oggi sono braccati al pari di animali. Leòn è uno di loro,
ma lui non lo ha mai saputo. Per il giuramento da me fatto a tuo
nonno in punto di morte, mi sono impegnato a proteggere
questa gente, tanto da pagare profumatamente ogni medico
affinché mantenga il silenzio sulla faccenda. Quel giovane porta
sul suo corpo una voglia riconoscibilissima che, se scoperta, lo
metterebbe in grave pericolo...

Suo padre si prese un'altra pausa dopo questa scioccante rivelazione,
tuttavia era troppo tardi per tornare indietro:
- Adesso io ti chiedo, figlio mio, ora che conosci tutta la verità
sulla tua famiglia, cosa faresti? Consegneresti questo ragazzo,
oppure lo proteggeresti?

Claude rimase interdetto. Come poteva lui, essere ago della bilancia
per la sorte di un'altra persona? E come poteva Leòn, un innocente al
pari di lui, essere sottoposto a tali, mortali pericoli? Quale bieca
coscienza poteva mai accanirsi su gente come loro? Claude guardò
suo padre negli occhi, era stato educato secondo i più alti ideali: gli
erano stati inculcati il senso dell'onore e della carità, il coraggio, la
perseveranza; mai e poi mai avrebbe dovuto mancare alla parola data.
- Penso che nessuno, - rispose il ragazzo, con sicurezza. –
Nessuno, ricco o povero che sia, debba patire ciò che hanno
subito Leòn o la famiglia di mia madre! Non sono ancora il
cavaliere che voglio diventare, ma non per questo intendo
rinnegarne il codice, quindi m'impegno fin da ora a
proteggerlo!

Un sorriso illuminò il volto del Conte, il suo unico figlio lo aveva reso
fiero di essere padre. Anche Claude fu contento, era dalla morte della
madre che non vedeva più sorridere il suo vecchio.

- Bene, figlio mio, - disse il nobile, con voce quasi strozzata per la commozione. - Leòn resterà qui con noi. Il tuo compito sarà quello di aiutarlo ad ambientarsi e insegnargli gli stessi ideali di cavalleria che mi hanno reso orgoglioso di te oggi, pensi di esserne capace?

Claude, al colmo della gioia, gonfiò il petto per avere l'atteggiamento più marziale possibile:

- Potete contare su di me, padre!

L'affetto fra genitore e figlio è più alto di qualsiasi etichetta, così, nonostante la situazione, i due si cinsero in un sincero abbraccio.

- D'accordo, - disse l'uomo, carezzando la testa al piccolo Claude. - Adesso tuo padre deve firmare dei documenti, quindi va da Leòn e presentati come si conviene!

Il ragazzino non se lo fece ripetere due volte: le sue preghiere erano state esaudite, finalmente aveva trovato un amico con cui giocare! Senza aspettare oltre, si fiondò in cerca di Leòn.

Rimasto solo nello studio, il Signore dell'Aìgle prese uno dei rotoli presenti nello scaffale. L'aveva fatto redigere da un notaio, si trattava di un certificato d'adozione. Presa penna e calamaio, vi scrisse il nome di Leòn Felìne. Tramite la ceralacca, bollò il documento col simbolo del suo anello, doveva solo firmarlo. Da quel momento, il Conte sarebbe divenuto padre di un ragazzo che in futuro avrebbe potuto reclamare le sue terre, strappandole al suo legittimo figlio. No, forse per questa ultima cosa, avrebbe aspettato un'altra volta per farlo...

Fuori in cortile un adolescente, inconsapevole delle macchinazioni che accadevano alle sue spalle, per la prima volta assaporò la felicità di appartenere a una nuova famiglia.

Il torneo del riscatto

La palestra della tenuta echeggiava per il clangore delle spade. Al suo interno Claude e Leòn, divenuti giovani cavalieri, si davano tenzone senza risparmiar colpi. Grazie alle sole armature di cuoio i fendenti di entrambi erano più veloci e precisi, altrettanto delle loro parate e dei contrattacchi. Chi li avesse visti combattere, avrebbe giurato stessero mettendo tutta la foga in una sfida all'ultimo sangue, anche se in realtà non era così. Benché i loro stili fossero differenti, entrambi si equivalevano. Fu solo grazie a una disattenzione dell'altro, che il più alto dei due poté sferrare un pugno al costato avversario.

Approfittando del suo momentaneo sbandamento, Felìne puntò il piatto della lama alla gola di Claude:

- Ti sei distratto un'altra volta, - disse Leòn, il più impostato.

- Non vale, - protestò Claude, risentito. - Mi hai colpito con un pugno!

- Sei stato tu a offrirmi il fianco... - fece notare Felìne, con sufficienza.

- È un semplice allenamento di spada!

- E con ciò? Se si fosse trattato di un vero combattimento, - puntualizzò Leòn. - Saresti sicuramente morto!

- Non se fosse stato condotto con le normali regole della scuola della cavalleria!

- Già, peccato che durante un combattimento vero le normali regole non valgano!

I giovani avrebbero sicuramente iniziato a sfidarsi di nuovo se, a porre fine al loro alterco, non fosse giunto il Conte L'Aigle. Al momento di rivederlo, i due notarono quanto fosse invecchiato. L'uomo, che entrambi ricordavano come forte e vigoroso, si era molto smagrito per via di una malattia che l'aveva di parecchio debilitato. Le guance una volta floride erano divenute scavate, i capelli si erano ingrigiti e la postura si era curvata leggermente, tuttavia il suo spirito era rimasto immutato:

- Or dunque, - domandò, notando come i due giovani si erano zittiti di colpo nel vederlo. – Sono divenuto così tanto vecchio da non esser più riconosciuto dai miei figli?

Come fossero stati un sol uomo, Claude e il fratello si precipitarono ad abbracciare il padre, che non vedevano da ben tre anni. Leòn, nella foga dell'abbraccio, arrivò a sollevarlo di una spanna:

- Caspita, - disse il Conte divertito, rivolgendosi al protetto. - Non c'è bisogno di sollevarmi così tanto per dimostrarmi di essere divenuto forte!

- Chiedo perdono, padre, - rispose il giovane colosso. - Tanta era la gioia nel rivedervi, che non ci ho pensato!

- Me ne sono accorto, - rispose il nobile, sorridendo. - Comunque potresti anche mettermi giù, adesso...

Arrossendo a dismisura, Leòn lasciò che fosse il figlio legittimo ad abbracciarlo:

- Accidenti, - continuò il nobile dopo aver abbracciato Claude. - Vi ho mandato alla Scuola di Cavalleria che eravate poco più che ragazzini e mi ritornate due giovanotti belli e forti! Tu, Leòn, addirittura sei diventato un gigante! Nella corrispondenza che mi mandava Louìs, mi diceva meraviglie di voi nel padroneggiare la spada! A essere sincero, pensavo lo scrivesse per far felice il mio vecchio cuore, ma vedendovi allenare mi devo ricredere!

- Proprio così, padre, - disse raggiante Claude. - Ho ricevuto persino un encomio dal Gran Maestro, come miglior cavaliere del mio corso! Nella prova di combattimento solo Leòn è riuscito a fare meglio di me, ma in fatto di galateo e strategia lascia molto a desiderare!

- Solo perché hanno fatto una media delle prove dei vari corsi, - replicò il protetto. - Altrimenti ti avrei superato! E poi mi dici in battaglia a che mi serve saper fare bene un inchino?

Fu la risata cristallina del Conte a smorzare i toni di competizione che i due, come sempre, avevano intrapreso:

- La cavalleria è una nobile arte, Leòn, - s'intromise il nobile. - E un cavaliere, prima di esserlo con la spada, deve esserlo nell'animo! Tu lo sei, così come Claude: non ti piacciono i formalismi di Corte e su questo posso dartene atto, ma anche essi servono... soprattutto con le dame!

Al sentir parlare di ragazze, il pensiero di entrambi andò a Michelle.

L'avevano lasciata bambina come loro compagna di giochi, ma ora ella si era fatta donna. Il suo corpicino una volta esile, crescendo era divenuto snello e sodo. L'avevano notata di sfuggita sulla strada al ritorno dall'accademia, lei li aveva salutati con la mano per poi girare i tacchi e fuggir via ridendo. I due cavalieri l'avevano riconosciuta e inseguita per salutarla. Quando l'ebbero raggiunta alla tenuta, ella li aveva abbracciati ed entrambi avevano baciato le sue gote. Lei li aveva accolti con un volto sorridente, sagaci battute di scherno e un dolce profumo di fiori da campo sulla pelle. Infine al momento di accomiatarsi da loro, la ragazza aveva accarezzato i visi di entrambi. Occhi di smeraldo, incorniciati in fronte da una chioma bionda, avevano perforato i cuori dei due giovani, facendoli perdere per sempre. Il tenero fiore era sbocciato, dando a entrambi al momento di vederla un caldo e possente brivido. Tanto era loro bastato per innamorarsi di lei. Da quell'istante, ella sarebbe stata nel loro immaginario la principessa del cuore.

- Tuttavia, - riprese il Conte, riportandoli alla realtà della sala d'allenamento. - È anche vero che in combattimento, soprattutto quando è in gioco la propria vita, non si ha tempo per i formalismi. In questo caso quindi, anche un pugno o un calcio possono essere utili, se usati per disarmare o uccidere un avversario.

Le parole del padre, provvidero a smorzare i toni dei giovani e porre fine alla competizione. Come altre volte, i due ragazzi ci risero sopra con una battuta e tutto finì lì.

**

Erano arrivati alla tenuta dell'Aìgle di primo mattino.

Essa era una villa Romana, riadattata per i bisogni del nobile a casolare fortificato. Parecchie delle vecchie suppellettili e stanze erano state sostituite dal mobilio dell'attuale epoca Carolingia. Tutto tranne i bagni, di cui entrambi i giovani ne approfittarono immediatamente per togliersi di dosso la polvere del viaggio.

Per la troppa voglia di tornare a casa, nonché per il competere fra loro, i due fecero una corsa per stabilire quale fosse il cavallo più veloce.

Poi avevano incontrato Michelle e la corsa era passata in secondo piano...

Ciò nonostante, la competizione fece sì che Claude e Leon arrivassero a destinazione il giorno prima. Tale anticipo mise tutto il personale della tenuta in trambusto, mandando di fatto a monte i preparativi per il ritorno. Con tanta cura, il Conte insieme ai servi più fidati, avevano pianificato una grossa sorpresa per i ragazzi da far trovare al loro arrivo. Quel giorno infatti, egli si era recato personalmente al borgo più vicino per acquistare un regalo speciale per entrambi, due armature da torneo. Da esperto genitore, una volta venuto a conoscenza della loro presenza alla tenuta, le tenne nascoste ai figli. Nel frattempo, il nobile ordinò di far preparare dal padre di Michelle una sontuosa cena, di cui Leòn apprezzò soprattutto il cinghiale arrosto con le cipolle. Quella sera, il ragazzone ne trangugiò tre piatti, oltre naturalmente le altre portate, innaffiando il tutto con ampie sorsate di vino. Come riferito da Louis dalle lettere spedite al padrone, il giovane colosso effettivamente mangiava e beveva per due! Nonostante il Conte l'avesse cresciuto nella sua casa, Leòn ancora non aveva perso nulla della sua schietta semplicità e franchezza di modi, tipica del popolo da cui discendeva. Eppure, era una consolazione per il nobile sapere che quel ragazzone forte come un toro era cresciuto accanto al suo legittimo, proteggendolo come un fratello. Anche egli ormai si era affezionato a Leòn, tanto da considerarlo alla stregua di un figlio.

Tuttavia il prediletto sarebbe rimasto sempre e comunque Claude.

Benché i tratti del viso fossero maschili, suo figlio aveva ereditato la bellezza statuaria della madre. Ne aveva preso anche i modi gentili, alternando però ad essi anche il pragmatismo del padre, che quella sera scoprì di riuscire a battere negli scacchi.

Destinato a succedere al genitore nell'amministrazione delle terre dell'Aìgle, egli sembrava essere nato per questo compito.

L'unico difetto, se tale poteva definirsi nei confronti di Leòn, era la sua inferiorità fisica, ma il nobile non se ne preoccupava.

In fondo sapeva che è pur sempre il più abile a comandare e fin da piccoli, era sempre stato Claude la mente fra i due. Fu con estrema fierezza che a fine cena, ordinò ai servi di portare i doni:

- Un cavaliere non è tale senza la sua corazza, - esordì il Conte, mostrando loro le due armature. - Queste giungono da Milano e sono fra le migliori finora realizzate. Certo, al momento sono senza fregi, né decorazioni, che saranno aggiunti man mano che acquisirete fama...

I due giovani rimasero senza parole alla vista delle corazze. Avevano indossato già delle armature alla Scuola di Cavalleria, senza mai possederne di proprie. Ai loro occhi, quelle due corazze erano bellissime anche senza fregi. Felici del dono, Claude e Leòn desiderarono provarle. Il Conte ordinò ai servitori di aiutarli nella vestizione. Claude sembrò il mitico Lancillotto nella sua nuova sfavillante veste metallica! Unica nota negativa fu l'armatura di Leòn, stretta al giovane soprattutto nelle spalle nel quale erano larghe e possenti:

- Ti va stretta, - lo canzonò Claude. - Perché t'ingozzi sempre come un maiale!
- Perdonami, - si scusò il Conte col ragazzone. - Non potevo immaginare che fossi cresciuto così tanto! Domani provvederò a fartela adattare dal fabbro a cui l'ho ordinata!

Nonostante il piccolo inconveniente, il protetto fu ugualmente contento:

- Non fa niente padre, - rispose commosso. - È bella lo stesso! Ora ci vogliono gli spallacci, spade e scudi adeguati! Domani passerò in città per...
- Non ve ne sarà bisogno, - lo interruppe il nobile. - Venite con me!

Fu così che egli li condusse nelle sue stanze.

Da che ricordassero, c'era sempre stata una camera del casolare che il padre teneva sempre chiusa a chiave e il cui ingresso era vietato a tutti, persino ai figli.

Spinto dalla curiosità, Claude una volta aveva provato a forzare la serratura, ma scoperto da suo padre era stato punito con una sonora sculacciata. Da allora se ne era tenuto prudentemente alla larga fino a quel giorno, in cui fu lo stesso Conte ad accompagnarvelo:

- Questa, - esordì il nobile. - È la stanza delle armi della nostra famiglia. Da generazioni ogni membro, una volta divenuto cavaliere, ne prende una in consegna. Essa diverrà la sua compagna nei combattimenti... Claude, in quanto mio erede a te spetta il pezzo più pregiato, ovvero il primo spadone!

Era lo spadone più bello che Leòn avesse mai visto, lo stile assomigliava a quello della Claymore inglese, ma la prima lama aveva un profilo a iperbole fino al suo centro, dove era stata inserita la seconda, anch'essa della stessa forma, ma terminante a punta. Il centro del piatto prevedeva una forma a losanga, perfettamente integrata con la lama da sembrarne ricavata in un unico pezzo. Allo stesso modo l'elsa, massiccia il doppio di una normale spada, era a forma di croce. L'impugnatura più lunga era stata pensata per bilanciare l'arma e fornire così una presa salda con entrambe le mani. Leòn, comunque, fu sicuro di poter essere in grado d'impugnarla con una sola mano.

Peccato sia l'arma di mio fratello.

Lo spadone era stato posizionato sul muro, su una mensola ricavata da tre chiodi facenti da supporto. Il fodero era stato decorato da una pelle di cinghiale, posta a copertura di un'anima di legno. Il Conte, dovette usare tutta la forza delle due braccia, per estrarlo dal suo alloggiamento. Sempre tenendolo con due mani, lo consegnò a Claude. Il figlio iniziò a provarlo per saggiarne la lama, tuttavia i suoi primi movimenti risultarono impacciati:

- Non temere, - lo giustificò il padre. - Col tempo prenderai confidenza.

Fu poi il turno del protetto:

- Leòn! Anche se non sei frutto dei miei lombi, da anni per me sei un figlio, ma prima di fornirti un'arma ho un'altra cosa da darti...

Da un cofanetto di legno laccato, il nobile estrasse un piccolo rotolo di pergamena:

- Questo documento, - continuò il Conte con tono basso, ma chiaro. - L'ho fatto redigere dopo una settimana che arrivasti qui da noi. Allora, eri poco più di un bambino. Purtroppo per te, avevi patito una brutta sventura che ti aveva reso taciturno. Ciononostante, avevi permesso a Claude di essere tuo amico... anzi, ti eri così affezionato che siete diventati inseparabili. In quel momento, capii che saresti stato importante per mio figlio, come il fratello che non ha mai avuto. Tuttavia, non potevo sapere come sarebbe continuata la vostra amicizia e preferii non vergarlo. Durante tutto questo tempo, anche se col tuo modo ancora rozzo ti sei mostrato leale a questa famiglia, divenendo di fatto il fratello di Claude. Mi hai sempre chiamato padre nonostante non lo fossi, anche se sai di non essere il prediletto... eppure, mai una volta ti sei fatto vedere triste da me! Al contrario, hai sempre fatto di tutto per potermi compiacere. Più di una volta, Louìs mi disse quanto la situazione ti pesasse...

- No, padre, - rispose Leòn, con voce arrochita. - Non potrei esserti più grato di quanto hai fatto finora per me. Mi hai accolto e mi hai cresciuto come un genitore premuroso. Sapevo che non sarei potuto mai essere il tuo prediletto, ma la cosa non mi pesa e se qualche volta ho pianto, io...

- Basta così, - lo interruppe il nobile, in modo secco, ma non brusco. - Hai dimostrato di essere anche tu un figlio di cui andar fieri! E se fino ad ora non lo eri ufficialmente, da adesso lo diventerai! Con questo documento, che ho segnato col sigillo, ma che ancora non ho firmato, io ti adotto ufficialmente nella mia famiglia! Da adesso in poi, tu sarai conosciuto col nome di Leòn Felìne de L'Aìgle!

Presa una penna d'oca, il nobile la intinse nell'inchiostro e vergò la pergamena:

- Da oggi, provvederò ad assegnarti una rendita...

Questa volta fu il ragazzone a interrompere il Conte, la sua voce era divenuta strozzata e gli occhi si erano inumiditi fino a lacrimare:

- Padre, mai acconsentirò di togliere qualcosa a Claude, quindi non accetterò nessun tipo di rendita che possa essere assegnata a lui! Le vostre parole mi riempiono di un'immensa gioia, che quasi non mi riesce di parlare... divenire di fatto vostro figlio è per me il miglior regalo che abbiate mai fatto e mi rende più ricco di qualsiasi vitalizio o terra possiate assegnarmi! Vi voglio bene come se foste realmente mio padre e ve ne vorrò sempre! Sapere di essere da voi ricambiato nei miei sentimenti, solo questo mi basta! Adesso concedetemi un abbraccio, padre!

I due si cinsero commossi, anche Claude aveva gli occhi umidi: saper di poter ufficialmente chiamare 'fratello' Leòn, era per lui un desiderio divenuto realtà.

Fu così che anch'egli si unì all'abbraccio; i tre restarono in quel modo per un po'.

Fu poi il Conte a divincolarsi:

- C'è anche un'altra cosa da fare...

Avvicinatosi a un'altra mensola, il nobile prese una spada più piccola e la porse a Leòn.

Nonostante non fosse bella come lo spadone, aveva anch'essa il suo fascino: la lama era dritta e ben bilanciata, ma la sua particolarità era l'elsa, decorata con due teste d'aquila.

- Questa, - riprese il Conte. - Questa è l'arma che mio padre fece forgiare per me, quando si rese conto che non ero abbastanza bravo con lo spadone. Il suo sogno sarebbe stato quello di vedermi comandare le armate dell'Imperatore. Purtroppo per me, non fui mai in grado di impugnare passabilmente una spada... tuttavia in mano tua, Leòn, essa saprà farsi valere!

Il nobile passò la spada al giovane ed egli la impugnò con fierezza, provandola come aveva fatto in precedenza Claude, per valutarne il peso.

Si trattava di un'arma ben bilanciata anche se, nelle mani del ragazzone, essa pareva poco più di uno stiletto. Ciò nonostante, il giovane non se ne curò più di tanto, eseguendo diversi fendenti in aria al fine di saggiarne la maneggevolezza.

Grazie alla sua leggerezza, Leòn poté compiere più d'una proiezione rispetto a Claude, strappando un applauso al Conte:

- Ottimo, ragazzo mio! Comunque adesso sarebbe opportuno se ci ritirassimo nelle nostre stanze, - disse il nobile, invitando i due ad andare a letto. - Del resto avrete bisogno di riposare se domani dovrete riprendere gli allenamenti per il Torneo!

***

Il mese seguente passò veloce, finché arrivò il giorno della partenza. Preso il minimo indispensabile per un cambio d'abiti e qualche pasto, i tre partirono in direzione di Bourges, nelle cui vicinanze si sarebbe svolta la giostra. Claude e Leòn erano impazienti di partecipare al contrario del Conte, per il quale la partenza dei figli per la guerra sarebbe stata fonte di preoccupazione. La paura del nobile risiedeva nel fatto che qualora i figli fossero morti entrambi, egli non avrebbe avuto nessun altro a cui poter lasciare la propria eredità. In particolar modo, egli temeva per la vita di Claude, suo erede diretto. Più d'una volta, durante il tragitto, il Conte fece una silenziosa preghiera a Dio, affinché non accadesse nulla di male ai suoi ragazzi. La cavalcata non richiese molto tempo, più difficile fu trovare il luogo preciso. Fortunatamente, la gente del posto seppe ben indirizzare il nobile e in meno di un giorno, Claude, Leòn e il loro padre arrivarono alla agognata meta.

All'inizio della giostra vera e propria mancavano solo due giorni. L'arena del torneo, immaginata dai due giovani come qualcosa di maestoso, aveva poco a che vedere con quella della Scuola di Cavalleria a cui erano stati abituati. Si trattava di un campo aperto liberato dai sassi, su cui erano posizionati dei palchetti. Sopra di essi, erano state successivamente poste delle panche rialzate, per fungere da tribune. Due grossi tendoni erano invece adibiti rispettivamente a stalla e magazzino d'armi per la competizione. Il resto della scenografia era stato ultimato in loco, tagliando qualche albero.

Completavano il tutto le tende, dove si erano accampati i cavalieri col proprio seguito. Immancabili come sempre, si erano aggregati al torneo carri di mercanti, che vendevano provviste e piccole fucine di fabbri armaioli, pronti ad aggiustar spade e corazze. Nonostante il rango, la tenda del Conte l'Aigle non era situata accanto a quelle di altri nobili. Tale disguido era stato dovuto a causa di un ritardo nell'arrivo del messaggio da parte di Dressàrd, l'organizzatore del torneo. Generale di Carlo Magno, imparentato tra l'altro con lo stesso Imperatore, di cui era lontano cugino, Dressàrd promuoveva tali tornei per selezionare i componenti della sua Cavalleria Pesante. Era infatti risaputo che facesse valutare personalmente dai suoi vice i migliori fra i partecipanti, i quali sarebbero stati poi arruolati nella guerra.

In quello specifico torneo, i luogotenenti designati da Dressàrd sarebbero stati due: Edmònd Crotàle, Cavaliere del Serpente e Tristàn Dauvernie, Cavaliere dell'Unicorno. Claude e Leòn ne avevano udito le imprese alla Scuola di Cavalleria, per loro erano al pari di eroi: poterli incontrare quel giorno e riuscire a parlarci era il loro desiderio più grande. Sarebbero stati esauditi in un modo che nessuno avrebbe potuto mai immaginare...

L'accampamento con lo stemma dell'Aìgle fu posizionato ai margini del campo da gara, accanto a quello di alcuni Germanici e di un paio di cavalieri Bizantini. Furono i primi comunque a dare più fastidio, a causa delle rivalità da sempre presenti fra le due etnie all'interno dell'Impero.

Al momento dell'arrivo, Louìs li accolse nella tenda che aveva provveduto ad allestire personalmente. Servo fedele da oltre vent'anni, aveva cresciuto entrambi i ragazzi che lo consideravano ormai di famiglia, tanto da salutarlo affettuosamente. Il domestico sistemò il tendone dell'accampamento, suddividendolo in quattro parti divise da alcuni lenzuoli, al fine da lasciare un minimo di intimità a ognuno dei tre: La parte più grande spettò al Conte. Era stata allestita con un comodo letto di paglia e un piccolo lavatoio.

Le parti occupate da Claude e Leòn, invece, erano poco più piccole e avevano spazio giusto per la branda e una bacinella d'acqua per lavarsi. L'ultima parte, la meno grande, era stata usata come deposito di armi e bagagli, oltre che come posto di Louis per dormire.

Il primo giorno fu interamente occupato dalla sistemazione delle corazze, in particolar modo quella di Leòn. Essa richiese una seconda modifica degli spallacci, perché le possenti spalle del ragazzone non riuscivano bene a muoversi verso l'alto, impedendogli di fatto di poter menare fendenti alla testa. Purtroppo per il colosso, i fabbri non avevano modo di poterglieli sostituire. Con l'appressarsi della guerra, tutto il ferro disponibile era stato requisito per armare l'esercito. I pochi pezzi rimasti erano scadenti e non adatti, in quanto le misure che ogni armaiolo aveva erano troppo piccole, rispetto ai deltoidi massicci del protetto del Conte.

Fu allora che al cavaliere venne un'idea.

Uno dei fabbri possedeva degli stampi per la realizzazione di alcune padelle. Leon decise di realizzarne due sul momento. Usando il metallo degli spallacci e aggiuntovi un po' di ferro per vanghe, acquistato più del suo reale valore, Leòn si mise all'opera. Per prima cosa fuse il metallo, lo fece colare negli stampi, battendolo abbastanza volte da dargli la giusta durezza.

Una volta approntate le due padelle, esse furono piegate in un certo modo con dei colpi di mazzuolo ben assestati dal giovane e bucate con dei chiodi per far passare le fibbie. In tal modo, i pezzi realizzati riuscirono a coprire egregiamente le parti scoperte dalla corazza, consentendo altresì una buona agilità di movimento. Certo, lo stile dell'armatura ne risultò intaccato. A tratti esso risultò anche un po' ridicolo! Tuttavia, Leòn preferì la praticità all'eleganza. Di ben altro avviso fu Claude, che prese in giro il fratello tutta la sera, chiamandolo il cavaliere delle padelle!

Il giorno dopo, mentre Leòn era tornato dal fabbro per gli ultimi aggiustamenti, il figlio del Conte si era alzato presto per iniziare gli allenamenti.

Lo faceva da un mese ormai, tuttavia l'uso dello spadone gli risultava difficile, specie durante il combattimento a piedi. Nonostante gli impegni nel compiere quotidianamente gli esercizi, l'estrema pesantezza della lama non gli consentiva di essere veloce come avrebbe voluto. Purtroppo, aveva promesso al padre di far sfoggio di quell'arma al torneo, e non intendeva venir meno alla parola data.

Fu durante l'allenamento che esso gli venne sottratto.

Il gruppo dei cavalieri germanici, avendo notato le difficoltà di Claude nel maneggiare l'arma, decise di approfittarne. Uno di essi, un energumeno di nome Bors, spalleggiato dagli altri si avvicinò al giovane iniziando a prenderlo in giro. Claude decise di non raccogliere la provocazione, ma il germanico continuò, passando a insultare anche il padre. Al ché, il ragazzo si trovò costretto a sfidare il Germanico a singolar tenzone. A quel punto, gli altri cavalieri, autonominatisi arbitri, invocarono la regola cavalleresca della consegna delle armi da parte del perdente.

Claude era caduto nella loro trappola.

Se non avesse aderito, egli avrebbe perso per squalifica e sarebbe stato costretto ugualmente a cederle. Il giovane, pensando a suo padre e alla delusione che gli avrebbe dato se si fosse ritirato da codardo, decise di combattere per difenderne l'onore.

Bors era in vantaggio, poiché nonostante fosse corpulento, riusciva a essere molto agile, inoltre era più abituato ad incrociare le lame rispetto al ragazzo. Quasi a riprova di ciò, il germanico attaccò per primo con un fendente, scagliato dall'alto verso il basso. Il figlio del Conte dovette usare tutta la sua forza solo per alzare lo spadone in posizione di parata. Il forte colpo di Bors tese a sbilanciare l'avversario, costringendo Claude a fare un passo a lato. Il giovane comunque sfruttò tutto il corpo, torcendo il busto per produrre un fendente laterale, immediatamente parato dall'avversario. Il germanico liberò la lama e così fece Claude. Il giovane sentì il fiato farsi pesante, il suo rivale lo capì e iniziò a bersagliarlo con vari colpi e affondi veloci.

Nonostante l'handicap, Claude si comportò discretamente riuscendo a parare molti fendenti; in qualche occasione, il giovane riuscì a rendersi persino pericoloso. Purtroppo per lui, la lunghezza e pesantezza dello spadone lo intralciavano anziché aiutarlo, specie al momento di dover attaccare. Fu così che Bors, approfittando di un affondo troppo sbilanciato del giovane, gli fece lo sgambetto, facendolo finire a terra a pancia in giù. Il contatto con la polvere fu estremamente umiliante per il figlio del Conte, ma ancor di più lo fu accorgersi che suo padre aveva assistito a tutta la scena.

Il nobile infatti, avendo sentito lo sferragliare dei colpi, si era alzato dal letto ed era uscito fuori dal tendone, giusto in tempo da vedere suo figlio alla mercé del rivale. In ginocchio e col cuore pieno di frustrazione, Claude dovette consegnare la preziosa arma di famiglia a Bors. Il Germanico, ridendosela sotto i baffi, prese in custodia la preziosa lama, che mostrò ai compari in segno di vittoria. Prima di tornarsene alla tenda, tuttavia, decise di umiliare ulteriormente il giovane Claude, buttandogli addosso del fango col piede e imbrattando di fatto la sua armatura.

Al ritorno di Leòn, padre e figlio raccontarono al giovane cosa era accaduto:

- Ti hanno fregato per bene, - commentò il protetto. - Avete pensato a come fare a recuperarla?

- E come? Sono stato sconfitto, - ammise Claude, mestamente. - Se anche gli chiedessi la rivincita, con che cosa potrei barattare lo spadone?

- Potrei giocarmi la spada, - propose Leòn:

- No, giammai, - s'intromise il Conte. - Cosa vuoi fare? Perdere anche la tua? Te lo proibisco!

Il ragazzone si voltò verso il padre e con piglio deciso, disse:

- Padre, io non perderò! Adesso andiamo a cercare due giudici, affinché la sfida risulti valida.

Fu così che i tre si misero in cerca.

Accadeva, che fra i vari arbitri, tanto solerti a organizzare l'evento, ve ne fossero due che sembrava desiderassero fare solo gli scansafatiche.

Se ne stavano a ciondolare qua e là per il campo, bevendo e scherzando, quasi che non gliene importasse nulla del torneo. Per assurdo, i loro colleghi non se ne lamentavano. Riconosciuti entrambi, Leòn li chiamò a sé col suo solito modo educato e affabile:

- Ehi, voi, pelandroni!

I due, accortisi delle parole del giovane cavaliere, guardandosi l'un l'altro con sguardo sorpreso si avvicinarono:

- Dici a noi?

Potevano avere trent'anni a testa, entrambi castani. Uno aveva pochi capelli ed era rasato. L'altro invece, portava una barba che avrebbe avuto bisogno di un'aggiustata. Erano vestiti di abiti semplici, solo la parte di sopra della tunica aveva una mantellina con i simboli del giudice di gara. C'era qualcosa di strano in loro, anche se il ragazzo non riuscì a capire cosa fosse:

- Si, dico a voi, razza di scansafatiche, - continuò Leòn. - Mi servono due arbitri per una sfida di singolar tenzone! Venite con me!

- Guarda che forse non sai con chi... - disse il barbuto, ma subito venne zittito dal compagno.

- Ha detto che c'è una sfida, amico mio... andiamo a vedere di che si tratta. Coraggio, sarà divertente!

Fu così che il piccolo gruppetto raggiunse l'accampamento di Bors, dove Leòn colpì col guanto di sfida il germanico chiedendo l'onore delle armi. Tuttavia, il teutonico non era solo e un altro cavaliere, di nome Ulrich, chiese di poter avere il permesso di sfidare il giovane per primo. A quel punto, fu Claude a chiedere al fratello di poterlo sostituire, di modo che non s'affaticasse.

Gli arbitri, che da annoiati d'un tratto sembravano essersi fatti più interessati, decisero che vi sarebbero state due sfide. Il figlio del Conte avrebbe sfidato Ulrich, successivamente Leòn avrebbe sfidato Bors. Il ragazzone diede al fratello disarmato la propria spada d'allenamento:

- Fanne buon uso e vedi di non perderla!

Cominciò la prima sfida, Ulrich partì subito all'attacco.

Aveva assistito al primo combattimento, dove aveva visto il giovane l'Aìgle alquanto impacciato.

Fu con estrema sorpresa che per poco non si lasciò disarmare!

Inoltre, il germanico dovette ricorrere a tutta la sua esperienza per parare i veloci fendenti dell'avversario, cos'era successo? Nelle mani di Claude, la spada sembrava essere diventata la naturale estensione del suo braccio! Quei movimenti resi lenti dalla pesantezza dello spadone, si erano estremamente velocizzati al momento di utilizzare un'arma più corta e leggera. Gli arbitri osservavano con occhio attento lo svolgersi della tenzone, ogni tanto si guardavano fra loro facendo cenni d'intesa, dimostrandosi estremamente accorti. Lo scontro si stava davvero mettendo male per Ulrich, che si era chiuso in difesa, tuttavia i colpi del giovane L'Aigle sembravano essere in grado di scardinarla. Durante l'ultimo attacco, la parata del germanico scoprì il fianco. Senza por tempo in mezzo, Claude mollò un calcio al costato, costringendo Ulrich a portare le mani al ventre. Mentre l'avversario si inginocchiava per il dolore, il giovane L'Aìgle gli puntò la lama alla gola, aveva vinto! Il germanico, sotto la supervisione degli arbitri fu costretto a cedere la sua arma, pena l'onta della squalifica. Raggiante per il successo ottenuto e per l'onore appena riconquistato agli occhi del padre, il ragazzo porse la spada appena usata al fratello:

- Tienila, - disse il ragazzone. - Funziona meglio nelle tue mani; io prenderò quella di Ulrich!

Era arrivato il turno di sfidare Bors.

Rispetto al fratello, Leòn era un avversario più ostico per il germanico, anche perché i due cavalieri sul piano fisico erano molto simili. A differenza del primo combattimento, nel secondo vi fu una prima fase di studio. Entrambi si fronteggiavano proponendo delle finte, ma senza portarle a termine. A quanto pareva, nessuno dei due sembrava volersi scoprire. Fu il ragazzone a prendere per primo l'iniziativa, con un fendente portato dall'alto verso il basso, subito schivato da Bors che in risposta provò un contrattacco da sinistra, ma Leòn fu lesto a parare e reagì subito con un affondo, che il germanico scansò per un soffio.

I contendenti erano forti e abili a tal punto da potersi fronteggiare alla pari, quando un fatto imprevisto sembrò presagire la sconfitta del ragazzo. La spada di Ulrich, già provata da precedenti combattimenti, nonché dalla forza dei colpi dati e subiti in quella giornata, si spezzò. Pregustandosi la vittoria, Bors preparò un fendente dall'alto verso il basso ben sapendo che il ragazzo sarebbe scartato verso dietro. Leòn, fece invece quel che nessuno si sarebbe mai aspettato. Anziché indietreggiare, il giovane colosso si buttò in avanti, rendendo inefficace il colpo. Il giovane aveva buttato la spada ormai inservibile e aveva attaccato con l'unica cosa che potesse adoperare, il suo corpo. Quella che era iniziata come una sfida, era adesso divenuta una zuffa, con Leòn che aveva bloccato il braccio armato di Bors in maniera tale da non poter usare lo spadone. Allo stesso tempo, il ragazzone menava pugni col braccio libero allo stomaco del germanico. Curiosa era l'espressione dei due giudici. Teoricamente, non vi era nessuna regola scritta che vietasse al guerriero disarmato di difendersi con calci e pugni. In combattimento, era concesso usare tutto il corpo al fine di valorizzare l'arte della spada. Spintoni o gomitate erano la regola, al momento di sbilanciare gli avversari. Qualche cavaliere usava sgambetti o proiezioni per disarmare l'avversario. Tuttavia nel caso di Leòn, essa sembrava esser diventata una lotta pura, senza spada. Per assurdo, sembrava fosse il ragazzone ad avere la meglio in quel tipo di lotta. Mentre Claude era stato sempre ligio ai regolamenti della Scuola di Cavalleria, che vietavano le scazzottate fra cadetti, Leòn al contrario vi si era sempre tuffato dentro. Ciò nonostante, in questo frangente l'esperienza gli stava tornando utile. Bors, in ogni caso non ci teneva a prenderle da un ragazzo. Il germanico decise quindi di scrollarsi di dosso l'avversario, facendogli uno sgambetto. Il giovane cadde in ginocchio tuttavia,non avendo mollato la presa al braccio con lo spadone, Felìne trascinò con sé il germanico. I due contendenti restarono entrambi avvinghiati a terra per un po', finché uno scarto improvviso di Leòn non liberò l'avversario. Bors non poté credere a tanta fortuna! Aveva la spada in mano, era in vantaggio, gli sarebbe bastato puntarla sul ragazzo e...

Il piatto della lama spezzata di Ulrich lo colpì in testa così forte da mandarlo nel mondo dei sogni. Durante la lotta a terra, Leòn aveva notato la punta rotta, decidendo di giocarsi il tutto per tutto. Con un movimento improvviso, il protetto del Conte si era divincolato dal germanico, afferrando il ferro il tempo necessario a mollare un colpo alla testa.

A quel punto, toccò ai giudici dare il verdetto:

- Bene, - disse il barbuto, rivolto a Leòn. - A quanto pare sei riuscito a farcela: sei il vincitore!

- Grazie, - rispose il giovane. - Anche se non sembra vi siate impegnati più di tanto!

- Oh, al contrario Mon amì, - s'intromise il giudice con pochi capelli. - Il mio amico Tristàn e io abbiamo molto osservato il vostro operato, tanto che desidero farvi personalmente le congratulazioni per il vostro arruolamento!

- Arruolamento per cosa, di grazia? - domandò Claude, dopo essersi sentito tirare in mezzo.

- Glielo dici tu, Edmònd? - chiese il barbuto, ammiccando.

- Se proprio insisti, amico mio, - rispose lo stempiato rivolgendosi ai due ragazzi. - Dopo avervi visti combattere, io, Edmònd Crotàle, Cavaliere del Serpente, insieme a Tristàn D'Auvernie, il qui presente Cavaliere dell'Unicorno, col mandato conferitoci dal Generale Dressàrd, abbiamo deciso che a una settimana da ora, voi vi uniate alla Cavalleria Pesante dell'Imperatore nel luogo che più tardi vi indicheremo!

- Eh eh, - sogghignò Tristàn, nei confronti dei due nuovi paladini di Francia. - Vi aspetta una bella guerra in terra araba...

Leòn e Claude rimasero a bocca aperta: senza nemmeno rendersene conto, si erano ritrovati insieme ai loro beniamini!

Ne avevano sentito narrare le gesta, senza averne mai visto i volti. Adesso erano lì, con loro. Presto, i due cadetti avrebbero avuto l'onore di combattere perfino al loro fianco. Mentre il figlio del Conte rese omaggio ai luogotenenti di Dressàrd nel modo più confacente al suo rango, ovvero inchinandosi e portando il pugno al petto, il fratello arrossì come un peperone.

Senza rendersene conto, Felìne aveva insultato due dei più valenti cavalieri del suo Sovrano:

- Che c'è, ragazzone, - domandò Crotàle, punzecchiandolo. - La vergogna ti ha tolto la lingua? Eppure, eri molto spavaldo prima, quando ci chiamavi pelandroni...

-Io, - balbettò Leòn, ancora mortificato. - Io me ne scuso... temo di avervi mal giudicato.

- Molto bene, - disse Tristàn, sorridendo e dandogli una pacca sulla spalla. - Credo che tu abbia capito la lezione. Adesso torniamo alle tende, che domani c'è il torneo!

Fu così che i due Luogotenenti di Dressàrd si congedarono. Leòn, mogio per la figuraccia, recuperò lo spadone dalle mani di Bors ancora tramortito e lo diede al fratello, che lo prese a due mani. Tuttavia Claude, dopo essersi scambiato un cenno col padre che annuì, restituì l'arma al fratello:

- L'hai vinta tu, quindi ti appartiene, - disse consegnandogliela.

- Fanne buon uso!

Commosso fino alle lacrime, Leòn abbracciò entrambi fin quasi a soffocarli. Al colmo della gioia, il colosso lasciò i due e iniziò a provare la sua nuova lama.

Il Conte e Claude restarono di stucco quando lo videro impugnare agevolmente quella pesante arma con un solo braccio. Il giovane, riusciva a compiere ogni movimento senza che il lungo ferro lo facesse vacillare, in perfetto equilibrio. Sembrava che lo spadone fosse fatto apposta per lui! Di contro, Claude si sarebbe destreggiato molto meglio con la spada dell'aquila.

Era stata una giornata particolare, che, se da un lato aveva saldato ancor di più i legami di famiglia, dall'altro aveva aperto nuovi timori. Nessuno dei due sapeva cosa avrebbe riservato loro il domani, con l'avvicinarsi della guerra; tuttavia, che avessero vinto o perso, quella sera avrebbero festeggiato.

Qualcuno da cui tornare

Un pallido sole fece capolino, tingendo d'azzurro il cielo e illuminando la valle piena di rugiada. La leggera nebbia del mattino andò via dissolvendosi, lasciando spazio al nuovo giorno.

Nel fitto della foresta, una coppia di scoiattoli si affrettò a immagazzinare le provviste per l'inverno, quando un inatteso squillo di tromba li mise in allarme. Il loro istinto li costrinse a scappare verso la tana, lasciando le noci incustodite. I roditori avvertirono la sua presenza ancor prima che arrivasse.

Nonostante le foglie ne attutissero il rumore, un cavallo veniva spronato al galoppo oltre il suo limite. Quasi fosse inseguito dal diavolo in persona l'equino passò veloce davanti alla tana, frantumando il cibo degli scoiattoli lasciato fuori con la forza degli zoccoli. Nel frattempo, il suo cavaliere, continuò a incitarlo senza pietà. Si trattava di uno splendido baio ancora troppo giovane per andare in battaglia, ma abbastanza rapido da essere assegnato alla ricognizione.

Dal canto suo, anche chi lo cavalcava era un ragazzino di soli undici anni. Seppur troppo piccolo per andare in guerra, costui era grande abbastanza da esser mandato a spiare le mosse dell'esercito Saraceno. Col cuore in gola, il giovinetto aveva atteso l'avanzata delle armate avversarie, tenendosi sempre a debita distanza di sicurezza. Una volta compresa la direzione intrapresa dagli arabi, il ragazzino spronò l'animale al galoppo.

Doveva avvisare il suo Comandante, calcolò circa due ore di vantaggio sui nemici. La Cavalleria araba era di per sé abbastanza veloce, grazie soprattutto ai suoi destrieri, animali senza rivali al mondo. La fortuna del ragazzo fu che, in quel momento, essa dovesse procedere a passo d'uomo, per non lasciare sguarnita la fanteria.

I musulmani, forti di un esercito totale di novemila uomini e certi della loro superiorità numerica, non avevano ancora inviato ricognitori a esplorare il campo di battaglia. Questo errore sarebbe stato loro fatale. Poco lontano da lì infatti, i Franchi avevano montato l'accampamento.

Fra le loro fila, vi erano i Paladini di Francia, l'elite della cavalleria da battaglia. Il cavallo del giovane divorò gli ultimi metri che lo separavano dall'attendamento. Le sentinelle, riconosciuto il ragazzino, lo fecero passare senza nemmeno sbarrargli il passo. Con un agile balzo, il giovinetto scese dall'animale e corse verso la tenda del comandante. Fu così che il ricognitore poté trasmettere l'informazione al suo superiore:

- L'esercito nemico è arrivato, Signore, - disse l'undicenne, ancora col fiatone. - Sta marciando in file compatte verso la piana di Sourboun, con la cavalleria che gli protegge i fianchi!

Il comandante Dressàrd all'epoca aveva appena compiuto i cinquant'anni, ma gli scorreva ancora forza e vigore da vendere.

Data la sua bassa statura e il suo fisico minuto, a vederlo non l'avrebbero mai preso per un cavaliere. Solo al momento di salire in groppa al suo destriero, egli riusciva a diventare una vera forza della natura. Brizzolato nella capigliatura, aveva occhi neri come la pece che riuscivano a diventare di fuoco quando qualcuno dei suoi sottoposti mancava ai propri doveri :

- Ben fatto, ragazzo, - rispose Dressàrd, sorridendo. - Ora fila alle cucine e fatti dare qualcosa da mettere sotto i denti, prima di svenire...

Stremato, ma fiero del proprio operato svolto bene, il giovinetto si congedò dal comandante. Il ragazzino si sentiva le gambe pesanti e la testa leggera, tuttavia un buon pasto e qualche ora di sonno sarebbero bastate a rimetterlo in sesto. Presto, quel giorno vi sarebbe stata battaglia e anche lui avrebbe fatto la sua parte.

***

Al segnale di adunata l'accampamento si destò dal torpore, divenendo un brulicare d'uomini intenti a disporsi in fila nel piazzale. Si trattava perlopiù di contadini, il loro addestramento era stato sommario. Tuttavia, essa era gente determinata che combatteva per la terra e la famiglia.

Solo questo fatto dava loro un valore aggiunto, ovvero il coraggio e la forza di affrontare persino l'esercito regolare Saraceno.

Il comandante Dressàrd controllò che tutti si fossero radunati. Fra le fila, un sergente rimbrottò chi non si era allacciato bene armatura ed elmo. Accanto ai contadini, poco dopo si dislocarono i fanti corazzati nelle loro cotte di maglia. Erano solo ottocento contro i duemila contadini, ma il Generale sapeva che su di loro avrebbe potuto fare affidamento al fine di sfondare le linee nemiche di terra. Ben altra cosa, sarebbe stata la Cavalleria araba. Quel giorno, i suoi Paladini avrebbero avuto il compito di bloccarla e impedirle l'arrivo alle porte di Parigi.

D'un tratto, Dressàrd, si sentì male al pensiero di dover sacrificare tutti quegli uomini. L'esercito Franco contava un totale di duemilaottocento uomini più cinquecento cavalieri, contro i settemila degli arabi a cui si univano i duemila a cavallo.

Era uno scontro impari e Dressàrd lo sapeva.

Tuttavia gli ordini di Carlo Magno erano stati precisi: avrebbero dovuto bloccare l'avanzata nemica a ogni costo. Dovevano rallentarli quel tanto che bastava, al fine di consentire all'Armata dell'Imperatore di precederli. Carlo Magno aveva dato ordine di procedere a marce forzate, pur di arrivare a Parigi prima degli arabi. Soltanto da lì l'esercito Franco, riunendosi insieme ai rinforzi Inglesi e Tedeschi, avrebbe potuto sferrare la controffensiva per ricacciare gli invasori oltre i Pirenei. Il Comandante spostò lo sguardo in direzione dei suoi Paladini, aveva combattuto fianco a fianco con parecchi di essi e ne conosceva il valore. Gli altri erano così giovani che si poteva dubitare dell'abilità di ognuno, anche se su almeno due di questi ci avrebbe scommesso.

Si trattava di Claude l'Aìgle e Leòn Felìne, il primo era il figlio del Conte dell'Aìgle, il secondo il protetto. Per quel poco che il Generale sapesse di loro, i due erano cresciuti insieme come fratelli. A detta di un paio di suoi veterani, sconfitti in un duello d'allenamento da Claude e Leòn, quei bastardi sapevano maneggiare la spada maledettamente bene.

Beh, - pensò Dressàrd. *- Oggi avrò bisogno di tanti bastardi maledettamente abili.*

Poco distante dal piazzale del raduno, il giovane Felìne ultimò i preparativi per la battaglia. Incurante dei pensieri espressi dal Comandante nei suoi confronti, Leòn indossò la sua armatura, realizzata e costruita personalmente dal giovane modificando quella avuta in dono dal Conte. L'aveva decorata con due teste di leone ruggente sugli spallacci, ricavati dallo stampo di una statua. Li aveva realizzati con una lega di ferro e bronzo, rendendoli grandi abbastanza da coprirne per intero le enormi spalle. Allo stesso modo, aveva fuso due fregi felini sulle ginocchiere e alterato la forma degli schinieri delle braccia. Questi ultimi erano stati modificati al fine di dare la forma di zampa di felino, con relativi artigli. Sembrava che l'armatura dovesse contenere in sé lo spirito del Re della foresta! L'elmo, modificato personalmente da Leòn, somigliava nella sua parte superiore alla testa di quel fiero animale. Agli occhi del nemico, esso avrebbe mostrato la testa di un leone a fauci spalancate, contenente un volto stilizzato dentro la bocca. L'armamento del cavaliere comprendeva anche una mazza ferrata e uno scudo ovale rinforzato, su cui il giovane aveva aggiunto dei chiodi al centro e una lama nella parte inferiore. Ciò, al solo scopo di poterlo usare all'occorrenza come arma offensiva. Nella parte concava interna dello scudo spiccava la seguente scritta, incisa a suo tempo dal giovane col coltello:

'Με αυτό ή σε αυτό'

Era in greco e significava letteralmente: *'Con questo o su questo'*.
Si trattava delle parole che le madri degli spartani, dicevano ai propri figli, prima che essi andassero in guerra. Per il fiero popolo di Lacedemone, qualsiasi forma di vigliaccheria in battaglia era proibita, pena la morte. Leòn, da bambino aveva letto il resoconto della battaglia delle Termopili, restandone impressionato. Tali laconiche parole gli piacquero così tanto, da farne il suo motto.

Punta di diamante dell'armamento di Leòn restava comunque lo spadone, che lui solo era capace di manovrare con un solo braccio.

Era l'arma a cui il giovane teneva di più, apparteneva in precedenza al Conte L'Aìgle e sarebbe dovuta passare a suo figlio Claude. A un torneo, i Germanici l'avevano sottratta con l'inganno, lui e il fratello si erano battuti per recuperarla. Leòn aveva affrontato Bors, uno dei cavalieri più capaci del torneo. Era stato il suo primo vero combattimento, ma aveva vinto lo stesso. Alla fine, Claude aveva fatto dono dello spadone al fratello, in quanto unico uomo a suo giudizio degno di possederlo.

Il giovane finì di sistemare le placche poste a protezione del cavallo, quando un oggetto familiare attrasse la sua attenzione.

Si trattava del ciondolo, da lui realizzato come dono per Michelle, l'unica donna che Leòn avesse mai amato fino a quel momento. L'avrebbe presa volentieri in moglie, ma per uno strano scherzo del destino ella era invece divenuta la consorte di suo fratello. In condizioni normali, la figlia di un cuoco non avrebbe potuto ambire alla mano di un Conte come Claude. Al contrario Leòn, non essendo nobile di nascita non avrebbe mai avuto simili vincoli. Con la guerra, il Casato dell'Aìgle era stato derubato dai Saraceni di tutti i suoi possedimenti. Ciò aveva improvvisamente reso di fatto poveri entrambi i fratelli, spianando la strada a Claude per Michelle. Il vecchio Conte era morto da tempo, prima che accadesse. Se non altro, al defunto padre era stata risparmiata l'onta di dover abbandonare le sue proprietà. Tale sorte invece era toccata ai due fratelli, costretti a dover fuggire contro l'inarrestabile avanzata Saracena in territorio Franco. Rimasti senza il becco di un quattrino, ma soprattutto desiderosi di riconquistare le terre e l'onor perduto, i due cavalieri si buttarono a capofitto nella lotta contro l'invasore. Michelle li seguiva su ogni campo di battaglia, accodandosi all'esercito come ausiliaria per cucinare i pasti. La giovane sarebbe potuta andare dovunque, ma non lo fece. Da patriota, ella combatté assieme ai due Paladini a modo suo, restando sempre al loro fianco persino prima che Claude la chiedesse in moglie.

Con la scomparsa del Conte, nessun familiare avrebbe potuto opporsi al matrimonio. Del resto, anche il padre della ragazza era deceduto per mano Saracena. Liberi da vincoli, la scelta spettava soltanto a loro. Lo stesso giorno che Michelle acconsentì alle nozze, Leòn si sarebbe voluto dichiarare. Si era immaginato di poter giungere al suo cuore semplicemente, regalandole il gioiello da lui stesso forgiato. L'aveva raggiunta nel bosco con l'intenzione di fargliene dono, ma ella si trovava già lì in compagnia di Claude. Il ragazzone li vide baciarsi, bastò questo a sconfiggerlo. Al suo rivale, era bastato un semplice fiore per conquistare la sua amata. Leòn aveva conservato quel ciondolo e alla fine lo aveva incastonato nella sua sella. L'aveva nascosto bene, inserendolo in un punto che non potesse essere raggiunto dai fendenti di un nemico. Stava ancora rimirandolo, quando le sue orecchie udirono dei passi e una voce a lui familiari:

- Perdi troppo tempo a prepararti da solo cavallo e
armamentario, - disse Claude, col suo solito tono canzonatorio.
– Dovresti servirti di uno scudiero, come faccio io!

Claude L'Aìgle, oltre a essere diventato suo fratello dopo l'adozione di Felìne da parte del Conte, era sempre e comunque il migliore amico di Leòn. Per tale motivo, egli era stato anche l'unico uomo capace di prendere il cuore di Michelle a cui il colosso non si sarebbe mai opposto:

- Sono molto geloso delle mie armi e della mia sella, - rispose, secco, Leòn. - Inoltre, mi piace occuparmi personalmente di tutto ciò che può provvedere a salvare la mia vita. Se non te lo ricordassi: siamo in guerra!

Claude era l'esatto opposto del fratello, i due erano diversi come il giorno e la notte: Leòn era alto e moro, l'altro era biondo e più basso di lui. Il figlio del Conte aveva una corporatura meno possente e il suo corpo non presentava le cicatrici che contraddistinguevano il fisico di Leòn; in volto, i due si differenziavano parecchio, soprattutto negli zigomi. Quelli del ragazzone erano grossi e marcati, mentre nel fratello erano molto più fini. Claude aveva preso parecchio della bellezza della madre, morta nel darlo alla luce, gli occhi del giovane

Conte, d'azzurro quasi turchino, risaltavano a confronto con quelli grigio fumo di Leòn; per quanto nemmeno quest'ultimo potesse considerarsi brutto, il loro fascino era opposto: rozzo e virile quello di Leòn, armonioso e curato quello di Claude; inutile dire che, fra i due, a far girare la testa alle donne fosse quest'ultimo.

Tuttavia il giovane Conte era fedele, in quanto non aveva occhi che per sua moglie:

- Se non fosse che hai un destriero maschio, - continuò Claude, prendendolo in giro. - Potrei pensare che ti interessano più i cavalli delle donne! A tal proposito: Michelle vorrebbe farti conoscere la figlia del mugnaio di qui che...

- No, grazie, - lo interruppe Leòn. - Ringrazio per il pensiero, ma per ora non mi interessa nessuna altra donna, sto bene così. Quanto al mio Bucefalo, almeno non è seccante come una donna, o come una certa persona che mi sta parlando adesso!

Il Cavaliere dell'Aquila inarcò le sopracciglia, fingendosi spaventato. In cuor suo, Claude era consapevole di quanto l'atteggiamento burbero di Leòn fosse solo una semplice facciata.

Nell'intimo di quel ragazzone si nascondeva un cuore d'oro, di cui più volte egli ne aveva dato prova. Anche Leòn era innamorato di Michelle, ciò nonostante si era sempre dimostrato leale nei confronti del fratello. L'aveva fatto, in particolar modo mettendosi da parte, quando aveva capito quanto lei ricambiasse l'amore di Claude:

- Va bene, come vuoi, - disse quest'ultimo. - Ma prima o poi qualcuna ti prenderà al laccio e voglio vedere la faccia che farai quando accadrà! Quanto a me, credo andrò a controllare che il mio scudiero non abbia dimenticato nessun'arma, o assaggerà il becco delle mie aquile!

Il figlio del Conte si riferiva alle due teste di rapace, ornanti le sue spalle. Era stata la corazza di Claude a dare lo spunto a Leòn per costruire la propria. Forgiata da uno dei più valenti fabbri dell'Impero, l'armatura dell'Aquila era stato l'ultimo regalo fatto dal Conte a suo figlio, poco prima della sua dipartita. La corazza era costata molto denaro, ma era una delle più belle finora realizzate. Era decorata sul petto con un bassorilievo raffigurante un'aquila ad ali spiegate, le cui piume erano state realizzate saldando fra loro varie placche di ferro, mischiato a finissimo argento. Spada e scudo di Claude erano decorati con i medesimi motivi, per creare una continuità con l'aspetto della corazza. Nelle intenzioni del Conte l'armatura era stata pensata, oltre che per combattere, anche per non far sfigurare Claude alla corte dell'Imperatore. Tuttavia, chiunque avesse pensato che quello potesse essere solo un bell'ornamento, avrebbe di sicuro avuto una brutta sorpresa. Fatta di una speciale lega di ferro, riusciva ad avere la stessa robustezza delle altre armature, pur essendo molto più leggera. La differenza fra i due uomini non si rifletteva solo nei caratteri o nelle corazze, ma anche nella scelta dei loro cavalli.

Leòn montava uno splendido baio Norreno, di nome Bucefalo: era un'animale alto robusto e veloce, dal carattere indomito e ancora mezzo selvaggio. Claude montava invece un Lipiziano bianco docile e intelligente, di nome Antares. Il giovane Conte aveva acquisito la sua attuale cavalcatura battendo un nobile Germanico nel suo primo torneo. Il ragazzone finì di asciugare il manto del suo destriero, quando sentì sulla spalla il familiare tocco di una mano.

Non vi era momento migliore delle sue giornate di quel contatto con Michelle, l'unico che il suo onore di cavaliere potesse permettersi con una donna sposata:

- Posso fare una richiesta al più forte dei cavalieri? - chiese la giovane.

- Concesso, a patto che tuo marito ammetta che gli sono superiore, - rispose Leòn, con un sorriso obliquo. - Conoscendolo, non lo farà mai, anche perché non è del tutto vero...

- Finora, - convenne Michelle. - Finora lo hai sempre battuto durante gli allenamenti.

- Quelli non sono veri scontri, - ammise il cavaliere, con la voce leggermente arrochita. - Comunque, riguardo al tuo cuore, Claude mi ha battuto su tutti i fronti...

Improvvisamente, le braccia della giovane gli cinsero la vita e il cavaliere ne fu sopraffatto.

In un'estasi di sensi acuiti al massimo, Leòn riuscì ad avvertire ogni contatto sulla propria schiena. La donna aveva poggiato la testa in mezzo alle sue spalle, aderendo al corpo del giovane come un timbro sul tampone.

Nonostante i vari strati d'armatura a separare fisicamente i due corpi, ogni porzione della pelle di Leòn toccata da Michelle avrebbe memorizzato ogni particolare della ragazza. Il cavaliere non avrebbe mai dimenticato il senso di beatitudine provocato da quell'abbraccio. Se avesse avuto il dono di fermare il tempo, il colosso l'avrebbe fatto in quell'istante:

- Claude è mio marito ed è l'uomo che amo da sempre, questo lo sai, - continuò Michelle in tono sincero, ferendo il cuore di Leòn suo malgrado. - Comunque voglio bene anche a te, come fossi mio fratello!

- Lo so, - sospirò amaramente Leòn.

- Per tale motivo, da sorella, ti chiedo di proteggerlo sempre in battaglia, - continuò la giovane innamorata, terminando il proprio appello. - Fa che anche questa volta, egli possa tornare da me!

Le parole di Michelle, soavi come quelle di un angelo, fecero sanguinare il cuore del paladino con la stessa intensità della fredda lama di uno stiletto piantata in petto:

- Farò tutto il possibile...

Leòn, era conscio di non poter venir meno a tale promessa. Molto tempo prima, aveva fatto lo stesso giuramento sul letto di morte del Conte: avrebbe protetto Claude a costo della propria vita.

- Grazie...

- Sai che lo farei comunque, quindi non ringraziarmi e non preoccuparti per lui. Piuttosto: se puoi, tieni un pochino anche alla mia pellaccia di tanto in tanto, - proseguì il paladino girandosi con finto fare seccato. - Forse non sarò bello e raffinato come tuo marito, ma ho il fascino da rozzo ubriacone!

- Stupido! Sei uno stupido caprone, - si arrabbiò Michelle.

- Meriteresti cento frustate invece di questo!

La ragazza fece un piccolo saltello, abbastanza da raggiungere il volto di Leòn per dargli un bacio sulla guancia.

Qual intimo giubilo! Come se il tocco di quelle labbra fosse in grado di trapassare spessi strati d'armatura, il cuore del paladino ebbe una vampata.

Il sangue, divenuto impaziente per via dell'eccitazione, pompò più veloce in petto. In un istante di profonda beatitudine, d'un tratto al giovane sembrò di udir le campane, non v'erano chiese nelle vicinanze...

L'abbraccio di Michelle sembrò durare un eternità, eppur cessò in un attimo. L'idillio, così come era giunto, finì allo stesso modo. Ella l'aveva lasciato per andar da suo marito, a raccomandarlo d'esser prudente in battaglia. Leòn rimase inebetito. Il suono dell'adunata lo riportò alla realtà, doveva combattere quel giorno. Avrebbe lottato oppure sarebbe morto, ma non prima di portare qualche nemico con sé nella tomba!

***

Da bambini, Claude e Leòn avevano udito racconti di epiche battaglie che tanto avevano inebriato i loro cuori. Una volta cresciuti, tutto era stato disatteso al momento di andare in guerra. Nessuno dei due si sentiva un eroe, uccidendo per la prima volta in battaglia. Accadde durante la loro prima missione agli ordini di Crotàle, dove entrambi ricevettero il battesimo del ferro. Non v'era nulla di glorioso nel porre fine all'esistenza di un altro essere umano durante uno scontro. Non c'era maestosità nelle ossa che si rompevano, colpite dalle mazze. Non vi era orgoglio, nelle urla di sofferenza di uomini feriti a morte. Il profumo del conflitto era stato soppiantato dal lezzo di sangue, urina ed escrementi nel campo di battaglia. Una sola certezza accompagnava i cavalieri in combattimento: Esisteva solo la lama, pronta a trafiggere il cuore nemico. L'unico fine, del freddo metallo da loro impugnato, era inondarsi del liquido scarlatto di colui a cui la vita veniva portata via. Alla fine l'addestramento compiva il resto, consentendo di passare al prossimo avversario.

Ogni successiva uccisione faceva dimenticare la precedente, finché anche il sapore della calda linfa diventava abitudine. Erba calpestata, terra, sangue, urina ed escrementi rilasciati, l'unione di tutto ciò era la sola puzza esistente sul campo di battaglia. Su tutti implacabile l'invisibile lezzo della morte, unica vera e fedele compagna di tutti gli uomini.

Il combattimento infuriava da un pezzo ormai, sembrava fossero passati giorni, tanto esso era stato feroce! Il ferro delle armi infilzava le carni e frantumava corpi spezzando ossa, rendendo di fatto gli uomini mangime per i corvi. Anche in quel giorno, fiumi di porpora inondarono la terra e uomini caddero come agnelli posti a sacrificio. Approfittando del vantaggio di una posizione rialzata, l'esercito Franco aveva eretto delle piccole barricate. Da quella posizione, gli arcieri avevano potuto mirare abilmente sulla Cavalleria Saracena, decimandone uomini e cavalcature. Gli arabi a cavallo si trovarono costretti loro malgrado a ripiegare nelle retrovie, per non diventare facile bersaglio dei Franchi. La posizione di svantaggio, comunque evidente, non dissuase gli invasori a ritirarsi. Anzi, capito d'esser sotto attacco, i Saraceni schierarono i fanti pesanti. Era la loro elite da combattimento, possedevano corazze e scudi di fattura Spagnola in grado di proteggere i soldati di Allah dai migliori archi presenti in quel tempo. Quello che in teoria sarebbe dovuto essere uno scontro frontale, era divenuta adesso una guerra di posizione.

Le due compagini si studiavano a vicenda al fine di scoprire il punto debole del fronte avversario. Il Comandante Dressàrd non poté sperare in una situazione migliore, pur sapendo dentro di sé che non sarebbe durata per molto. Passò il giorno, entrambi gli schieramenti rimasero nelle proprie posizioni. Di comune accordo, fu decisa la cessazione delle ostilità, che sarebbero riprese l'indomani. Ciò permise a entrambe le fazioni di recuperare i propri feriti, ovviamente gli arabi erano di più. A conferma della parola dei comandanti, gli stendardi degli eserciti avversi vennero incrociati nella perfetta metà, alla distanza della terra di nessuno che separava i due fronti:

- Spero che le battaglie non siano sempre così, - commentò Leòn, a fine giornata. - O davvero finirò per annoiarmi!

Non avendo combattuto, i due paladini erano rimasti nelle retrovie. Mentre i compagni erano smontati da cavallo, loro erano rimasti in sella per meglio studiare le posizioni nemiche:

- Effettivamente, sembrerebbe così, - confermò Claude. - Ma se consideriamo che noi siamo di meno, in teoria dovremmo essere in vantaggio!

Il nobile porse al fratello un bicchiere di idromele portatogli dal suo scudiero, che il giovane vuotò tutto d'un fiato:

- Non vedo l'ora che finisca per potermi bere un po' di sano vino, - si lamentò il ragazzone.

- Pazienta, amico mio, - continuò l'altro. - Sono sicuro che domani tutto sarà finito, in un modo o nell'altro. Ti chiedo una sola cortesia... se non dovessi sopravvivere, proteggi tu Michelle da parte mia.

Il pugno a martello del compagno si abbatté sul petto del giovane Conte, solo per poco Claude non fu scalzato da cavallo. Tossì per l'improvvisa mancanza di fiato.

- Un'altra di queste parole smielate e il nemico non avrà bisogno di prenderti a calci, - disse seccato il Cavaliere del Leone. - Perché lo farò io!

- Ma...

- Niente ma, - lo interruppe Leòn. - Adesso ascoltami bene una volta per tutte: noi domani scenderemo in battaglia! Io combatterò, tu combatterai ed entrambi torneremo vincitori!

- Sai una cosa? È bello sapere di averti al mio fianco!

- Purché anche tu protegga il mio, - concluse Leòn. Ci tengo alla mia pellaccia!

***

Come previsto, l'indomani la battaglia ricominciò molto più cruenta rispetto al giorno precedente. Approfittando della tregua momentanea, durante la notte l'esercito Saraceno aveva aggirato il fianco della posizione Francese.

Se da un lato questa mossa poteva sembrare vantaggiosa, dall'altro aveva lasciata sguarnita la cavalleria araba, protetta solo da poche linee di fanti pesanti.

Tentando il tutto per tutto, il comandante Dressàrd lanciò i suoi Paladini all'attacco dei fanti nemici. Lancia in resta, i cavalieri si precipitarono giù dall'altura fortificata, investendo in pieno lo schieramento avversario. La forza d'urto dei cavalli, pesantemente corazzati, aprì una breccia nello schieramento nemico. Molti furono i caduti calpestati dagli zoccoli dei destrieri Franchi, mentre truppe arabe a cavallo venivano ostacolate dalla loro stessa fanteria.

Leòn e Claude combattevano fianco a fianco, menando fendenti a destra e a manca. Dopo molte battaglie, erano divenuti veterani nel dispensare morte nelle file nemiche. Come fossero stati i due animali di cui portavano le insegne, Leòn si batteva col coraggio di un leone, mentre Claude artigliava il nemico come un aquila.

Tale fu la loro foga e la loro bravura, che i soldati Saraceni indietreggiarono pur di evitare il combattimento:

    - Per la miseria, - commentò il Generale, osservando i due
    cavalieri dalla sua posizione rialzata. - L'Aìgle e Felìne sanno
    davvero il fatto loro!

Dalla sedia di comando, Dressàrd aveva guardato l'evolversi della situazione, non senza un certo orgoglio per quei due giovani. Non solo erano riusciti a far breccia nello schieramento nemico, ma avevano persino iniziato a impegnare la cavalleria avversaria!

Doveva dar loro una mano:

    - Cento di voi contadini, - ordinò rivolto ai suoi. - Andate a
    finire quelli che rimangono in piedi! Altri cento di voi,
    prendano le lance e gli scudi di legno: dovete bloccare a terra i
    loro destrieri!

Come un sol uomo, inebriati dal successo dei Paladini, i contadini si gettarono nella mischia. Era incredibile quanto coraggio riuscisse a dimostrare quella gente semplice che difendeva la propria terra! A gruppi di tre, accerchiarono qualsiasi cavaliere avversario rimasto isolato. Mentre due di loro lo distraevano tenendolo a distanza con le lance, il terzo gli piantava nella schiena la punta della propria picca.

I meno armati provvedevano a tagliare le gole dei soldati nemici, rimasti feriti nel primo assalto dei paladini. Forse non fu molto lodevole come iniziativa, ma erano in guerra e l'unico Saraceno inoffensivo era quello morto. Dressàrd ordinò di rinforzare le barricate posteriori. Il Generale lanciava urla a tutti, andando su e giù per le file, d'un tratto cominciò a sentire caldo. Decise di slacciarsi l'elmo, per tergersi la fronte. Prima che Dressàrd se ne rendesse conto, la freccia di un arciere nemico gli trapassò la testa, uccidendolo sul colpo.

La battaglia precipitò.

Rimasti senza guida e sorpresi alle spalle dalle truppe Saracene, i fanti e i contadini Franchi dimenticarono qualsiasi criterio di formazione, difendendosi con la sola forza della disperazione. Pur battendosi con coraggio, i soldati di Dressàrd dovettero soccombere dinanzi alla superiorità e alla migliore dislocazione dei nemici, i quali combattevano compatti.

Nel frattempo la Cavalleria araba, pur se incalzata, era riuscita a serrare i ranghi. Riorganizzatasi, essa si mosse fino ad accerchiare i Paladini Franchi. Questi ultimi, ridotti di numero, iniziarono a combattere sparsi. Le armature, prima della battaglia tirate così a lucido da riflettere i raggi del sole, erano ora pestate e sporche di terra e sangue.

Solo gli spiriti indomiti dei cavalieri al loro interno, parvero non risentire della fatica della battaglia. Con tutto il fiato in corpo, essi si incitarono ancora l'un l'altro. Il clangore del metallo e le urla dei guerrieri arrivarono fino al cielo. Le corazze erano ormai divelte, le spade avevano la lama intaccata in più punti, ma nulla pareva fermare la furia dell'aquila e del leone!

Da un po', i due avevano perso contatto con gli altri compagni. Rimasti isolati, uno dopo l'altro i Paladini venivano uccisi dai Saraceni, che accorrevano sempre più numerosi. Claude e Leòn al contrario, combattevano insieme proteggendosi il fianco a vicenda. Dove non arrivava la lama di uno, ci pensava quella dell'altro, ma alla fine anche loro si ritrovarono circondati.

Il nemico li aveva accerchiati tuttavia, avendo avuto prova del loro valore con la spada, nessuno dei cavalieri avversari si faceva avanti per sfidarli. Qualsiasi Saraceno provasse ad attaccarli, sciabola, mazza, coltello o scimitarra che fosse, finiva per essere ucciso in pochi secondi. Tuttavia, per quanto valorosi fossero i due, erano rimasti soli. Se non altro, erano ancora abbastanza vicini da potersi parlare:

- È la fine, fratello mio, - disse mestamente Claude. - Per quanto abili si possa essere, sono troppo numerosi per noi!

- Odio doverlo ammettere, ma è così, - confermò Leòn. - A ogni modo, venderò cara la pelle!

- E sia, - replicò l'altro. - Moriremo insieme, allora!

- No, fratello mio, - soggiunse Felìne, serio. - Approfitterò di questa loro esitazione e mi lancerò alla carica: perderò il mio cavallo, ma tu potrai avere un varco per scappare, tornare da Michelle e raggiungere insieme a lei l'Armata dell'Imperatore a Parigi!

- Giammai, - si intestardì Claude. - Non posso permettertelo! Piuttosto lo farò io!

- Non dire stupidaggini e ascoltami, - disse Leòn con gli occhi umidi. - Michelle ti ama e non mi perdonerebbe se mi presentassi a lei da solo! L'amo anch'io, ma lei ha scelto te! Quindi, promettimi che la renderai felice fino alla fine dei suoi giorni o per Dio, giuro che rinnego i miei giuramenti e ti ammazzo con le mie mani!

Claude sostenne lo sguardo del fratello. Quei grigi occhi, che più di una volta aveva visto animati dallo spirito del leone, erano al momento velati di rassegnazione; una grande tristezza traspariva da essi, tuttavia Leòn aveva ragione. Era sempre orgoglioso e risoluto e lo sarebbe stato pure al momento di morire. Il giovane Conte del l'Aìgle avrebbe voluto fermare suo fratello, ma Leòn fu più svelto di lui lanciandosi all'attacco nell'ultima disperata carica:

- Con questo scudo, - urlò, rivolto al nemico. - O su questo! Io vi porterò nella tomba con me!

Sorpresi dall'improvvisa carica, gli arabi indietreggiarono, dividendosi abbastanza da far passare il destriero di Claude.

Il giovane poté voltarsi solo una volta, prima di spronare il suo cavallo al galoppo. Per sua fortuna, l'animale aveva avuto modo di riposare mentre erano circondati. Ciò permise all'equino di passare indenne le linee nemiche senza nemmeno avere la bava alla bocca. Arrivato a distanza di sicurezza, il cavaliere diresse lo sguardo verso il luogo dove si trovava il fratello. La sortita aveva portato altri due nemici nella tomba, ma il valoroso Bucefalo era stato atterrato. Fortunatamente, Leòn era riuscito a scenderne prima senza restarne schiacciato dal peso. Il giovane combatteva a piedi, aveva guadagnato un piccolo dosso, dal quale si batteva strenuamente contro più avversari alla volta. Aveva conficcato a terra lo scudo dietro di lui, difendendosi con lo spadone e una scimitarra presa a un saraceno morto. Attorno, i cadaveri dei nemici avevano formato una specie di trincea. Per il momento, essa lo avrebbe riparato dagli attacchi della cavalleria o degli arcieri, ma non sarebbe durato ancora molto. Presto la stanchezza si sarebbe fatta sentire finendo per appannare i suoi riflessi, dopodiché sarebbe bastato che una lancia o una sciabola avversaria trovasse un varco attraverso il suo corpo.Con gli occhi, che piangevano lacrime amare, Claude si fermò.

No! Non avrebbe mai permesso tutto ciò!

Perdonami, amore mio... - pensò, dentro di sé, rivolto a Michelle.

Col cuore rivolto alla sua donna e una muta preghiera recitata al cielo, il Cavaliere dell'Aquila mutò direzione al destriero, tornando indietro a salvare Leòn. Come se lassù quel giorno l'avessero ascoltato, altri come lui si materializzarono dal nulla accanto al giovane. Dapprima parvero pochi, poi divennero una decina, infine centinaia, tutti col medesimo vessillo, l'Armata Imperiale!

In barba a qualsiasi strategia, Carlo Magno non solo aveva fatto procedere a marce forzate il proprio esercito fino a Parigi, ma addirittura l'aveva fatto avanzare ulteriormente per ricongiungerlo a quello di Dressàrd. Mai, si sarebbe aspettato di poter intercettare l'intera forza d'invasione araba e per giunta con la loro cavalleria decimata!

Senza perdere tempo, l'Imperatore ordinò ai suoi la carica generale e nuovi squilli di tromba echeggiarono nella valle.

Tutti i Paladini di Carlo Magno testimoniarono del Cavaliere con l'armatura dell' Aquila, sbucato dal nulla per porsi alla guida dell'intera Armata. Le truppe Saracene, logorate dalla battaglia fino a quel momento combattuta, nulla poterono contro i nemici relativamente più freschi e riposati.

I Franchi li uccisero tutti, senza fare prigionieri.

Circondato da una montagna di cadaveri avversari, sanguinante a un fianco e stremato nel fisico, Leòn fu lì per svenire, quando vide i suoi compagni passargli accanto. Rimase stoicamente in quella posizione, poggiato sullo spadone che aveva precedentemente conficcato nel terreno per usarlo come perno per reggersi. Il sorriso illuminava il suo viso stanco, le palpebre avrebbero voluto abbassarsi, ma egli non lo permise. D'un tratto, sembrò al giovane di scorgere un cavaliere con lo stemma Imperiale. Leòn non credé ai suoi occhi quando vide nientemeno che Carlo Magno venirgli incontro, scortato dalla sua guardia personale. L'Imperatore era in groppa al suo destriero, cavalcandolo con una naturalezza tale da non aver fatto altro nella vita. Non indossava abiti regali, persino l'armatura da battaglia era scevra di ornamenti e alquanto semplice:

   - Per la corona del mio Impero, - sbottò Carlo Magno, rivolto al
   paladino. - Giovanotto, non ti inginocchi al mio cospetto?

Fra sogno e realtà, il giovane Leòn, provò a guardarsi intorno per capire se realmente egli stesse parlando con lui. Fu con voce molto provata dalla stanchezza che disse:

   - Maestà! Le chiedo perdono se non mi fletto... ho combattuto
   tutto il giorno. Temo che, se mi inginocchiassi adesso, non
   riuscirei più ad alzarmi...

Il suo signore sorrise bonariamente, effettivamente non poteva dargli torto:

   - Questi cadaveri intorno a te, sono tutta opera tua?
   - Sinceramente non lo so se sono stato io da solo, o se un paio li
   abbia uccisi il Cavaliere dell'Aquila, mio fratello, - rispose il

Cavaliere del Leone. - Ho smesso di contare quando sono
arrivato a cinquanta; ma eravamo ancora a cavallo, credo...
- Come ti chiami cavaliere? Il tuo vessillo mi è nuovo...
- Leòn Felìne, Maestà... non sono di nobili origini, ma sono
cresciuto in casa del Conte dell'Aìgle. Grazie a lui, che è stato
come un padre per me, ho potuto frequentare la Scuola
Imperiale di Cavalleria... l'armatura me la sono costruita da
solo perché non avevo i soldi per comprarla.

Inizialmente, l'Imperatore sembrò non credere a una sola parola,
sennonché gli occhi del cavaliere erano fissi nei suoi.

Nonostante la spossatezza di Leòn, il suo sguardo rimase fermo.

Un uomo capace di uccidere così tanti nemici, meritava di essere
considerato al pari di un nobile:
- Che mi venga un colpo! A quanto pare abbiamo di fronte un
vero duro, - sogghignò il Carolingio, rivolto a uno dei suoi. - Dì
un po', ragazzo... se potessi chiedere una ricompensa al tuo
Signore per i servizi resi oggi, cosa chiederesti?

Leòn iniziò a vacillare, tuttavia continuò imperterrito a stare in piedi,
seppur traballante nell'equilibrio. Alla fine parlò:
- Vorrei sapere che fine ha fatto mio fratello Claude, il Cavaliere
dell'Aquila che ha guidato la vostra armata... è l'unico superstite
oltre me e ha una moglie che in questo momento sarà in pena
per lui.
- Il Conte L'Aìgle, - rispose l'Imperatore. - È crollato dalla
stanchezza dopo essersi inginocchiato a me, ma tranquillo... in
questo momento i miei medici si stanno prendendo cura di lui e
ho già mandato qualcuno a rintracciarne la moglie. Ma tu non
hai ancora chiesto nulla per te.

Leòn provò a immaginare qualcosa, ma scoprì di essere troppo stanco
per pensare:
- In verità, - disse mestamente. - L'unica cosa che in questo
momento desidererei è un po' di vino per placare la mia sete!

Carlo Magno rise di gusto: gli piacevano i modi tosti e franchi di quel
rozzo cavaliere.
- Ragazzo, hai parlato con il cuore e il tuo coraggio è
ammirevole, quindi sarai ricompensato per quanto hai chiesto!

Adesso però, permetti ai miei medici di curare le tue ferite.

Intanto dissetati col mio vino: ha un sapore un po' forte, ma sei grande e grosso, quindi dovresti reggerlo senza ubriacarti!

L'Imperatore lanciò verso Leòn il suo otre, che il giovane afferrò saldamente con una mano.

Portatolo alla bocca, il giovane lasciò che il vino gli scendesse in gola lentamente, onde evitare di affogarsi. Quel nettare fu vera ambrosia e mai più Leòn avrebbe assaggiato nulla di così buono. Fu solo dopo averne bevuto avidamente fino all'ultima goccia che il cavaliere del leone permise ai medici di adagiarlo su una barella. I soccorritori lo trasportarono nella tenda, facente funzione di ospedale da campo, da poco allestita per curare i feriti.

Con somma gioia di Leòn, misero la sua barella accanto a quella di Claude:

- Ce l'hai fatta, fratello mio...

- Ce l'abbiamo fatta, - rimarcò Leòn. - Piuttosto, lo sai che ho visto niente meno che l'Imperatore in persona?

- L'ho incontrato anche io, ma ho avuto modo di scambiare poche parole con lui prima di crollare. Ha promesso di incrementare le mie terre alla fine della guerra!

- Prima le dovremo riconquistare, - gli ricordò Leòn, ironico. - Dato che per ora sono in mano ai Saraceni!

- Mmmh, sarà... ma è sempre meglio di niente! A te invece cosa ha offerto?

- Avevo sete e ho chiesto di dissetarmi con del vino, mi ha dato il suo. Peccato, sia già finito!

- Pezzo d'asino e ubriacone che non sei altro, - lo rimproverò il fratello, colpendolo con un pugno alla spalla. - Avresti potuto chiedere ricchezze o terre... e gli hai chiesto del vino?!

- E che ne so io, - rispose Leòn, sorridendo sinceramente. - In quel momento ero così stanco e avevo così tanta sete da non capirci nulla. Comunque, era una vera delizia!

- Idiota!

* * *

Michelle, avvertita da un messo dell'Imperatore, arrivò all'accampamento trovandovi Claude e Leòn occupati a punzecchiarsi. Nonostante fossero ancora distesi e immobilizzati nei letti, i fratelli erano intenti a litigare.

Meglio! Vuol dire che stanno bene...

Nessuno dei due risparmiava ingiurie all'altro, inizialmente nemmeno si accorsero della presenza di Michelle. Lei, che invece li conosceva nel profondo, sapeva essere in realtà il loro modo di smorzare la fatica del combattimento e di dirsi che si volevano bene. Anche se in maniera diversa l'uno dall'altro, Michelle li amava entrambi.

Linea di Sangue

Vi son volte, dove metter su carta i propri pensieri risulta facile anche per me, per quanto non avvezzo a uso di penna e calamaio. Altre invece, dove persino scrivere una parola dietro l'altra risulta esser un'impresa.

Questa è una di quelle.

Non ho mai tenuto un diario, né tanto meno ho mai avuto voglia di farlo.

Tuttavia, ciò che ho appena appreso sul mio passato, è troppo importante per tenerlo dentro la mia testa. Al momento, preferisco non condividere questa mia esperienza nemmeno con Claude, che considero mio fratello. A questo punto, l'unica cosa che mi resta da fare è mettere tutto su questo rotolo, da tenere con me come promemoria.

Inizierò col descrivere come son venuto a conoscenza dei fatti.

Si tratta di un segreto che ha a che vedere con la mia gioventù: l'infanzia di Leòn Felìne.

Non ricordavo nulla della mia vita precedente agli undici anni, prima di allora nella mia mente vi era solo il buio. Tutta quella che era stata la mia esistenza, da che ricordassi, sembrava fosse iniziata nel momento in cui il Conte mi aveva preso con sé. Il mio primo ricordo è l'immagine di Claude che, porgendomi la mano mi invita ad andare a giocare con lui.

Ora so esservi dell'altro, così come conosco la causa dei miei ricorrenti brutti sogni. Si, gli incubi, o forse dovrei dire il mio incubo, poiché è quasi sempre lo stesso. Un leone mi assale, provando a sbranarmi. Tutte le volte mi sveglio in un bagno di sudore, le cicatrici in petto mi bruciano e il cuore mi batte all'impazzata.

Sto divagando forse, nel caso me ne scuso.

Mi è difficile poter seguire un filo logico, non sono mai stato un uomo di penna e spada come Claude anzi, come dice sempre lui per prendermi in giro, sono un uomo di spada e vino! Stranamente, questa battuta che mi urta, stavolta mi fa sorridere. Ora che ci penso, è la prima volta che torno a farlo da un pezzo.

Mi rendo effettivamente conto che è già passato un anno dalla dipartita del Conte L'Aìgle. Una morte idiota, avvenuta per una caduta da cavallo. Curioso come, a volte, basti una stupidaggine per porre fine alla vita di un uomo.

Eravamo tornati da un paio di giorni dal nostro primo torneo di Bourges, dove mi ero battuto contro il cavaliere che aveva sottratto lo spadone di Claude. Mio fratello, me ne aveva fatto dono dopo averglielo recuperato e per me era stato il massimo.

Sapeva quanto ci tenessi.

Quel regalo mi rese così ebbro di gioia che, quando dovetti affrontare il mio primo avversario al torneo, feci l'errore di spezzare la mia lancia e dovetti dichiararmi sconfitto. Fu una vera fortuna per me, che il cavaliere mio avversario fosse mingherlino e più basso di me. Se non altro, potei riscattare armatura e cavallo con poco denaro.

Al contrario, Claude riuscì a vincere il torneo e sconfiggere un nobile di Teutoburgo. Costui montava uno splendido Lipiziano bianco, di nome Antares, che Claude decise di tenere per sé come premio.

Quell'animale ora è divenuto il suo compagno di battaglie e affianca il mio baio Norreno, che ho chiamato Bucefalo in onore del cavallo di Alessandro Magno. Sto di nuovo divagando, perdonatemi, ma son troppo affezionato al mio cavallo, per non dargli almeno una riga in questo mio diario!

Dicevo del torneo, Claude e io eravamo raggianti, lui perché l'aveva vinto, io per lo spadone. Anche il Conte era rimasto contento della bella figura fatta da Claude, nella competizione di fronte ai Vassalli. Ho comunque l'impressione che vi sarebbe rimasto male, se quel torneo l'avessi vinto io. In quei giorni, nostro padre sembrava aver riacquistato l'aspetto dei tempi migliori, aveva ripreso un po' di peso ed era sempre sorridente. Purtroppo per lui, questo eccessivo brio lo spinse a voler cavalcare un cavallo selvaggio, ancora non completamente domato. Era salito in groppa molto velocemente; inizialmente, sembrò riuscisse ad avere il controllo della situazione, quando l'impennata improvvisa dello stallone lo fece cadere a terra.

Il nobile L'Aìgle cadde di schiena sopra un sasso sporgente, l'urto gli distrusse due vertebre. I servi lo raccolsero, portandolo nelle sue stanze, dove venne adagiato sul letto. Dopo averlo visitato, il medico diagnosticò un paio di giorni di vita, prima che l'emorragia interna divenisse per lui fatale.

A turno, Claude, Michelle e io, ci alternammo al suo capezzale.

Quando fu il momento della fine, egli ci chiamò uno alla volta, per comunicarci le ultime volontà. Toccò a Claude per primo, poi fu il turno di Michelle, alla fine toccò a me. Nessuno di noi tre, ha mai riferito agli altri le ultime parole del Conte, quindi non so cosa egli disse a loro due.

Mai lo chiederò, o insisterò nel saperlo.

Del resto, la rivelazione a me fatta, bastò a riempire il mio animo per gli anni a venire:

- Avvicinati a me, Leòn, affinché possa vederti un'ultima volta, - mi disse il Conte agonizzante. - Sei giovane, generoso e forte, non avrei potuto desiderare niente di meno da mio figlio... non sei frutto del mio seme e ciò è l'unica cosa di cui mi dispiaccio. Ci sono parecchie cose che mi sono ripromesso di dirti, una volta che fossi divenuto adulto, ma temo che i miei giorni stiano pcr finire, quindi dovrò farlo adesso. So che non ricordi nulla della tua nascita fino a che non ti trovammo, quindi ti dirò tutto ciò che so su di te e in che occasione tu entrasti a far parte della nostra famiglia...

***

Accadde in quel periodo che un leone selvaggio, preso da un circo itinerante di artisti e giocolieri, fosse riuscito a fuggire dalla sua gabbia nascondendosi nelle terre del Conte. Erano state organizzate varie battute di caccia, ma sembrava che di quell'animale non vi fosse traccia.

A quel punto, il Conte propose una lauta ricompensa a chiunque avesse ucciso la belva.

Boswich il cacciatore, soprannominato Felìne, da poco tempo si era trasferito assieme al figlio nelle terre dell'Aìgle. Essendo bravo nella caccia ai lupi, l'uomo era stato allettato dalla ricompensa proposta dal nobile.

Accadde così che un giorno, l'uomo avesse ordinato al ragazzo di aspettarlo nella capanna di tronchi, mentre lui era a caccia. Si trattava di una baita che padre e figlio si erano costruiti a mo' di abitazione, col benestare del Conte. Non essendo abituato a essere lasciato a casa, Leòn aveva protestato vivamente. Del resto, suo padre non lo aveva sempre portato con sé quando cacciava?

Da che il giovane ricordasse, erano sempre andati insieme, anzi Boswich stesso approfittava di quelle uscite per insegnare a Leòn i trucchi del buon cacciatore. Perché quella volta non l'aveva voluto con sé? Il cacciatore, quel giorno era stato irremovibile. Leòn, all'epoca undicenne anche se poteva sembrare più grande, dovette sottomettersi suo malgrado al volere del genitore.

Come unica ritorsione, il ragazzino mise su il broncio:

    - So che ce l'hai con me, ma fidati, - disse Felìne, accomiatandosi. - Lo faccio solo per te!

Furono le sue ultime parole, Boswich strinse a sé il figlio che malvolentieri rispose all'abbraccio. Subito dopo, l'uomo prese un coltello, l'arco e una faretra piena di frecce, quindi partì in direzione nord. Leòn lo seguì con lo sguardo, finché non lo vide sparire dietro la collina.

Poi iniziò l'attesa.

Il primo giorno passato da solo, fu sfruttato dal ragazzino per riordinare la capanna, andare al ruscello a riempire una brocca d'acqua e spaccar la legna. Nel frattempo, egli ebbe modo di riflettere abbastanza da far sbollire, dentro di sé, ogni sentimento di astio. Dopo averci dormito su, il giovine si rese conto quanto non avesse senso tenere il broncio nei confronti del padre. Così per farsi perdonare, Leòn pensò bene di far trovare al ritorno di Boswich una dimora pulita e ordinata.

Si mise persino a spazzare il pavimento di terriccio usando una scopa di paglia, lui, che non aveva mai preso in mano la ramazza! Soddisfatto del suo lavoro, Leòn si addormentò sul pagliericcio che i due usavano a mo' di letto.

Tuttavia, immagini terrificanti governarono i sogni del ragazzino.

Vide zanne e artigli conficcarsi nella carne, sentì in bocca il sapore stopposo del sangue, finché non apparve il volto sanguinante del padre a chiedergli aiuto.

Si destò, col cuore che gli batteva all'impazzata, madido di sudore freddo.

Preso da un'immensa frenesia, Leòn afferrò uno dei coltelli da caccia di Boswich e incurante del freddo autunnale uscì dalla capanna che era ancora buio. Seguire le tracce di suo padre di sera sarebbe stato difficile per chiunque, ma il ragazzino aveva avuto un bravo maestro. Il terreno ancora duro e il non aver piovuto quella notte, lo agevolarono. Leòn riuscì a raggiungere la cima della collina, che aveva appena iniziato ad albeggiare. Grazie alla luce del sole, fu più facile per lui, seguire le orme. Trovò le ceneri fredde di un bivacco, con le ossa di un coniglio.

Probabilmente, il pranzo di suo padre del giorno prima.

Dunque, Boswich si era diretto verso Sud e non verso Nord, come voleva fargli credere...

Leòn continuò a seguire le impronte lasciate dal padre fino al limite della foresta, lì le tracce svanirono nel nulla. Boswich, era certamente entrato lì dentro.

Col cuore pieno di paura, impugnando il coltello con mano tremante, il ragazzino s'avventurò da solo nella selva piena di pericoli. Conscio delle minacce che potevano annidarsi dietro ogni albero o cespuglio, il figlio di Felìne si fece cauto. Decise d'agire con circospezione, muovendosi silenziosamente come gli era stato insegnato da suo padre. Il ragazzino badò di rimanere controvento, onde evitare di segnalare col proprio odore la sua presenza agli animali. Con i nervi a fior di pelle, Leòn s'inoltrò per quasi una trentina di metri.

Riemerse in una piccola radura, dove ritrovò i segni dei piedi di suo padre. Incurante di ogni pericolo, si mise a seguirli, correndo fino a giungere vicino a una roccia. Lì, le orme sul terreno cessarono del tutto.

In compenso, Leòn vide tracce di sangue.

Al momento di vedere quel liquido rossastro, un conato si fece largo attraverso lo stomaco.

Prima che, il ragazzino fosse in grado di rendersene conto, il vomito gli uscì di bocca senza che egli potesse far nulla per fermarlo. Dovette appoggiarsi al masso per espellere i resti della cena precedente, rimanendovi qualche minuto. Vi rimase giusto il tempo di riprendersi, aspirando avidamente l'aria fresca dopo essersi liberato le viscere. Ciò, diede modo a Leòn di riflettere.

Oltre al sangue, il posto sembrava essere stato teatro di una lotta fra suo padre e un assalitore. Qualcosa o qualcuno era stato ferito ed era scappato, ma chi dei due? Le tracce di sangue andavano dalle rocce in direzione di alcune caverne.

Col cuore colmo d'ansia, il figlio del cacciatore, si inerpicò sulle rocce, per rintracciarne i macabri segni. Seguendone le tracce, Leòn arrivò all'imbocco d'un piccolo anfratto, fu lì che le sue peggiori paure trovarono conferma.

Aveva ritrovato suo padre.

Il cadavere di Boswich, era immerso in una pozza di sangue, su di esso, varie ferite di artigli e zanne. La gola era stata orrendamente maciullata, fino a farne intravedere l'osso. La spalla si era quasi staccata dalla sede, mentre la gamba destra mancava del tutto.

Qualcosa l'aveva sbranato.

Non sembrava il lavoro di un lupo.

Per quanto avesse già vomitato in precedenza, una nuova ondata di conato si fece largo per uscire senza che lui potesse far nulla per fermarla. Solo una volta buttato fuori l'ultimo rimasuglio di bile, il ragazzino si sentì meglio. Ricacciando indietro le lacrime di dolore, Leòn strinse ancora più forte il coltello. Qualunque animale avesse ucciso suo padre, era ancora nelle vicinanze.

Fu allora, che ne sentì il richiamo.

Era un verso mai udito prima, un ruggito capace di far accapponare la pelle e congelare all'istante.

Un suono di morte.

Più per paura che coraggio, il ragazzino sobbalzò nel girarsi.

Fu allora che lo vide.

Il leone lo sovrastava da sopra la roccia ed era grande. Le sue fauci spalancate mostravano una fila di denti bianchi appuntiti, con quattro poderosi canini lunghi quanto un dito. La criniera lo faceva sembrare ancora più grande, i feroci occhi ambrati del felino si fissarono su di lui. Era terrificante a vedersi, una belva assetata di sangue.

La paura paralizzò Leòn, attanagliandogli la gola.

Il bambino iniziò a tremare, del resto, chi avrebbe potuto dargli torto? Eppure, ugualmente egli si risentì con sé stesso. Rammentò le lezioni di suo padre, Boswich gli aveva sempre detto che un vero uomo non trema mai di fronte al pericolo. Leòn promise di non deluderlo, mai gli avrebbe dato questo dispiacere! D'un tratto, nel cuore del ragazzino si fecero largo nuovi sentimenti.

Iniziò il dolore, per la perdita dell'unica persona che avesse mai conosciuto come padre. Tale sentimento gli strinse il cuore fin quasi a fermarglielo, poi, uno dopo l'altro, si manifestarono tutti quanti. Furono la rabbia e il rimpianto ad arrivare per secondi, facendogli bollire il sangue fin quasi a scoppiare. Il giovane Felìne si sentì furioso con sé stesso per non essere arrivato in tempo a salvare Boswich, ma fu un'acredine viscerale a svegliare la bestia dentro di lui. Fu l'odio per quella belva che si era portata via la vita di suo padre, il rancore per averlo reso solo. Per ultimo arrivò il sentimento di vendetta, che gli fece stringere con più forza il coltello. Il leone ruggì di nuovo, ma con esso si levò anche un altro urlo, potente al pari del primo. Senza timore alcuno, con la sola ferocia negli occhi iniettati di sangue, due belve si fronteggiavano per lo scontro finale, da cui ne sarebbe sopravvissuto uno solo.

Per quanto vi fosse disparità di forze, il leone fu quasi interdetto dall'atteggiamento del ragazzino. Come poteva quel cucciolo d'uomo, avere un tale coraggio? Quasi avesse dovuto affrontare un rivale per il possesso del branco di femmine, la belva si gettò sul figlio di Felìne a fauci spalancate. Tale fu la violenza dell'impatto, che Leòn fu atterrato di schiena.

Il felino provò a chiudere le sue mandibole sulla faccia del ragazzino, ma Leòn lo tenne lontano, artigliando la gola dell'animale con un braccio.

Il leone rimase interdetto.

Il cucciolo d'uomo era forte, persino più dell'altro sbranato precedentemente. Com'era possibile? Sovrastato dal peso del grosso animale, Leòn lottò con la forza della disperazione.

Sentì gli artigli lacerare le sue carni e tutto sembrò perduto...

Fu il caldo liquido scarlatto a risvegliare il guerriero nascosto dentro di lui.

La voglia nel petto iniziò a bruciare. Quasi essa fosse dotata di vita propria, il calore si espanse in tutto il corpo, prendendone il sopravvento. Una nuova forza pervase Leòn da capo a piedi, un potere che egli stesso ignorava di possedere. Con estrema naturalezza, egli scostò da sé la testa del felino fino a guardarlo dritto negli occhi.

Leòn lo fissò e sorrise...

Il sangue caldo, il suo sangue, la linfa vitale uscita fuori dal suo corpo anziché indebolirlo sembrò caricarlo ancora di più. Fu allora che Leòn ricordò di avere ancora il coltello in mano.

La belva non era la sola a possedere artigli, anche lui aveva i suoi! La voglia sul petto cominciò ad arrossarsi, infine egli colpì; disperazione e adrenalina centuplicarono la sua forza. Con un urlo che assordò persino l'animale, Leòn pugnalò la belva all'occhio.

Soffre! Dunque, anche lui può essere ferito! – pensò.

Il successo lo caricò.

Approfittando della sofferenza dell'animale, Leòn continuò ad affondare la lama nel corpo del feroce felino.

Lo prese prima alla gola, poi al costato. Lo colpì con forza, il sangue del leone gli arrivò sugli occhi impedendogli di vedere, ma Leòn continuò a pugnalare. Lo fece alla cieca, con veemenza, senza fermarsi, a ogni colpo portato a segno il leone ruggiva di dolore. Il coltello da caccia dilaniava le carni meglio di qualsiasi zanna, mentre la belva iniziava a perdere le forze. Spronato da questo vantaggio, il piccolo guerriero colpì nuovamente il petto dell'animale, che adesso avrebbe dovuto lottare per la propria vita contro la furia dei fendenti del ragazzino. Leòn sembrava indemoniato, persino i suoi occhi, da grigi, si erano fatti ambrati. Aveva assaggiato il sangue della belva e ciò pareva aver risvegliato in lui, uno spirito atavico.

Non era più un ragazzino, era divenuto una forza della natura.

Persino quando uno dei suoi fendenti colpì in maniera letale il cuore del leone, egli infierì ancora, la sua foga divenne incontrollabile. Senza che il figlio di Felìne se ne avvedesse, entrambi rotolarono giù dalle rocce, finendo nella radura. Per fortuna, il corpo dell'animale attutì la caduta, ma ciò non impedì a Leòn di svenire. Restarono avvinghiati insieme, una fiera era morta, l'altra, semplicemente stremata...

Fu in quel punto, che il Conte L'Aìgle lo trovò.

***

- Quel giorno, - continuò il nobile. - Ero uscito a cavallo, scortato da un seguito di armati per proteggermi dalla belva. Avevo appena visitato un paio di fattorie per riscuotere le decime quando, arrivati al limite della foresta, sentimmo i ruggiti e delle urla umane provenire dalla radura antistante. Con circospezione, guidai i miei uomini all'interno della foresta finché, sbucati nella radura, ti trovammo. Eri coperto di sangue, eppure ancora stringevi in mano il coltello conficcato nel cuore del leone. All'inizio pensai fossi morto, invece mi accorsi poco dopo che respiravi ancora. Eri debole, inoltre avevi perso molto sangue. Per fortuna uno dei servi, che mi accompagnarono quel giorno, sapeva abbastanza di medicina da poterti soccorrere. Per impedire il tuo dissanguamento, cauterizzammo le tue ferite. Dovemmo usare ferri arroventati e fu penoso farlo, ma se non l'avessimo fatto saresti morto e non sarei mai riuscito a perdonarmelo. Le profonde cicatrici che porti in petto furono causate dagli artigli di quel leone e dal ferro rovente della mia spada. Come potesti essere messo in condizione di viaggiare, ti allestimmo una barella e ti portammo al Casolare. Avevo già provveduto, tramite l'invio di un messaggero, a fare arrivare un medico. Lui ripulì le tue ferite e ti diede un sedativo per farti dormire, poiché ti dimenavi per il troppo dolore. Per sette giorni e sette notti, pregai e vegliai su di te mentre la febbre ti faceva delirare, finché l'ottavo giorno riuscisti a dormire. Fu allora, che notai quella strana voglia sul tuo corpo: da un'indagine, fatta svolgere a un uomo di mia fiducia, emerse che tu eri il figlio di Boswich, il cacciatore, da noi tutti chiamato bonariamente Felìne; tuttavia, la particolare forma di quella voglia, mi insospettì e decisi di indagare personalmente, anche perché fisicamente non somigliavi molto a tuo padre. Fu così che ricollegai te alla persecuzione del Culto di Daghdna, avvenuta in Inghilterra. Undici anni prima che ti trovassimo, la tua vera madre, una sacerdotessa del culto, fu messa al rogo da una fazione di Cristiani fanatici, chiamati i Cavalieri di Cristo. Non sazi di tali persecuzioni, costoro, per bocca dell'arcivescovo della Chiesa Inglese, avevano proclamato un anatema di morte fino ai territori Franchi. In passato, anche la famiglia di mia moglie era stata perseguitata, solo l'unione col mio casato garantì loro la salvezza. Il nostro Imperatore concesse tolleranza verso i culti pagani; col passare del tempo la Chiesa Romana, troppo bisognosa delle truppe dell'Imperatore per combattere i Saraceni, sciolse i Cavalieri di Cristo, perseguitandoli a loro volta come eretici. Ciò nonostante, all'epoca la tua presenza, se scoperta, avrebbe comportato per il mio casato la perdita di tutte le terre! Nonostante tale pericolo, mai fui tentato di denunciarti alla Chiesa. Più ti guardavo, più capivo che eri solo un ragazzino che aveva molto sofferto e avrebbe ancora patito se fosse rimasto solo. Anche Claude si era legato a te, voleva che tu vivessi e anch'io lo volevo. Fu così che decisi di salvarti, facendo preparare l'atto di adozione. Da semplice liberto non avresti avuto scampo, ma come figlio di un nobile saresti divenuto meno perseguibile dalla Chiesa... mai una volta mi pentii di tale decisione, persino quando combinavi qualche marachella. Una volta passata la febbre, tornasti lentamente alla vita, iniziasti a mangiare di buon appetito e pian piano riprendesti a rialzarti in piedi. Il tuo corpo, di tempra forte, iniziò a guarire, solo la tua mente si rifiutò di farlo: non ricordavi nulla della tua vita passata e forse era meglio così. All'inizio, eri taciturno, le sole parole che dicevi erano cibo, acqua e grazie. Continuasti così finché, grazie all'aiuto di Claude, ricominciasti a sorridere. Alla fine, sei cresciuto fino a diventare ciò che sei: un uomo di cui un padre possa essere orgoglioso! Ho solo un ultimo desiderio da chiederti: vigila sempre su Claude, fa che non gli accada mai nulla! Adesso credo che dormirò un po', mi sento stanco...

Le parole del Conte, fecero breccia dentro di me.

Come strali, esse aprirono il mio cuore, facendo uscire di colpo i miei sentimenti, fino a quel momento repressi. Calde lacrime bagnarono le mie guance, finché, non vidi il corpo del mio secondo padre accasciarsi definitivamente nella morte. Potei solo chiudergli gli occhi, subito dopo dentro la mia testa si scatenò l'inferno. Come uno straripante fiume in piena, ricordi e sentimenti sopiti tornarono a galla, facendomi rivivere la mia infanzia fino alla lotta contro il leone. I miei occhi divennero nuovamente d'ambra e un'ira immane si impossessò di me, ogni fibra del mio essere sembrò esplodere. Strinsi i denti, i pugni si chiusero, le vene della mia fronte pulsarono come dotate di vita propria. D'un tratto avvertii qualcos'altro, uno spirito antico sembrò voler scalzare la mia anima.

Un'essenza feroce, assetata di sangue.

Dovetti lottare fino allo stremo per tornare in me, ma alla fine seppur con molta difficoltà ripresi il controllo del mio corpo. La rabbia mi fece urlare fin quasi a svenire finché, esauritasi nella foga, lasciò spazio all'amore e alla tristezza. Fu allora che piansi per la seconda volta; quel giorno, versai lacrime per la morte dei miei due padri...

Claude e Michelle arrivarono subito dopo, mi avevano sentito urlare e si erano spaventati.

Mi trovarono seduto accanto alla salma del Conte, anche per loro il dolore fu straziante, insieme ci sostenemmo a vicenda.

* * *

Adesso, che so la verità, non so cosa sarà di me.

Per la Chiesa sono qualcuno da disprezzare e da cacciare, per quanto non abbia mai fatto del male a nessuno... pensano sia un figlio del peccato, ma anche io ho conosciuto l'amore grazie a persone come Boswich, il Conte, Claude e Michelle. Finché avrò vita non li deluderò, poiché loro sono la mia vera famiglia.

Termino questo mio diario oggi, ho dovuto accompagnare Claude e Michelle a Calais, per acquistare una lapide per il Conte. Poiché sarei stato più d'impiccio che altro, li ho lasciati per fare un giro in città.

Passeggiavo senza una meta particolare, quando mi ritrovai al porto.

In lontananza, potevo vedere le coste dell'Inghilterra...

Mi sedetti davanti a una vecchia imbarcazione di pescatori i quali, per arrotondare, trasportavano le persone che volessero attraversare il Canale. Si trattava di uno scafo molto vecchio, calafato più volte, il sartiame ancora in buone condizioni. Unico segno di distinzione dalle altre, la bandiera con lo stemma del drago rosso su campo bianco. Fu quel simbolo così diverso, a incuriosirmi a tal punto da chiedere a uno dei marinai cosa fosse:

- È il vecchio vessillo dei Pendragon, - rispose l'uomo di mare. - Non conosci la storia Inglese?

Poteva avere una trentina d'anni più di me, era basso e mingherlino, la barca era a conduzione familiare.

Mi professai ignorante: le uniche nozioni di Storia in mio possesso erano quelle Greche e Romane, ma più per interesse verso i loro migliori guerrieri che altro.

- Si tratta, - mi spiegò il pescatore. – Si tratta di un antico
casato, da cui pareva fossero discesi vari Re Britannici, tra cui
Artù... ora invece è solo una bella decorazione per la nostra
nave, anche se noi lo consideriamo un portafortuna! Lo
esponiamo dal giorno in cui ci fece passare indenni per una
terribile tempesta. Me lo ricordo come fosse ieri, dovetti fare
persino da balia a quel bambino...
- Quale bambino? - domandai incuriosito.
- Oh, - rispose sorridendo l'uomo. - Si trattava del nostro primo
passeggero in assoluto! In effetti, fu dopo quella vicenda che
iniziammo a traghettare gente per arrotondare. La madre del
piccolo era considerata una strega, tant'è che poi finì sul rogo.
Ma io che l'ho conosciuta, ti posso assicurare che era una
persona normale, proprio come te e me...

Mi sentii mancare il terreno sotto i piedi e mi aggrappai al pescatore:
- Parlami di lei, - lo pregai. - E di quel bambino!

Il pescatore dovette lottare contro il mio peso, per non finire a terra.
Come riuscimmo a ricomporci, l'uomo si schiarì la voce e continuò il
suo racconto:
- Ce lo portò qualche giorno dopo la notte di Beltane. Fuggiva
dai cavalieri del Vescovo e sapeva che la sua sorte era segnata,
ma voleva che almeno suo figlio si salvasse. Consegnò il
neonato a noi, affinché lo portassimo al sicuro qui in Francia e
lo dessimo in custodia a uno degli adepti di quella setta...
- Quale setta? - chiesi trepidante.
- I Seguaci di Daghdna! Per un po' sono stati anche famosi, ma
poi il loro culto è andato scemando...

Non potevo crederci!
Erano passati molti anni, eppure, senza volerlo, iniziavo a scoprire le
tracce del mio passato, come fosse esso stesso a venire da me:
- E di quel bambino, - domandai, intuendo in cuor mio la
risposta. - Sai forse che fine abbia fatto?
- Lo prese con sé un cacciatore, non ho mai visto una coppia più
strana di quella: lui, che sembrava più simile a un orso e quel
bambino, con quella voglia strana sul petto... ehi ma che fai?

Gli avevo preso il polso e pian piano avevo guidato la sua mano fino alla mia tunica, dove avevo scostato il tessuto quel tanto da fargli vedere la voglia. All'inizio, egli non comprese, finché, gli occhi dell'uomo non si posarono infine sul mio petto:

- Per la Dea, - esclamò sorpreso. - Ma sei tu!

- Sì, buon uomo, - risposi io, commosso. - Sono io quel bambino che voi salvaste da morte certa!

Mi prese il volto fra le mani e vidi i suoi occhi inumidirsi di lacrime:

- Non puoi sapere quale gioia sia per noi saperti vivo e in salute! E che bel ragazzone sei diventato! Quando ti consegnammo a quel cacciatore non eravamo troppo sicuri che potesse proteggerti a dovere, tant'è che avevamo pensato di crescerti noi! Mia moglie Maude aveva provveduto ad allattarti per prima e si era già affezionata! Tuttavia, l'Inghilterra non era un luogo molto salubre in quel momento e avresti corso molti pericoli! Persino adesso, chi professa il nostro credo in Britannia, rischia di essere messo ai ceppi, o peggio...

- Dunque anche voi...

Il marinaio mi mostrò il tatuaggio sul braccio, raffigurante un drago stilizzato:

- Si, - rispose fiero. - Da quel giorno, anche noi siamo divenuti seguaci del culto di Daghdna e finora non ce ne siamo mai pentiti!

- Parlami di mia madre...

- Si chiamava Vivianna ed era molto bella: aveva i tuoi occhi e i suoi tratti erano fini, come porcellana. Si mormorava che pure il Vescovo dell'epoca, benché vecchio, avesse perso la testa per lei. Lanciò la crociata contro di noi, quando seppe che ella si era unita al nostro culto. Poiché lei rifiutò sempre di rivelare il luogo dove ti aveva nascosto, egli la fece mettere al rogo...

Sentii l'ira avvamparmi e il mio sangue ribollire, tutto il mio corpo iniziò a fremere di collera, non ero più io:

- Chi è questo Vescovo? Dimmi chi è, - gli intimai. - Penserò io stesso a porre fine alla sua vita!

- Puoi star tranquillo, egli ha già avuto ciò che meritava, - disse il marinaio, tranquillizzandomi. - È morto anch'egli, lo stesso giorno! La sua testa fu spaccata in due da un nobile guerriero celta di nome Accolon, che si dice fosse il padre del bambino... tuo padre! Purtroppo è scomparso poco dopo. Francamente, non so che fine abbia fatto costui: c'è chi dice sia fuggito tra la folla, ma i più ritengono sia stato ucciso, del resto era già ferito, perché prima era stato torturato dagli sgherri del Vescovo...

Quella sera, restai a parlare con la famiglia di pescatori per tutto il tempo. Per sdebitarmi, offrii loro tutto il denaro che avevo con me. Essi non crederono ai propri occhi, quando diedi loro la mia borsa. Per gente come quella, il mio argento rappresentava una piccola fortuna con la quale avrebbero potuto liberarsi per sempre da una vita di mediocrità. Si strinsero tutti a me, ringraziandomi. La moglie non volle lasciarmi andare prima di farmi dono di un ciondolo a forma di drago:

> - É il nostro simbolo, - mi disse, posando il pendaglio nei miei palmi e stringendomi le mani. - Qualora dovessi fare ritorno in Inghilterra ti basterà mostrarlo a uno degli adepti, affinché ti possa aiutare...

Ringraziai la donna e mi accomiatai da loro.

Il sole era appena tramontato, quasi sicuramente Claude e Michelle sarebbero stati in pena per me. Avrei dovuto spiegare loro come avevo speso i miei denari, ma quasi sicuramente me la sarei potuta cavare con la solita bugia del vino. Sarebbero seguiti i loro sfottò, ma almeno non mi avrebbero domandato null'altro.

Dunque, la linea del mio passato si ferma qui.

Come tagliate da lame di un coltello, le mie radici sono state recise da un destino crudele, che ha ucciso i miei genitori. A questo punto sono sicuro che entrambi mi abbiano voluto bene, visto che hanno fatto di tutto per mettermi in salvo. Se adesso sono ciò che sono, lo devo esclusivamente a loro e a chi mi è stato sempre vicino. Chiunque abbia voluto il mio male è ormai morto, il che significa che sono libero di andare avanti per la mia strada.

Chiudo qui il mio diario, non perché non abbia altro da poter dire, tante sono le emozioni dentro di me, quanto per il fatto che scrivere mi risulta troppo difficile, forse in futuro chissà, potrei anche ricominciare...

Ogni tanto, anche se considero ormai questa la mia patria, il mio pensiero vaga verso l'Inghilterra.

Potrei decidere di tornarvi, ma non oggi.

Un altro giorno, forse...

PARTE II

Lo Spirito del Leone

L'incubo

Lo odo alle mie spalle, avanzare inesorabile...

Mi è così vicino, da poter udire l'alitare delle narici sulla mia schiena.

Mi tuffo in capriola prima che lui mi possa artigliare.

Avverto lo spostamento d'aria dietro di me, c'è andato vicino, molto vicino...

Sento il contatto del terreno sul mio corpo e il lieve pizzicore della roccia sulle mie mani scorticate. Mi sposto rapido verso destra, schivando le sue unghie un'altra volta. In una frazione di secondo sono nuovamente in piedi, ritrovandomi a fissarlo negli occhi.

Lui è lì, mi osserva come se mi stesse studiando.

Sta lassù sulla cima del terrapieno, guardandomi dall'alto verso il basso, maestoso nella sua regalità eppur ferino nell'animo. Le sue narici si dilatano ogni qual volta la bocca si apre a scoprirne i denti.

Le sue zanne sono forti, acuminate e bramose della mia carne...

I nostri sguardi, così simili fra loro, s'incrociano, i suoi occhi ambrati si riflettono nei miei come fossimo parte di un'unica entità.

La mia vecchia ferita al torace torna a bruciarmi, ma stavolta non mi lascio sopraffare...

In questo scontro solo uno potrà sopravvivere e intendo essere io...

Non è passato molto tempo, eppure le frazioni di secondo sembrano durare un'eternità.

Continuiamo ancora a fissarci, non un suono esce dalle nostre bocche, tranne il suo ringhio felino. Il potente ruggito sembra quasi paralizzarmi, lo vedo lesto spiccare il salto, ho a malapena il tempo di alzare le braccia a protezione. L'impatto contro il suo corpo è potente, mi butta a terra, a mala pena riesco ad afferrare la testa della belva dalla criniera, per salvarmi la faccia dalle sue fauci.

Avverto il suo respiro caldo sul volto mentre lottiamo, le sue unghie penetrano dentro le mie carni e il mio sangue inizia a scorrere copioso.

Lui ne avverte l'odore e gli piace, tale sensazione lo rende ancora più fremente.

Ha assaporato la mia carne, ne è deliziato, ne vuole ancora di più. Preso dalla fregola del caldo liquido scarlatto, la belva feroce aumenta l'impeto dei suoi attacchi, ma io non intendo cedere! Continuiamo a combattere avvinghiati, finché non arriviamo al bordo e iniziamo a rotolare giù per una scarpata. La caduta è rovinosa e sembra non aver mai fine, la roccia e il pietrisco mi graffiano schiena e gambe allo stesso modo delle unghie della belva.

Nonostante tutto, né io né lui smettiamo di combatterci, non esiste altro per noi.

D'un tratto, la discesa finisce, ci salva uno spuntone di roccia, una scheggia si insinua nella mia schiena. Sento le ossa della colonna vertebrale spezzarsi e la mia vista venire meno, capisco che perderò l'uso delle gambe. Il felino è ancora sopra di me, gioisce all'apprestarsi della mia fine.

Con la forza della disperazione uso le braccia per artigliargli il collo, stringendo più forte che posso.

I muscoli dell'animale sono duri al tatto, ma ormai non ho nulla da perdere e la mia presa diventa sempre più salda. Non lo sento più ruggire, allora continuo più forte, lo sto strozzando. La vista inizia a tornarmi, finché non la focalizzo sul volto della belva.

Per la prima volta, osservo cosa c'è all'interno del suo sguardo.

Vedo i suoi occhi dentro i miei e i miei nei suoi.

Tutto diventa chiaro e trasparente, finalmente percepisco la sua anima:

- Non puoi distruggermi, - mi dice. - Sono parte di te!

Ciò che era solido nelle mie mani diviene liquido e inizia a infiltrarsi attraverso le mie ferite.

Lo sento riempire il mio corpo, insinuarsi dentro ogni parte di me, vorrei urlare ma la mia bocca è piena di quel fluido denso, che mi soffoca; è la fine...

***

Mi sveglio nel mio letto, madido di sudore come le altre volte a causa di quest'incubo ricorrente.

La mia ferita sul torace si è arrossata e mi brucia, ma tutto in me pulsa di vitalità.

Sento il sangue scorrere nelle mie vene e il mio animo farsi selvaggio, come quello della belva che ho affrontato in sogno. Tuttavia mi chiedo se, anche stavolta, non sia stata semplicemente un'altra lotta con me stesso...

Leòn Felìne, Cavaliere del Leone.

Fratelli nel dolore

Seppi che qualcosa non andava, prima ancora d'apprenderlo di persona. Eravamo in battaglia, quando il gelo mi prese il cuore. Come m'avessero dato una stilettata, sentii il sapore del metallo in bocca salirmi fino alle labbra, per poi ridiscendermi in gola, tanto da farmi soffocare. Con questa angusta sensazione, caddi in ginocchio, il petto mi faceva male. Purtroppo, non ebbi tempo di pensarci.

Ero in pieno combattimento ed ero stato appena disarcionato, i Saraceni non aspettavano altro che una mia disattenzione per uccidermi. Uno di essi provò a colpirmi, tirandomi un fendente alla schiena, ma io fui più lesto di lui. Mi abbassai, mi girai e poi affondai la lama nelle sue carni. Quel bastardo voleva sorprendermi, ma l'unico risultato che ebbe fu il mio spadone piantato dritto in mezzo alle scapole.

Alla mia destra, il Cavaliere dell'Aquila faceva sfoggio della sua consumata abilità, entrambi ci proteggevamo a vicenda...

Per me, sapere di avere Claude al mio fianco era una sicurezza. Egli si batteva con la sua classica spavalderia, eppure mai una volta lo vidi scoprire la guardia. Ormai migliorava di giorno in giorno e più d'una volta durante gli allenamenti era riuscito a penetrare la mia difesa. Mio fratello era divenuto un combattente di valore pari a me.

Lo scontro finì dopo un paio d'ore, con la vittoria del nostro esercito. Ormai ero diventato esperto nel capire quando le battaglie terminavano, in base alla velocità con la quale il nemico si ritirava.

Quel giorno, correvano molto velocemente.

Durante gli scontri, ne avevo uccisi una ventina ed era stato abbastanza facile, vincevamo sempre più spesso ultimamente...

Come il vento, che cambia direzione, anche le sorti della guerra stavano mutando.

L'esercito Saraceno cedeva terreno ogni giorno.

Di questo passo, presto, avremmo ricacciato il nemico indietro, oltre i Pirenei.

Eravamo riusciti a riconquistare i possedimenti di nostro padre, che l'Imperatore aveva riassegnato a Claude, unico erede diretto.

Il territorio dell'Aìgle non sarebbe mai potuto diventare mio per diritto di nascita, in quanto adottato, ma non per questo volevo meno bene a mio fratello.

Francamente, non mi sarei mai visto ad amministrare territori come faceva lui, non era compito da interessarmi. Certo, ci sarebbe voluto del tempo per farli tornare all'antico splendore. A quel punto, era stata Michelle, in quanto legittima moglie di mio fratello, a prendere in mano le redini della casa. Nonostante le umili origini, sembrava decisa a diventare una padrona severa e inflessibile. Ci sapeva davvero fare, bastava osservare con quanto polso dirigesse i lavoranti, a volte meglio di suo marito.

I Saraceni avevano depredato tutto della ex villa romana, fin quasi a volerla umiliare.Il salone dei banchetti era stato privato del suo splendore e trasformato in una stalla per animali.

Ricordo che al solo vedere lo spettacolo di quello scempio, noi tre ci mettemmo le mani ai capelli, tanto lavoro da fare e tre persone sole per poterlo svolgere...

Per nostra fortuna alcuni servi e schiavi superstiti, venuti a conoscenza del ritorno di Claude, si ripresentarono alle porte della tenuta per riavere i vecchi lavori. Commosso dalla fedeltà di quelle persone nei confronti del suo defunto padre, così come nel suo successore, mio fratello decise di riassumerli. Claude, in qualità di nuovo Conte di quelle terre, si prodigò ad affrancare le persone ancora soggette a schiavitù. Come ulteriore gesto, consentì ai servi di portare le famiglie, affrancate successivamente a loro volta. Da quel momento, le terre del nuovo Conte dell'Aìgle si ripopolarono di gente volenterosa di lavorare, anche perché fra loro non vi sarebbe stato più alcuno schiavo.

Tuttavia, la situazione della regione non si era ancora normalizzata.

L'esercito Franco, ancora impegnato in guerra, non aveva modo di presidiarne il posto al fine di mantenerne l'ordine. Il ritiro da quei territori delle armate Saracene, aveva portato nella zona molti ladri e assassini.

Unitesi le bande fra loro, avevano fatto si che venisse a formarsi un nuovo fenomeno di bagaudia. Formatosi in epoca Romana durante le incursioni barbare, questa tipologia di banditismo era tornata in auge in quei tempi a causa dei continui stravolgimenti di fronte. Si trattava, perlopiù di contadini affamati e di schiavi senza padrone, gente disorganizzata e male armata, ma in grado di creare seri problemi agli abitanti già provati dalla guerra. Alcune bande molto numerose erano diventate estremamente pericolose per i nobili del luogo, potendo contare su un vero e proprio piccolo esercito.

Fu una di queste ad assalire il nostro Casolare.

Approfittarono della distruzione delle fortificazioni, operata da parte dei Saraceni per impedire ai Franchi di usarla come base. I malviventi penetrarono facilmente al suo interno, mettendo tutto a ferro e fuoco. In quel momento non vi erano armati posti a guardia, mancavamo anche Claude e io, impegnati in guerra come paladini dell'Imperatore. Per assurdo, era grazie all'esercito Franco che difendeva i confini, se questi nuovi banditi potevano proliferare. Eravamo noi stessi, quelli impegnati a difendere le genti che in quel momento ci depredavano. I bagaudi colsero impreparati i nostri servi alla Tenuta, uccidendoli senza pietà.

Furono loro ad assassinare Michelle.

Scoprimmo la cosa al nostro primo ritorno a casa. Eravamo impazienti di rivedere i nostri cari dopo aver finalmente ottenuto una licenza dal nostro comandante.

Nulla, ci aveva preparati a ciò che trovammo...

Quel giorno eravamo festanti per la vittoria ottenuta, durante il cammino verso casa ridevamo e ci prendevamo a pacche sulla schiena, come al nostro solito.

Poi accadde l'inaspettato.

Vedemmo del fumo salire da dietro la collina, antistante la tenuta. La cosa ci fece allarmare così tanto, che senza por tempo in mezzo spronammo i nostri cavalli al galoppo. Quando arrivammo era già tutto finito, restavano solo i resti di quella terribile carneficina...

Non era rimasto in vita nessuno.

Tutti erano stati orribilmente trucidati, quegli esseri schifosi avevano agito senza mostrare un briciolo di compassione. Lo spettacolo di morte che ci si parò davanti, sconvolse le nostre anime a tal punto da farci urlare.

Nemmeno donne e bambini erano stati risparmiati.

Eravamo entrambi abituati al sangue e al fetore della morte nei campi di battaglia, il nostro addestramento ci consentiva di poter avere quel distacco che aiuta il soldato a non impazzire. Certo, una cosa del genere non era piacevole da vedere in nessun caso, ma almeno eravamo consapevoli che in guerra si uccide per una causa più grande o per restare in vita.

Eppure, ciò che vedemmo quel giorno, ci lasciò senza parole...

Non poteva esserci nulla di giusto nell'uccidere gente inerme e indifesa.

Quella perpetrata nei confronti dei nostri abitanti, era stata una feroce e inutile barbarie.

Vidi una testa mozzata messa su un palo all'ingresso del casolare, vi riconobbi in essa Louìs, che quand'ero bambino aveva sempre una mela o un frutto da donarmi. Mi ero affezionato a lui, anche se si era fatto vecchio e aveva smesso di far regali. Negli ultimi tempi ero io, al ritorno da ogni battaglia, a portargli qualcosa in dono.

Adesso era morto...

Altrove, vidi i corpi mutilati o sgozzati di Geràrd, di Luther o della grassa Madò, che tante volte avevo apprezzato per i suoi manicaretti. Soffrii per tutti gli altri lavoranti, anche se alcuni li conoscevo appena. Dentro di me, maledissi quei barbari che li avevano uccisi così orrendamente.

Claude e io procedemmo assieme, entrando dentro la casa con le armi sguainate.

Vi era sangue sparso ovunque.

Trovammo un paio di quei balordi morti ai piedi delle scale che conducevano alle stanze da letto, segno che qualcuno dei nostri aveva deciso di vender cara la pelle.

Salimmo le scale in silenzio, lentamente, sperando di udire qualche suono indicativo della presenza di qualcuno, ma tutto tacque. Fu così, con i nervi a fior di pelle, che arrivammo alle vecchie stanze del Conte. Esse erano state successivamente riadattate da Michelle per fungere da talamo nuziale. Ricordavo ancora le battute di spirito che le avevo rivolto all'epoca quando ci entravo, adesso avrei dato chissà cosa per non doverlo fare...

Sentivo il pesante respiro di mio fratello accanto a me.

Per lui era ancora più difficile, dato che era la sua donna che stavamo cercando.

Quel silenzio di morte stava mettendo alla prova i nostri nervi già scossi, ma eravamo paladini di Francia, non ci era concesso aver paura.

Stoicamente, continuammo ad avanzare...

Vidi Claude sbiancare e la sua mano destra stringere l'elsa della spada:

    - Entrerò io per primo, - dissi in tono risoluto. - Potrebbe essere una trappola!

Sapevo non esser vero, avevamo appurato che i cadaveri erano freddi. Ciò significava che quei bastardi se ne erano già andati da un pezzo. Tuttavia, non potevo lasciare che Claude assistesse a qualcosa di troppo brutto da guardare. Dopo aver fatto un bel respiro entrai, ciò che vidi diede conferma ai miei più orribili presagi.

Lei era lì sul letto, completamente nuda, il volto in una maschera di terrore.

Aveva le gambe aperte in una posizione innaturale. Avevo già visto una cosa del genere in guerra, quando gli arabi avevano depredato una fattoria, uccidendone gli occupanti. Michelle era stata ripetutamente violentata, dopodiché i suoi aguzzini l'avevano pugnalata al cuore nello stesso punto dove avevo avvertito il gelo durante la battaglia. La rabbia e il dolore pervasero il mio essere, facendomi ribollire il sangue, il mio cuore iniziò a pompare così velocemente che, per un attimo, non sentii altro che il mio battito.

Gli occhi sembrarono schizzarmi via dalle orbite, poi tutto si annebbiò e mi ritrovai in ginocchio ai piedi del letto.

Era passato pochissimo tempo, ma a me era sembrato un'eternità.

Avrei voluto piangere, ma dovetti ricacciar dentro le lacrime, quel giorno non potevo permettermelo. A mio fratello sarebbe servita una spalla su cui sfogarsi, per non farsi prendere dalla disperazione. Avrebbe avuto bisogno di una persona forte al suo fianco, su cui contare.

Aveva bisogno di me.

Avrei pianto più tardi nella mia solitudine, senza nessuno a guardarmi, ma prima restava un'altra cosa da fare:

    - Perdonami, Michelle, - dissi alla donna che un tempo anch'io
    avevo amato. - So che forse, anche tu preferiresti così...

Le richiusi le gambe e le posizionai le mani sul petto, facendo sì che potessero coprire la ferita. Staccai l'unica tenda rimasta intatta della portafinestra, usandola per coprire il suo corpo come un sudario. Col mio pugnale, tagliai un ricciolo dai biondi capelli, che tanto avevo adorato. Se me lo avesse concesso avrei passato ore ad accarezzarli, ma il destino aveva deciso altrimenti. Ammirai più da vicino quella ciocca color grano, che alla fine nascosi nel pettorale della mia armatura. Per finire, con la mano chiusi i suoi occhi. Toccare il suo volto gelido mi spezzò il cuore, ma sapevo che in quel momento era la cosa più giusta da fare. Se non altro, Claude non avrebbe assistito allo stesso macabro spettacolo di cui ero stato nolente spettatore. Dopo che ebbi finito, uscii dalla stanza senza voltarmi indietro.

Mio fratello stava ancora aspettandomi, il suo volto era pallido e angosciato.

Gli poggiai la mano sulla spalla, potei fargli solo il cenno affermativo con la testa prima che, urlante di dolore, egli si precipitasse dentro la stanza. Ricorderò per sempre le sue grida strazianti poiché quel giorno, esse furono anche le mie.

Seppellii da solo i servi morti, piantando sopra le loro buche una croce fatta di rami. Più tardi, sarei andato al vicino villaggio a cercare un prete per farli benedire.

Ne avevo viste troppe per credere al paradiso, tuttavia recitai ugualmente una muta preghiera per le loro anime. In fondo, pensai, se mi fossi sbagliato per quei defunti la situazione non sarebbe cambiata più di tanto. Di contro, se un luogo del genere fosse realmente esistito dopo la morte, allora mi sarebbe piaciuto trovarli lì, ad attendermi una volta che fosse scoccata la mia ora. Mi ci volle l'intera giornata per seppellirli tutti, di tanto in tanto mi capitava di gettare uno sguardo su Claude.

Mio fratello era taciturno e poco propenso a parlare, del resto anch'io mi sentivo così.

Lo vidi raccogliere la legna, sistemarla sino a formare una pira, non si era bevuto il mio stratagemma con la sua sposa. Aveva capito tutto, del resto, era sempre stato abile nello svolgere indagini. Per quanto mi fossi sforzato di cancellare le tracce della violenza, perpetrata dai banditi sulla sua donna, lui aveva comunque mangiato la foglia. Tuttavia, quando incrociai i suoi occhi vi lessi gratitudine nei miei confronti, se non altro aveva apprezzato il mio tentativo.

Ponemmo il cadavere di Michelle sulla carcassa di tronchi che era già notte.

Nonostante la stanchezza, procedemmo ugualmente con le esequie, tanto sapevamo che nessuno dei due avrebbe dormito.

Fu Claude, prendendo la torcia, a pronunciare l'elogio funebre, interrotto dai singhiozzi e dalle lacrime:

- Amore mio, sei stata la luce che ha guidato i miei passi fino ad ora. Con te ho conosciuto l'amore e la vera felicità, ricorderò ogni cosa finché vivrò. Ti ho amata con tutto me stesso e ti amo tutt'ora, possa il tuo spirito guidare i miei passi anche dall'aldilà. Sei stata la migliore delle mogli e saresti stata la migliore madre dei nostri figli, che non nasceranno più. Il fuoco purifica tutto: possa anche la tua anima essere purificata dal male che hai dovuto subire. Quanto a me, ti faccio una solenne promessa, amore mio: giuro sulla mia stessa vita, che non avrò pace, finché tutti coloro che hanno compiuto questo scempio non saranno stati giustiziati! Dovessi inseguirli in capo al

mondo, li troverò e ti vendicherò, cosicché tu possa presentarti
di fronte al Divino mondata dei peccati a cui ti hanno costretta!
Io, Claude L'Aigle, giuro questo sulla mia stessa anima! Possa
Dio stesso fulminarmi, qualora non dovessi mai adempiere a
questa promessa! Ora perdonami amor mio per questo gesto
che andrò a compiere, perdona le fiamme che bruceranno il tuo
bellissimo corpo, ma rammenta: tu, da oggi, vivrai sempre
dentro di me!

Accompagnai le sue parole con un muto giuramento nei confronti di
Michelle, una sola lacrima scese sul mio viso, poi rimase solo il
desiderio di vendetta. Giurai a me stesso che avrei aiutato mio fratello
a vendicare la morte dell'unica donna che entrambi amavamo. Strinsi
forte nel mio pugno il ricciolo biondo, quasi a unirlo alla mia carne,
sapevo che la mia lealtà nei confronti di Claude non mi avrebbe
consentito di averlo. Sarebbe spettato a lui tenerlo in quanto suo
marito, sarebbe servito a non fargli dimenticare la sua amata. La
guardai anch'io prima che la torcia venisse abbassata, sarebbe stata
l'ultima volta che avrei posato gli occhi sulla sua figura, nonostante
tutto era ancora bellissima. Per un attimo desiderai che l'incubo, in
quel momento vissuto da mio fratello e me, fosse un semplice sogno
da cui potersi svegliare. Ma non era affatto così, non era un parto
della mia fantasia.

Vidi le fiamme lambire il corpo senza vita di Michelle.

Dapprima, presero il vestito, poi toccò ai biondi capelli, infine anche il
resto del suo corpo venne incendiato. Vedere la sua pelle sfrigolare a
causa del calore fu uno spettacolo straziante, ma dovevamo nutrirci di
quella sofferenza per alimentare l'odio verso coloro che l'avevano
uccisa. Solo così, saremmo stati risoluti nel vendicarci, avremmo
ripagato gli aggressori con la stessa moneta. Nel frattempo, il
cadavere bruciava. Osservavamo il fuoco avvolgerlo completamente,
fino a consumarlo.

L'aria si riempì dell'odore di carne bruciata, ma nessuno dei due ebbe
fame.

Attendemmo, affinché l'ultima brace si spegnesse, era rimasto
qualche osso dello scheletro.

Continuammo ad aggiungere legna da bruciare, finché del corpo di Michelle non rimase che polvere. Il fuoco era finalmente riuscito a renderla cenere, ma l'aria stessa ancora ce la ricordava.

Aiutai mio fratello a raccogliere i resti e metterli dentro un'urna di metallo, l'unica scampata al saccheggio. Seppellimmo il contenitore delle ceneri, accanto alla tomba del vecchio Conte e di sua moglie. Se Dio avesse voluto, anche Claude e io al momento della nostra dipartita saremmo stati adagiati accanto a loro. Restammo a vegliare tutta la notte, scambiandoci solo poche parole finché, arrivata che fu l'alba del giorno dopo, il fisico del mio giovane fratello crollò vinto dalla stanchezza.

Fu allora che, finalmente, piansi.

L'indomani sarebbe stato solo un altro giorno di duro lavoro per buona parte degli abitanti della regione.

Per coloro che avevano ucciso Michelle, invece, sarebbe stato il giorno della morte...

Un nuovo incontro

Procedevano verso l'alba appena sorta, diretti a oriente.

Erano simili, tuttavia diversi, così come differente era il loro incedere.

L'arrivo veniva preannunciato dalla lieve vibrazione del terreno, il loro veloce passaggio dallo spostamento d'aria.

Chi li avesse visti di primo acchito avrebbe notato due paladini a cavallo, chi avesse sbirciato nel loro animo, avrebbe scorto due furie scatenate. Erano realmente cavalieri di Francia agli ordini di Carlo Magno, ma la missione appena intrapresa non aveva niente a che fare con l'Imperatore.

La vendetta era il loro unico scopo.

Il primo era un colosso estremamente massiccio, soprattutto nelle spalle, sulle quali trovavano posto due teste ruggenti di leone come spallacci. Leòn era il suo nome, bronzea la sua armatura incarnante il fiero Re della Savana...

L'elmo raffigurava un volto stilizzato racchiuso dentro le fauci del felino, con copri elmo in cuoio posto a mo' di criniera. Dai fori di visiera dell'ovale s'intravedevano due occhi grigi, freddi come l'argento, capaci di paralizzare il nemico al primo sguardo. Tutto dell'armamentario era proporzionato alle sue dimensioni, dallo spadone allo scudo, lo stesso destriero era un cavallo gigantesco. Si trattava di un baio Norreno mezzo selvatico, alto quasi sette piedi al garrese, la cui muscolatura non aveva nulla da invidiare al suo padrone. Bucefalo era il suo nome, il suo schiumare durante la corsa ricordava quello del suo famoso predecessore, agli ordini di Alessandro Magno. Il suo potente galoppo era brusco e incontrollabile per chiunque, tranne per colui che lo cavalcava in quel momento.

Quasi in antitesi col primo, il secondo paladino pareva esser l'immagine della calma fatta a persona. Si chiamava Claude, Conte dell'Aìgle il blasone del suo casato. Di altezza e corporatura normale, seppur asciutta e ben scolpita quasi fosse stata forgiata nel marmo, egli incarnava gli ideali di bellezza femminile, col suo viso fine e delicato seppur mascolino.

Chi l'avesse visto da lontano avrebbe notato un bel giovane estremamente piacente, solo a distanza ravvicinata se ne sarebbe spaventato. Gli occhi di un azzurro cielo velati di una tristezza infinita, in quel momento rendevano il suo aspetto più spietato dell'altro. Portava anch'egli l'armatura, essa risplendeva al sole come l'argento da cui era formata. Come la corazza di Leòn, quella di Claude era caratterizzata dagli spallacci a becco d'aquila, tra l'altro, molto più decorata rispetto al suo compagno. Il bianco cavallo del Conte, un Lipiziano docile e ubbidiente di nome Antares, era di una bellezza paragonabile alla stella di cui prendeva il nome.

Seppur così diversi, di modi e d'aspetto, avevano un comune obbiettivo.

Avrebbero vendicato la morte dell'unica donna amata da entrambi, violentata e trucidata da un gruppo di manigoldi. I banditi avevano colpito durante l'assenza di Claude, in quel momento in guerra per difendere il paese. Avevano assaltato la tenuta, violentando la donna e ammazzandola poi con estrema ferocia, non prima di avere ucciso tutti coloro che avevano provato a fermarli.

Claude e Leòn erano giunti troppo tardi per evitare lo scempio, in compenso avrebbero inseguito quei banditi fino in capo al mondo pur di impedir loro di commettere altri misfatti.

Già troppi avevano pagato, adesso sarebbe toccato ai colpevoli!

Gli assassini della giovane avevano lasciato tracce di zoccoli molto evidenti, che il bel tempo aveva provveduto a seccare facendo si che non fossero cancellate. Durante la fuga, i banditi avevano saccheggiato e incendiato alcune fattorie. Dal fumo che si alzava dalle rovine, non erano passati molti giorni. Fortunatamente, non erano visibili altri cadaveri, segno che i proprietari erano fuggiti per tempo. I paladini spronarono ancor più i loro animali, seppur a cavallo i malviventi non potevano contare sulla stessa velocità dei destrieri da battaglia. Le soste, compiute dai saccheggi perpetrati dalla banda, facevano diminuire la distanza fra loro.

Si trattava di due cavalieri all'inseguimento di un piccolo esercito di tagliagole, ma niente li avrebbe fatti desistere.

Mille e più erano i pensieri che attanagliavano i due uomini, persino le loro cavalcature parevano intuire lo stato d'animo dei loro padroni. Mai una volta, essi dovettero ricorrere all'uso degli speroni. Gli animali galoppavano a un ritmo selvaggio, a dir poco forsennato, quasi fossero inseguiti dal diavolo in persona. Fu solo quando arrivarono dalle parti della strada di Valèn, che procedettero più silenziosamente. Claude e Leòn li lasciarono fare, fidandosi del loro istinto che più di una volta li aveva tratti dall'impaccio. I cavalli erano stati addestrati per anni, e dopo tante battaglie, riuscivano pure a fiutare anche il pericolo nascosto fra i boschi. Nel punto dove si trovavano in quel momento, la strada divenne un sentiero in mezzo alla boscaglia. Nascosti dietro i cespugli, potevano annidarsi banditi pronti a tendere un tranello.

Non che i due aspettassero altro, anzi non vedevano l'ora di incrociare le armi, anche se non si trattava di coloro che erano venuti ad uccidere. Tanto era il loro odio, che nessun bandito presente al mondo avrebbe visto il sole sorgere l'indomani.

Tuttavia quel giorno, i malviventi avevano scelto un altro bersaglio.

Furono le grida di dolore poco più avanti a far capire che la trappola era scattata per altri.

Lasciata da parte ogni cautela, i paladini si lanciarono al galoppo a spada sguainata. Poco più avanti, in uno spiazzo di accampamento in mezzo al bosco, una dozzina di banditi aveva assalito tre persone, pensando di trovare facile preda poiché fra essi vi erano un vecchio e una donna.

Non avevano fatto i conti col terzo, rivelatosi un cavaliere armato di tutto punto.

Era costui un uomo alto e segaligno, tutto bardato di nero, il cui aspetto poteva ricordare il corvo. L'armatura, di foggia orientale molto comune, era stata dipinta del colore del lutto, il solo gonnellino di cotta era rimasto del colore metallico. Alcuni pezzi, come i cosciali e gli schinieri, erano stati sostituiti da parti equivalenti in cuoio scuro rinforzato, simili a quelli Saraceni.

I tratti del viso erano molto marcati, con occhi dal profilo a mandorla e naso aquilino, quasi a denotare origini arabo-semite. A differenza dei Saraceni, costui nel suo braccio destro impugnava una spada a lama dritta, anziché una sciabola curva. Inoltre, il suo elmo mancava di punta, nonché di ogni decorazione tipica degli adoratori di Allah. Senza farsi intimorire dal soverchiante numero dei nemici, l'uomo si batteva con molto coraggio ed esperienza, approfittando anche dell'impulsività degli avversari per portare a segno i suoi colpi.

Due banditi avevano già pagato con la vita la loro irruenza, gli altri si erano fatti più cauti, tuttavia, erano pur sempre in dieci contro tre. Stando attenti a non essere colpiti dall'unico difensore armato, due di loro si avvicinarono armi in pugno al vecchio, facendolo allontanare dagli altri due.

Una volta isolato, l'anziano si trovò alla loro mercé.

L'uomo, un villano già avanti con gli anni, poté offrire ben misera resistenza, morendo quasi subito.

Rabbioso per la viltà degli assalitori, il cavaliere nero si fece sotto, uccidendo altri due di loro. Si batteva molto bene, tuttavia doveva stare vicino alla donna al fine di proteggerla. Non poteva avanzare oltre per non lasciarla indifesa, mentre i manigoldi erano ancora otto e potevano cercare di aggirali, cosa che stavano facendo. Purtroppo per gli assaliti, il cavallo era stato legato a una quindicina di metri rispetto a dove si trovavano in quel momento. Per quanto l'animale non fosse scappato e docile li attendesse, nessuno dei due poteva raggiungerlo. Nemmeno i banditi prestavano interesse alla cavalcatura, nel timore di dare le spalle al cavaliere.

D'un tratto, sembrò che la fortuna avesse deciso di voltar le spalle ai giovani.

Due lestofanti, riuscendo a portarsi alle loro spalle, con una mossa fulminea agguantarono la donna. Ella per quanto si agitasse e scalciasse, fu tenuta stretta dai due malviventi. Per ricattare il cavaliere e costringerlo ad abbassare l'arma, i banditi avvicinarono alla gola della donna un coltellaccio.

A tale vista l'uomo fu lì per arrendersi, abbassandosi per posare la spada a terra.

Fu allora che i due paladini giunsero a dar man forte.

Per quanto, l'aspetto del cavaliere nero li avesse un po' sconcertati, la situazione di pericolo alla quale la donna era soggetta li fece decidere immediatamente da che parte schierarsi.

Senza por tempo in mezzo, Claude e Leòn si avventarono sui banditi.

Disorientati dal loro arrivo, i due che trattenevano la donna lasciarono per un istante la presa, quanto bastò alla giovane per divincolarsi e fuggire verso il cavaliere nero. Per i malviventi fu la rovina, senza più un ostaggio, poterono solo darsela a gambe tuttavia né Claude, né Leòn, diedero modo ai due di farlo. Approfittando della velocità dei cavalli da battaglia, i Cavalieri tagliarono loro la strada, costringendoli al combattimento. I malviventi combatterono con la forza dettata dalla disperazione, ma i paladini erano due furie scatenate. In quel momento, Claude e Leòn non vedevano in quei disgraziati altro che i demoni che avevano ucciso Michelle.

Li finirono in poco tempo, senza sudare nemmeno un po'.

Poi venne il turno degli altri.

Senza attendere oltre, i Paladini piombarono sui banditi superstiti, che poco poterono, contro due esperti combattenti. Una volta uccisi tutti, i due fratelli scesero da cavallo ripulendo le spade sugli indumenti degli uccisi. I due cavalieri avrebbero ripreso la marcia, quando coloro che avevano salvato gli andarono incontro per ringraziarli.

Leòn aveva già notato l'aspetto del cavaliere, quindi si concentrò sulla donna.

Era totalmente avvolta in una veste orientale, che la copriva da capo a piedi, il fisico era magro, seppur ben proporzionato nelle forme e nel seno. Rispetto alla media, era alta per essere una ragazza, anche se più bassa di lui almeno di una spanna. Una ciocca di capelli neri fuoriusciva dal copricapo, unica cosa che fosse permesso di vedere del suo volto. Otre due bellissimi occhi, verdi come smeraldo.

Il cavaliere del Leone fu rapito da quello sguardo così intenso ed ammaliante. Fino a quel momento, aveva amato solo Michelle, la moglie di suo fratello, tra l'altro senza essere ricambiato se non con amicizia fraterna.

Il giovane aveva già conosciuto carnalmente altre donne, ma nessuna come lei. Gli era capitato di intrattenersi con qualche cameriera, perlopiù quando andava nelle bettole a ubriacarsi.

Con un paio si era anche sollazzato a letto nelle stanze situate di sopra le locande, seppure solo per una notte a pagamento. L'aveva fatto per dimenticare Michelle, ovviamente senza riuscirci, ottenendone solo di sentirsi in colpa la mattina dopo. Nessuna era riuscita a fargli battere il cuore fino a quel momento, quando era stato rapito dallo sguardo di quella donna misteriosa.

Idiota! Può anche essere una nemica Saracena!

Ciò nonostante, Leòn invidiò la fortuna del cavaliere nero nello stare con una donna così bella. Fortunatamente, fu quest'ultimo a fargli capire quanto, a volte, egli fosse così stupido da farsi ingannare dalle apparenze:

- Permettetemi di ringraziarmi a nome mio e di mia sorella,
nobili signori, - disse l'uomo presentandosi ai due. - Sono
David.

La sua voce era molto profonda, non lo si sarebbe detto dall'aspetto mingherlino. Le sue parole, soprattutto sulla parte relativa alla sorella, lo resero subito simpatico a Leòn. Il ragazzone posò lo sguardo sulla giovane, la quale parve sorridergli con gli occhi. Claude, al contrario immune al fascino della donna anche per la recente perdita, rivolse a David le domande che anche suo fratello bramava di chiedere.

I paladini seppero così di trovarsi accanto a due ebrei con un triste passato:

- Generalmente a chi ce lo domanda, - disse il Giudeo. -
Rispondiamo che siamo dei Bizantini e stiamo raggiungendo
dei parenti, ma poiché ci avete salvato da quei banditi, meritate
la verità: mia sorella Rebecca e io siamo ebrei! Un tempo,

dimoravamo in Gerusalemme. I Saraceni ci hanno derubato delle nostre terre e ricchezze, costringendoci a riparare a Bisanzio. Fu lì, ch'io divenni cavaliere al servizio del Basileo. Per anni, mi sono battuto contro i nostri comuni nemici! Attualmente dopo le ultime sconfitte, è stata chiesta dall'Impero Romano D'Oriente una tregua con i Saraceni che, se da un lato ha posto fine alle ostilità, dall'altro ha lasciato me e mia sorella senza lavoro. Il mestiere di contabile non mi è mai aggradato e so solo combattere, quindi abbiamo pensato di venire in Francia e metterci al servizio dell'Imperatore D'Occidente.

La storia raccontata dal Giudeo, era una vicenda comune in quel periodo, molti ebrei erano profughi in Europa, tuttavia una motivazione ancor più grave aveva costretto i due a fuggire. Non bastava che il popolo di Israele fosse già perseguitato di suo, i due ragazzi avevano un altro nemico da cui guardarsi, un uomo che avrebbe minacciato la loro felicità.

Non fu David a dirlo, bensì sua sorella.

Egli in quanto uomo e cavaliere, portava con onore il peso di tale sofferenza.

In un momento di tristezza, ella confessò a Leòn tutti i particolari della vicenda:

- Accadde quando Gerusalemme fu riconquistata dai Saraceni. I capi ebrei avevano stretto un accordo affinché tramite un tributo mensile le nostre proprietà non venissero toccate, accordo convenuto a entrambe le parti. Purtroppo per noi uno dei Principi più potenti, Abdul al Rashid, un giorno mi notò al mercato e invaghitosi di me, mi pretese come schiava. Poiché non erano questi gli impegni presi e gli altri Emiri non erano d'accordo con le sue intenzioni, egli inviò in casa nostra i suoi sgherri col compito di rapirmi e di uccidere tutti quanti. Fecero irruzione a notte fonda, uccidendo i nostri genitori. Fu David a salvarmi, si batté come una furia, tuttavia non eravamo più al sicuro. Non potevamo chiedere la protezione di altri capi ebrei, per evitare che la cosa venisse usata come pretesto per ritorsioni contro tutta la comunità. Allo stesso tempo non potevamo restare in Città, decidemmo quindi di scappare. Prendemmo con noi solo il necessario per il viaggio e poche lettere di credito, che avremmo poi cambiato in denaro una volta al sicuro. Attraversammo i territori di guerra, stando bene attenti a non farci notare da entrambi gli schieramenti in quanto come avete notato, la mia gente non è molto simpatica nemmeno a voi Gentili. Fu così che giungemmo a Bisanzio, dove grazie alle lettere di credito potemmo cambiare presso un banchiere ebreo il denaro che servì a mio fratello per acquistare armatura e cavallo. In questo modo, egli poté mettersi al servizio dell'Imperatore d'Oriente, in quel momento in cerca di cavalieri.

Leòn Ascoltò la triste storia di Rebecca e il sangue gli ribollì.

Il paladino giurò a se stesso che se Abdul gli fosse capitato per le mani, lo avrebbe strangolato personalmente:

- E adesso siamo qui, - continuò Rebecca. - Abbiamo scelto questa terra anche per mettere più distanza fra noi e Rashid. Egli è molto potente fra le sue genti e nemmeno a Bisanzio eravamo al sicuro. Per quanto non sappia combattere, farò anch'io la mia parte in questa guerra. Ero assistente di un medico a Gerusalemme, posso dare il mio contributo curando i feriti, se necessario!

Leòn, osservò gli occhi della donna, perdendosi in quello sguardo triste, ma allo stesso tempo forte e risoluto. In quel momento, l'amore non ricambiato provato un tempo per Michelle divenne un semplice ricordo. D'un tratto, il Cavaliere del Leone fu consapevole di poter dare anche la vita per Rebecca, se ella glielo avesse chiesto.

Fu deciso da entrambi i cavalieri di non lasciare soli i due Giudei, soprattutto con l'imposizione di Leòn che quasi costrinse a forza il fratello. Li avrebbero scortati e con l'occasione sarebbero rimasti un po' di tempo con loro, almeno finché fratello e sorella non fossero stati al sicuro nel borgo più vicino, dove sarebbe anche stata data degna sepoltura al servitore morto. Il giovane colosso sistemò il cadavere del vecchio servo, che seppe chiamarsi Gedeone, sul cavallo di scorta, lo sollevò persino agevolmente per quanto era leggero.

Non appena furono pronti i quattro si incamminarono verso Valèn, trainando il cavallo con la salma che lasciarono poco più indietro per non esser costretti a guardarla. Il cavallo di Leòn si posizionò accanto a quello di Rebecca. Il viaggio durò circa tre ore anche perché, sia il Cavaliere del Leone, che l'ebrea, pareva non volessero andar di fretta. Dietro di loro David e Claude, vinta l'iniziale diffidenza iniziarono a confabulare tra loro. Di tanto in tanto Rebecca li notò indicare lei e Leòn, soprattutto vide suo fratello ridersela sotto i baffi. Ella arrossiva ogni volta che succedeva, del resto suo fratello la conosceva meglio di chiunque altro. David aveva notato come ella piacesse al gentile, allo stesso tempo si era accorto di come quell'uomo piacesse a sua sorella. Ma che altri avessero intuito i loro sentimenti, ai due giovani davanti la cosa non importava. C'erano solo i loro sguardi a incrociarsi e per il Cavaliere del Leone iniziava a esserci una nuova ragione di vita, che non fosse la sola vendetta. Tuttavia, suo fratello non avrebbe dimenticato, e gli avrebbe chiesto ugualmente di partecipare.

Lui non si sarebbe mai tirato indietro da quella promessa, del resto lo doveva a Michelle.

Se fosse accaduto prima d'incontrare Rebecca, Leòn si sarebbe battuto fino alla morte per sua cognata. Adesso avrebbe lottato ancora, solo che stavolta avrebbe avuto anche una valida ragione in più per non farsi uccidere.

Guelfòr

Valèn. Fu lì, la prima volta che udii mio fratello ridere dopo la morte di sua moglie. Si fosse trattato di una lieta circostanza, ne sarei stato addirittura felice, peccato si trattasse del contrario. Claude rideva perché aveva finalmente saputo chi fosse stato ad assassinare Michelle.

Nessuno di noi due, si era dimenticato della nostra vendetta.

Giungemmo al borgo all'imbrunire, giusto in tempo per l'ultima messa. Scortavamo Rebecca e suo fratello David, che avevamo provveduto a salvare da un assalto di banditi. Sono entrambi ebrei, una razza odiata da buona parte della popolazione, sia Gentile che araba. Per quanto mi riguarda non ho nulla contro di loro, anzi la ragazza mi affascina parecchio. Come me, anche lei ha sofferto molto in passato. Attualmente, ella è in fuga da un Principe arabo, chiamato Abdul al Rashid. Egli è divenuto adesso mio mortale avversario. Vorrei dire che vi sono molte ragioni per odiarlo ma, in verità, lo faccio per un unico motivo. Da quando l'ho conosciuta, mi sono innamorato di Rebecca, tuttavia non so se anche lei ricambi i miei sentimenti. Dovendo fare una scommessa solo basandomi sui suoi occhi, due perle verdi che mi hanno ammaliato, azzarderei di si. Al momento, non ho ancora avuto modo di chiederglielo, in quanto sono stato chiamato ad affrontare una missione che ha a che fare col mio passato.

Devo aiutare mio fratello Claude a vendicare la morte di sua moglie Michelle. Prima di conoscere Rebecca, Michelle era l'unica donna amata da mio fratello e me, anche se aveva infine scelto Claude.

Arrivammo alle porte dell'unica Chiesa di Valèn, qualche momento prima che la campana annunciasse l'ultima omelia. Recavamo con noi il corpo senza vita del povero Gedeone, il servo di David e Rebecca morto durante l'assalto. Entrati all'interno, ci dirigemmo alla navata, trovando il prete in piedi sul leggio pronto per officiare. Una volta presentatici, Claude e io parlammo anche per voce dei due ebrei, chiedendo al sacerdote di benedire l'anima di quel povero disgraziato.

Sperammo l'ecclesiastico acconsentisse, nonostante la richiesta provenisse da non Cristiani, seppur per nostra intercessione. Fortunatamente, il prete non tenne conto della cosa e diede ugualmente l'estrema unzione al morto. L'anima dell'anziano servitore avrebbe avuto la sua meritata pace, volando finalmente in cielo. La grezza croce in legno, rinvenuta ancora legata al collo dal sacerdote al momento di benedirlo, non lasciò comunque dubbi. Il vecchio Gedeone, in fin dei conti si era sempre professato Cristiano e per tale motivo, avrebbe meritato la giusta commemorazione.

La messa funebre ebbe inizio, quel giorno vi sarebbero stati pochi fedeli ad assistere. Al momento di dare l'estremo saluto, al fine di augurare al povero servo serenità per la sua anima, ai due ebrei fu concesso di pronunciare un piccolo elogio. L'avevano assunto da poco come guida e non sapevano se avesse o meno famiglia, ciò nonostante David e Rebecca furono prodighi di complimenti. Una volta terminata la messa, da parte di Claude e mia sembrò giusto lasciare una piccola donazione anche per conto loro. Il prete, che in seguito sapemmo chiamarsi padre Jacques, accettò il denaro ringraziandoci. Con l'occasione, senza che glielo chiedessimo o da lui fosse dovuto, il sacerdote si accollò anche l'impegno di cercare i parenti del morto per avvisarli. Grati a padre Jacques per la sua disponibilità, gli chiedemmo a quel punto informazioni relative ai banditi della zona. Nel mentre ripassavamo mentalmente i nostri personali piani di vendetta nei confronti di quegli esseri immondi, domandammo al prelato se egli sapesse o meno qualcosa su di loro. Per una pura casualità fu sempre lui, seppur inconsapevolmente a portarci sulla giusta strada.

Fu così che apprendemmo chi fosse stato ad assalire il nostro Casolare:

   - Abbiamo saputo da alcuni resoconti dei contadini della zona, - ci raccontò padre Jacques. - Che un gruppo di briganti, capitanati da un certo Broussàrd, ha saccheggiato parecchie fattorie del circondario. Qualcuno dice siano anche riusciti a depredare la tenuta di un Conte.

Vidi le mani di mio fratello stringersi a pugno, ma dovevamo sapere:

- Pare abbiano il loro covo presso una rocca abbandonata, situata su un monte a poche miglia da qui, - continuò il prete. - É in una posizione così imprendibile, da tenere in scacco persino le truppe dell'Imperatore!

- Padre, - disse Claude, svelando suo malgrado i nostri piani. - Nulla è imprendibile: si prepari a raccomandare parecchie anime a Dio, poiché ho intenzione di snidarli e mandarli tutti all'inferno!

- Ragazzo! Voi non sapete cosa dite! Non permettete all'odio di sopraffarvi! Pensate al vostro futuro!

- Costoro il futuro me lo hanno rubato, uccidendo mia moglie! Non ci sarà pace nel mio cuore, finché non li avrò uccisi tutti!

- In questo caso, - disse padre Jacques, alzandosi per andarsene. - Pregherò per la salvezza della vostra anima...

Il sacerdote uscì mestamente dalla porta, non prima di averci ammonito un'ultima volta:

- Sappiate comunque che in passato, già altri hanno tentato senza riuscirvi! Cento armati, nulla hanno potuto contro quella fortezza!

- Dove cento hanno fallito, - disse risoluto mio fratello. - Due riusciranno!

Il povero prete andò via, a quel punto s'intromise inaspettatamente David, proponendo di unirsi a noi nell'impresa. Mio fratello e io ci voltammo verso il nostro nuovo amico ebreo, che scoprimmo con sorpresa aver ascoltato i nostri discorsi. Anche David disse di aver dei conti in sospeso con i briganti, inoltre desiderava a tutti i costi ricambiarci il favore per aver salvato Rebecca dalle loro grinfie. Conoscevo il valore di Claude in battaglia, pari quasi al mio. Con mio fratello al fianco, insieme, nulla poteva fermarci! Il Giudeo l'avevo visto affrontare qualche bandito, si muoveva discretamente, tuttavia non avevo ancora avuto modo di studiarne la bravura in combattimento. Esisteva comunque, un'altra ragione se avevo qualche reticenza a portare David con noi. Chi si sarebbe preso cura di Rebecca, se egli fosse rimasto ucciso?

Tuttavia, fu la stessa sorella a insistere:

- È giusto che li aiuti, fratello, - disse Rebecca, con voce accorata. - Quanto a me, ho appena finito di parlare con la farmacista del borgo, che mi ha detto di avere bisogno di un aiuto. Poiché conosco molti medicamenti, mi sono proposta come assistente e lei ha accettato.

A quel punto dovetti desistere, non prima di essermi ripromesso di proteggere anche David in quella missione e credetemi, sarebbe stata davvero dura! Nonostante tutto per Rebecca e il fratello, la nuova occupazione della ragazza l'avrebbe tenuta abbastanza al sicuro da pericoli di tale genere.

Il borgo di Valèn infatti, si trovava in una posizione defilata dal teatro dei combattimenti. Abbastanza popolato, usufruiva della milizia della contea vicina, la quale provvedeva a mantenerne l'ordine. Grazie a ciò, gli abitanti riuscivano a vivere abbastanza tranquilli.

Lasciammo i due ebrei presso la casa del medico. Al momento di prendere accordi col dottore, fu convenuto di fornire a Rebecca e al fratello un alloggio. Il medico assegnò loro una stanza, situata immediatamente sopra l'ambulatorio; fu sua moglie a incaricarsi di mostrarcela. Si trattava di una signora anziana, bassa e grassoccia, ma d'aspetto gioviale. Mi promise di offrirmi una birra, qualora fossi passato a trovarla, ciò me la rese simpatica da subito. Al contrario il marito fu molto taciturno, forse anche per via dell'età già abbastanza avanzata. O forse, non gradiva tanto avere gente fra i piedi.

Poiché s'era fatto tardi, Claude e io decidemmo di fermarci a dormire in una locanda per la notte. Beccammo una taverna con delle camere libere, poco distante dalla casa del medico. Quella sera, seduti al tavolo migliore, il meno traballante assegnatoci dal taverniere, mio fratello e io mangiammo dell'ottima cacciagione senza spendere molto. Seppur spartane, le stanze al piano di sopra si rivelarono essere pulite e con i letti appena fatti.

Ricordo che m'addormentai quasi subito.

Non che avessi mangiato o bevuto tanto, anzi durante la cena mio fratello mi prese addirittura in giro per la mia eccessiva sobrietà.

L'aveva fatto perché non mi ero scolato tutto il vino come al mio solito, ma a me la cosa non pesò. In verità, nonostante l'incombente missione mi sentivo felice al pensiero di poter rivedere Rebecca l'indomani. Lasciai Claude intento a disegnare qualcosa sopra una pergamena, quando mi sdraiai sul letto appisolandomi quasi subito. Il mattino seguente, al mio risveglio lo ritrovai nella medesima posizione. In un primo momento pensai non si fosse coricato. In realtà, si era svegliato da circa un'ora dopo aver passato la notte quasi in bianco.

A detta sua, pareva non l'avessi fatto dormire. Mi misi a sedere sul letto, grattandomi la testa, chiedendogli il perché fosse colpa mia. Con tutta tranquillità, mio fratello mi rivelò una cosa che non mi sarei mai aspettato.

Ho la tendenza a parlare nel sonno!

Nello specifico, per tutta la notte non feci altro che chiamare in continuazione Rebecca. A detta sua, il sogno doveva piacermi parecchio, perché non la smettevo neanche strattonandomi. Non potendo riposare, mio fratello ne approfittò per uscire a verificare un'informazione. Gli chiesi quale, lui prima mi domandò se ricordassi cosa avesse detto padre Jacques, a proposito della rocca sul monte dove i banditi si erano fatti il covo. Risposi essere nelle vicinanze del borgo dove eravamo e di come fosse considerata impenetrabile. Rammentai pure cosa Claude disse al prete, ovvero che due uomini sarebbero riusciti dove aveva fallito un esercito. Per quanto mi riguardava speravo avesse ragione, anche perché non vedevo l'ora di combattere! Lo vidi sospirare, come quando il nostro maestro cercava di rammentarci qualcosa e a me non veniva mai in mente. Effettivamente, neanche io in quel momento avevo la minima idea di cosa stesse intendendo:

- Certo che con te è come cercare di insegnare a un bue, - mi
rimproverò Claude. - Ti dice niente la parola 'Guelfòr'?

D'un tratto, ricordai.

Ce ne aveva parlato Foyès, il nostro precettore di strategia, quando Claude e io avevamo quattordici anni.

Per me era il secondo a preferenza dopo Gilles, il maestro d'armi. Effettivamente, quei due campi d'insegnamento erano gli unici che seguissi con passione. Ricordai pure quanto Claude invece, preferisse Foyès a Gilles. Non per niente, nei giochi di strategia mi batteva sempre.

In compenso, io poi mi rifacevo nei combattimenti! A ogni modo, si trattava del nome di una rocca.

In una simulazione di battaglia con le pedine, denominata 'l'assedio di Guelfòr', Claude mi batté nonostante partissi in posizione di vantaggio. Mi diede una batosta strategica tale, che quella volta me la presi così tanto da rovesciare per terra tutti i pezzi! Egli mi chiese se mi ricordassi come fece, ci pensai un po' su. Ricordai che io, rispetto a lui avevo il vantaggio della posizione ed ero ben difeso contro gli attacchi frontali. D'un tratto però, sempre nella simulazione, i miei armati si ritrovarono attaccati dai suoi alle spalle. Quella rocca, a livello di scenario, prevedeva un passaggio segreto che permise alle pedine di Claude di penetrare all'interno del castello non viste. Ricordo che protestai con Foyès, perché diede per regolare questo stratagemma. All'epoca a me non sembrò giusto, in quanto solo barando a quel modo mio fratello poté battermi. Claude, col solito tono saccente di quando voleva farmi capire qualcosa, mi fece notare che quella volta avevo perso perché non ero stato in grado di valutare bene il terreno. Pensando di partire da una posizione di vantaggio, non avevo studiato la fortificazione dove mi trovavo e non mi ero premurato di difenderne tutti i lati. Gli chiesi cosa centrasse tutto ciò con la nostra attuale situazione. Egli, candidamente mi rispose che sarebbe stato questo lo stratagemma col quale saremmo entrati nel covo dei banditi di Broussàrd...

Gli feci presente che, per quanto geniale come idea, vi sarebbero voluti mesi per scavare in due un cunicolo così lungo senza esser visti. Mio fratello sospirò nuovamente, chiedendosi quale miracolo fosse potuto accadere per farmi imparare a leggere e scrivere, dato che le lezioni di Foyes non mi erano mai entrate in testa.

Quasi urlandomi in faccia a causa della mia ignoranza, Claude mi fece notare una cosa da me mai presa in considerazione: le simulazioni, da noi combattute con le pedine, erano in realtà ricostruzioni accurate di battaglie storiche avvenute tempo prima. Poiché Guelfòr era l'unica fortificazione presente, nelle vicinanze di Valèn, quello era l'unico luogo dove potessero essersi attualmente rintanati i banditi.

Quel passaggio segreto, situato all'interno della rocca, seppur nascosto, esisteva ancora. D'un tratto tutto fu chiaro, era così semplice che mi diedi dell'idiota ancora una volta. Era sempre così, lui finiva con l'essere la mente e io il braccio. Ciò nonostante, sarebbe passato ancora qualche giorno prima di effettuare tutti i preparativi per affrontare i nostri nemici. Unica nota positiva, riguardo tale situazione, adesso avevamo un piano.

Decidemmo di fare prima un sopralluogo, per verificare che il passaggio fosse ancora praticabile. Ci avrebbe portato via un paio di giorni al massimo, Claude disse che il problema peggiore sarebbe stato dover rinunciare alle cavalcature e forse anche alle armature. Proposi di lasciarci le sottoarmature di cuoio e la cotta di maglia, ma alla fine decidemmo di rinunciare anche a quest'ultima, perché avrebbe fatto troppo rumore se avessimo dovuto muoverci furtivi.

Decidemmo quindi di passare all'azione, io mi alzai dal letto pronto alla battaglia, quando il mio stomaco iniziò a brontolare per la fame:

   - Uhm... e se prima mettessimo qualcosa sotto i denti?

***

Lasciammo le armature a casa del medico, dove recuperammo David. Finalmente, potei parlare un po' con Rebecca. Al momento di lasciarci, ella mi tenne stretta la mano raccomandandomi di essere prudente. Tanto mi fece felice il suo sguardo, mentre lo diceva, che mi sentii pieno di forze! Appena uscito dalla casa, montai a cavallo con un sol balzo.

Nel pieno della foga, piantai i miei speroni sui fianchi del mio Bucefalo così forte, che egli s'impennò e partì al galoppo.

Mi sentivo talmente ringalluzzito da spronare il mio destriero in una corsa selvaggia, tanto che lasciai Claude e David indietro e dovetti poi fermarmi ad aspettarli.

Viaggiavamo leggeri, ma avevamo tenuto con noi le armi.

Arrivati che fummo nelle vicinanze di Guelfòr, a un cenno di mio fratello tutti e tre smontammo dai cavalli. Procedemmo a piedi, tenendoli per le briglie e stando attenti a fare il minor rumore possibile. L'unica cosa da evitare in quel momento, era un'altra imboscata prima di iniziare il piano. Fu Claude a indicarci la strada, d'un tratto mi stupii della sua sicurezza e orientamento. Ripercorrevamo dal vivo sentieri che da bambini avevamo solo immaginato come simulazione, mentre la realtà del posto diveniva differente per quanto riguardava le distanze.

Ricordavamo come il passaggio segreto partisse dalla torre situata a Est, proseguendo fino ad arrivare a una delle condotte di scarico dell'acqua, situate più a valle. Poiché a noi interessava entrare, avremmo fatto il tragitto inverso. Scoprimmo l'ingresso della condotta, che si era fatto buio. Fu un puro caso se non ci cademmo dentro, perché l'accesso era stato mimetizzato con rami e fogliame affinché sembrasse un grosso rovo.

Essendo già sera, giudicammo più prudente accamparci lì.

Non potevamo permetterci di accendere un fuoco per evitare di essere scoperti, visto che eravamo così vicini alle mura della rocca. A David venne l'idea di accamparci internamente al cunicolo di scarico, grande abbastanza da permettere il passaggio di un uomo. Una volta entrati là dentro scoprimmo che, in quel piano senz'altro buono, vi era un unico inconveniente:

- C'è una puzza insopportabile! - feci notare.

David, sogghignando, mi disse di rallegrarmene: se il condotto era funzionante, significava che quei bastardi lo stavano ancora usando, quindi erano dentro la fortezza.

A quel punto, proposi di entrare dentro e ammazzarli, tuttavia mi fecero notare che non avevamo ancora trovato il passaggio e che non sapevamo realmente con quanti uomini avremmo avuto a che fare:

- Maledizione!

Arrabbiato, tirai un pugno sul muro, colpendo una delle pietre che, con nostra sorpresa, rientrò in dentro. Stavo ancora cercando di capire cosa fosse successo, quando la parete si aprì. Comparvero degli scalini, che portavano verso l'alto, per un puro colpo di fortuna avevo trovato il passaggio! Neanche avessi detto apriti sesamo! Pregustandomi l'imminente battaglia, senza attendere oltre mi avviai armi in pugno dentro il passaggio. Non sono mai stato una persona paziente, aspettare non era mai nelle mie corde. Lo ammetto, mi ero seccato per la situazione di attesa, ma soprattutto non sopportavo più il fetore di escrementi e urina emanato da quella condotta! Al suo interno, trovammo appese alla parete due torce ancora utilizzabili, che accendemmo usando l'acciarino portato da David. A quel punto proposi di muoverci, il passaggio era stretto e potevamo passare solo uno alla volta. Decisi di andare avanti per primo, anche perché ero l'unico ad avere lo spadone. Se vi fossero stati dei banditi la dentro, avrei potuto tenerli a bada facilmente. La mia proposta era molto sensata, quindi venne subito accettata.

A essere sincero, non aspettai nemmeno che replicassero!

Iniziai a salire, con una torcia nella mano e lo spadone nell'altra, pronto a trafiggere chiunque mi fosse passato davanti! Il percorso dei gradini non risultò essere diritto, ma anzi fu così tortuoso che a un certo punto persi persino il mio orientamento. Probabilmente, era stato costruito a quel modo per adattarlo al tipo di terreno in cui era stato scavato. La nostra fortuna fu che, essendoci un'unica direzione, non ci si poteva perdere. Inoltre, a parte la polvere, le ragnatele e qualche gradino di pietra rotto, il resto del camminamento si era mantenuto in perfetto stato. Capii di essere arrivato alla fine del passaggio, quando sentii le voci dei banditi. Feci agli altri un cenno per farli tacere, non potevamo permetterci di essere scoperti per una disattenzione così stupida.

Da quel momento in poi, procedemmo più cautamente, finché non arrivammo in una stanza interna.

Al centro della camera segreta, c'era una pietra simile a quella che involontariamente avevo colpito in precedenza. Quasi sicuramente, era la leva che avrebbe aperto il passaggio segreto all'interno della rocca. Decidemmo di fermarci a discutere del piano. Ci sedemmo a terra, parlando a voce così bassa da essere a malapena udibile come bisbiglio:

- Bene, - domandò David. - E adesso che si fa?
- Dai loro schiamazzi, sembra stiano festeggiando, - asserì Claude. - Se è così, probabilmente berranno fino a ubriacarsi. Potremmo approfittarne per sorprenderli nel sonno...
- Buona idea, fratellino! Ma come faremo a sapere se tutti sono addormentati?

Vidi David guardarsi intorno, fino a trovare qualcosa di cui non mi ero accorto.

A una delle pareti laterali erano stati praticati ad arte dei fori, da cui entravano dei raggi di luce. Avvicinatosi a uno di essi, il Giudeo vi osservò dentro e poi ci fece cenno di avvicinarci. Guardammo anche noi attraverso quei fori, da quella posizione era possibile osservare l'intero salone adiacente. I banditi stavano gozzovigliando, vidi un paio di loro lanciare dei coltelli a un cadavere tenuto come bersaglio. Preferii distogliere lo sguardo.

Claude, al contrario, osservò tutto, imprimendosi bene in testa ogni atrocità. Ognuna di quelle scelleratezze avrebbe alimentato il suo odio verso di loro, rammentandogli il motivo della nostra missione.

Non che ce ne fossimo mai dimenticati.

Ogni minuto lo vidi stringere il pugnale chiamato, nel gergo comune, misericordia. In genere, noi Paladini la usiamo per finire i cavalieri nemici che perdono il combattimento battendosi con onore. A costoro garantiamo una morte veloce, senza sofferenza.

Tornai a guardare, senza soffermarmi più sul cadavere infilzato. Vidi briganti mangiare come porci e bere come spugne, finché intuii quello che sembrava esserne il capo. Si trattava di un uomo brizzolato, ma ancora ben piantato nelle spalle. Le sue, erano grosse e nerborute quasi quanto le mie.

Era più grasso di me, la pancia prominente sporgeva fuori dalle brache. Portava una benda nell'occhio sinistro, sul volto una cicatrice partiva dalla fronte fino ad arrivare alla guancia destra. Aveva perso un dito nella mano sinistra, mi pareva fosse l'anulare. Di per sé, aveva l'aspetto di uno dei tanti veterani di guerra. Non fosse stato per lo sguardo allucinato nell'unico occhio rimastogli, lo si sarebbe benissimo potuto scambiare per un contadino andato in battaglia. Lo vidi solo una volta, ma capii subito con chi avevamo a che fare. Si trattava del modo in cui osservava tutto ciò che lo circondava. Quell'uomo, mostrava in volto, tutti i segni dello squilibrio.

Ne ebbi conferma poco dopo, quando due suoi sgherri portarono il prigioniero.

Si trattava di uno schiavo dodicenne, debole e smagrito, era stato preso durante una delle loro ultime bravate. Certamente lo avevano lasciato a digiuno per alcuni giorni, dato che non riusciva quasi a stare in piedi. Vidi Broussàrd, quasi con noncuranza schiacciare con un piede la mano destra del giovane, per poi artigliarlo per il collo. Fu quando quest'ultimo uscì il coltello, che il macabro spettacolo di pazzia ebbe inizio: il bandito cominciò a incidere da sotto il mento, fino a raggiungere l'attaccatura dell'orecchio e poi fino alla fronte; udii le grida strazianti del ragazzino, mentre la lama tagliava via la pelle dalla faccia; Purtroppo per la povera vittima non era ancora finita, il peggio fu quando Broussard gli strappò via la pelle del volto con le mani, lasciando scoperto solo il teschio! Il ragazzino era ancora vivo, ma non sarebbe durato ancora per molto. Presto, anch'egli avrebbe visto l'appressarsi della propria morte! Il capo dei banditi sollevò la mano, mostrando al resto dei compagni la faccia appena strappata via. Sentii gli altri lestofanti ridere dell'azione compiuta dal loro capo. Li guardai uno per uno negli occhi, intuendone la verità.

Osservai oltre le loro risa finte, non erano uomini, solo gente vile con una paura fottuta del loro capo. Broussàrd lo sapeva, traendone ancora più godimento. Il ragazzo emise un gemito, il suo unico desiderio ormai era quello di trapassare, visto il dolore che pativa sentendolo fino alle sue viscere.

Fortunatamente, uno dei tagliagole accanto a lui, lo sgozzò poco dopo. Il bandito fu svelto, quasi pietoso. La lama agì velocemente, recidendo la gola da parte a parte. Il sangue sgorgò copioso in petto, ma il giovinetto neanche se ne accorse. Il suo cadavere si accasciò a terra, se non altro, non soffrì ulteriormente.

Sentii la rabbia montarmi in corpo, percepii la bestia agitarsi dentro di me, pronta ad azzannare, tuttavia dovetti tenerla a freno. Chiusi gli occhi, recitando una muta preghiera per l'anima di quell'innocente. Non appena li riaprii, vidi la faccia di Claude paonazza di rabbia. Come me, anch'egli d'impulso sarebbe entrato lì dentro per finirli tutti.Non potevamo permetterci un simile errore ed entrambi lo sapevamo bene. Se l'avessimo fatto in quel momento, quei banditi ci avrebbero sopraffatto contando sulla superiorità numerica.

Dovevamo attendere e seppur a malincuore lo avremmo fatto.

Poiché quello spettacolo mi aveva stomacato, mi scostai dal muro, sedendomi a terra accanto a David. Anche lui pregava sottovoce nella sua lingua, probabilmente per il ragazzo ucciso.

Non essendoci altro da fare in quel momento, feci l'unica cosa sensata, mi appoggiai al muro e chiusi gli occhi, sperando di dormire un po'. Pensavo avrei fatto fatica a chiudere occhio per via dell'agitazione, invece mi addormentai quasi subito. Venni svegliato da Claude, il quale provvide a tapparmi la bocca per evitare che sobbalzassi. Non sapevo quanto tempo fosse passato, tutto taceva intorno a noi.

David era già sveglio e pronto all'azione.

Facendo attenzione a non fare il minimo rumore, preparammo le nostre dotazioni.

In un'azione furtiva di corpo a corpo e assassinio, le armi più efficaci sono quelle a lama corta. Per quanto affezionato al mio spadone, in quella specifica occasione sarebbe stato d'impaccio. Avrei dovuto lasciarlo lì, tuttavia giunto il momento non volli separarmene. Decisi di portarlo comunque, legandomelo dietro le spalle, avrei lasciato ad altre armi il compito di uccidere quei balordi.

Ero armato di mazza ferrata e misericordia, che da poco avevo decorato con una testa di leone sulla punta dell'elsa.

Pigiammo sulla pietra, poco dopo il passaggio segreto si aprì.

Ogni attimo passato, sembrò durare un'eternità.

Per i nostri sensi, acuiti al massimo, la porta di mattoni del passaggio, sembrò girare sui propri cardini troppo rumorosamente. Consci del pericolo, ci preparammo al peggio. Fortunatamente, sembrò che nessuno di quei reietti l'avesse sentito. Fu così che, muovendoci cautamente armi in pugno, entrammo all'interno del salone.

Erano quasi tutti lì, avevano gozzovigliato e bevuto fino a tardi. Il fuoco si era quasi spento e di tanto in tanto qualche scintilla usciva fuori, tuttavia il locale era illuminato abbastanza da poter distinguere le sagome dei banditi. Strinsi le mie armi, voltandomi verso i miei compagni, avevamo studiato un piano d'azione che ci permettesse d'agire in modo coordinato, senza ostacolarci. Muovendomi cautamente in punta di piedi, in mezzo a tagliagole e assassini addormentati, stando bene attento a non urtare nessuno per non svegliarli e far dare loro l'allarme, mi diressi verso uno degli angoli della sala. Arrivato per primo, mi girai a controllare i miei compagni finché non li vidi raggiungere indenni le proprie posizioni. Una volta giunti al punto concordato, ognuno di noi fece il cenno convenuto.

Mio fratello diede il via e la carneficina ebbe inizio.

Fu Claude a effettuare la prima uccisione.

Adocchiato il primo bandito, che dormiva appoggiato su una sedia, lo prese da dietro, sgozzandolo come un maiale. Nel mentre, io uccisi il secondo, disteso sopra uno dei tavoli, piantandogli un colpo dritto al cuore. David infilzò un terzo, appoggiato al muro, colpendolo alla base del collo.

Avevo già ucciso molti uomini prima d'allora, ma mai a quel modo. Non vi era nulla di leale in quello che stavamo facendo. Eravamo dispensatori di morte, che agivano nell'ombra, ma Dio mi sia testimone se dovendo rivivere daccapo la mia vita, non lo rifarei un'altra volta! Tale fu la rabbia e l'odio nutrito per le malefatte compiute da costoro, che ci sentimmo in dovere di porre fine alle loro vite! I briganti avevano smesso d'esser uomini al momento di seguire il malvagio delirio di Broussàrd. Michelle aveva pagato con la vita il loro operato, dovevamo estirpare tale piaga una volta per tutte! Ogni giorno in più, vissuto da quei tagliagole, aveva portato solo lutti a gente inerme e innocente.

Agimmo silenziosamente e con minuzia, da perfette macchine di morte.

Con metodo collaudato, ci avvicinavamo alle vittime, gli tappavamo la bocca per non farli fiatare, per poi piantar loro le nostre lame in petto. Il coltello si rivelò essere più efficace della mia mazza ferrata, che lanciai solo una volta per colpire a distanza un manigoldo che si era svegliato prima del tempo. Per nostra fortuna, la palla irta di aculei gli rimase conficcata nel cranio. Il cadavere cadde a terra, accasciandosi silenziosamente senza fare rumore.

Finito con quelli nel salone, passammo a stanare gli altri.

Ne trovai due, posti a guardia sugli spalti, il primo lo freddai con un colpo di mazza. Il secondo fu più fortunato, poté morire in maniera onorevole. Fu trafitto dal mio spadone, giusto perché ebbe il tempo di sguainare una spada, ne fui quasi contento.

Anche David, ne beccò uno ancora sveglio. Lo vidi compiere un'abile mossa, parare un fendente di spada e colpire poi dal basso sotto il mento.

A Claude toccò invece il capo, non a caso se lo era tenuto per ultimo.

L'aveva raggiunto nelle sue stanze, dove quel bastardo dormiva saporitamente.

Lo tirò giù dal letto, ordinando al manigoldo di seguirlo.

Il malvivente, sorpreso non più di tanto da quel giovane sconosciuto armato di spada, lo seguì fino al salone, dove vide i resti della nostra carneficina. Nonostante avessimo fatto fuori tutti i suoi uomini, quel fottuto pazzo non si scompose più di tanto. Si lamentò, addirittura, con Claude, per non esser stato chiamato a partecipare. Nella sua mente contorta il fatto di non averli torturati, a suo avviso, era stato da parte nostra un'inutile spreco di barbarie...

Quale razza di bestia poteva concepire simili pensieri?

Un essere del genere poteva mai definirsi uomo?

No.

Costui era una bestia e come tale avrebbe fatto la stessa fine.

Tuttavia, prima c'era ancora una cosa da fare...

Mio fratello chiese a Broussàrd se egli ricordasse il giorno in cui avesse assalito la dimora del Conte l'Aigle e se rimembrasse chi avesse ucciso. Lo squilibrato inizialmente gli rise in faccia, poi disse di rammentare. Riferì trattarsi di un martedì, ma che nello specifico non ricordava quanti ne avesse fatti fuori quel giorno.

Fu a quel punto, che Claude gli chiese di Michelle.

Pur in quella situazione di evidente svantaggio, Broussàrd diede fondo a tutta la sua cattiveria. Con perfetta cura e dovizia di particolari, egli descrisse tutte le cose abominevoli compiute quel giorno sulla ragazza:

- Dovevi sentirla come urlava e scalciava, invocando
inutilmente il tuo nome, - disse con voce laida. - Ho preso il suo
corpo prima che morisse e mi è piaciuto così tanto, che l'ho
presa persino dopo averla uccisa! Era ancora calda là sotto,
tanto da farmi godere come un maiale nel venirgli dentro!

Lo avrei ucciso all'istante!

Guardai mio fratello, poi di nuovo quella bestia di Broussàrd.

Non era solo pazzo, quel bastardo era anche un sadico!

Nel suo delirio, quell'essere enfatizzò la cosa nell'intenzione di torturare ancora di più chi gli stava davanti.

Mio fratello, tuttavia, rimase freddo, non dandogli alcuna soddisfazione. Il suo volto, fine e bello d'aspetto, restò impassibile come marmo, persino al momento di sentire tutte le atrocità perpetrate su Michelle.

Broussard continuò, Claude lasciò che il bandito dicesse tutto ciò che volesse. Come il malvivente capì che non sarebbe riuscito a smuoverlo, si arrabbiò ancora di più. In un impeto di lucida pazzia,

Broussàrd si guardò intorno, scappando verso uno dei cadaveri. Preso a sorpresa un coltello da uno dei suoi compagni morti, ci guardò tutti con sguardo di sfida.

David e io ci preparammo a ucciderlo, ma Claude ci intimò di fermarci:

- No! Tocca a me farlo.

Al momento di scortare Broussàrd, Claude si era armato con una spada, requisita a un bandito ucciso, tutt'ora in sua mano. Urlando, il capo dei banditi si avventò su di lui caricando, mio fratello tuttavia fu lesto a schivarlo. Il brigante provò a tirare un secondo fendente, ma il Cavaliere dell'Aquila non gliene diede il tempo. Con un unico colpo, tirato con maestria dall'alto verso il basso, Claude gli tranciò di netto il braccio destro. Il capo dei banditi urlò, tenendo a sé il moncherino sanguinante, ma mio fratello non aveva ancora finito:

- Questo, è per quel giovane a cui hai strappato la faccia stasera...

Con un movimento fulmineo, Claude gli staccò anche l'altro braccio:

- Questo invece, è per gli innocenti che hai torturato!

Con un altro fendente, gli colpì la gamba destra, mozzandola all'altezza della caviglia:

- Questo, è per i miei servi che hai torturato e ucciso personalmente!

Il corpo di Broussàrd si era ridotto a una pozza di sangue. Il rosso liquido usciva copiosamente dai suoi arti mutilati. Non ancora pago, mio fratello gli mozzò anche l'altra gamba:

- Questo, è da parte di mio fratello Leòn, che avrebbe avuto il piacere di ammazzarti al posto mio!

Il volto del moribondo iniziò a impallidire. Presto, sarebbe deceduto a causa della perdita di sangue. Tuttavia, vi era ancora un ultimo atto finale da compiere: presa la sua misericordia, Claude gliela infilzò nei testicoli. Il bandito urlò, come non aveva urlato mai. Per la prima volta, la bestia assaporò il medesimo terrore, provato dalle sue vittime. Ciò, gli tolse l'ultima stilla di sanità mentale, lasciandolo alla stregua di un vegetale:

- E questo, è per mia moglie Michelle, - finì Claude continuando a menarlo con la spada. – Possa finalmente la sua anima vendicata, trovare pace!

Mio fratello colpì senza sosta, tirando un fendente dopo l'altro, fino a rendere il corpo di quell'essere una sagoma mutilata informe in un lago di sangue raggrumato.

Gli intestini di Broussàrd avevano già provveduto a rilasciare tutto il contenuto, anche prima del decesso. Sputai sopra il rimasuglio di quel corpo e mi diressi verso Claude:

- È finita... - dissi guardando mio fratello.

Era ancora ricoperto del sangue dei banditi uccisi, ma adesso il suo volto si era finalmente disteso. Vidi i suoi occhi piangere, era tornato l'uomo che conoscevo. Mi guardò tremante, quasi a cercare una risposta o la mia approvazione:

- Che cosa abbiamo fatto?

Lo abbracciai, lo feci come quando eravamo bambini e lui veniva a cercare conforto in me quando sbagliava:

- Solo ciò che era giusto...

- Lei non tornerà più!

- No, - lo confortai. - Ma almeno la sua anima adesso è in pace...

Come avessi presagito tutto ciò, alzai gli occhi e la scorsi... era Michelle!

La vedevo come l'avevo sempre ricordata, con i suoi riccioli d'oro che le cadevano sopra le spalle. Era radiosa e sorrideva, facendoci un segno di assenso con la testa. Non dissi mai a Claude d'averla vista, per non turbarlo ulteriormente. Ciononostante piansi di gioia, anche se quando accadde feci in modo di non essere visto.

Recuperammo armi e cavalli, quindi uscimmo dal portone principale, lasciando definitivamente la rocca di Guelfòr. Distruggemmo il passaggio e provvedemmo a bruciare il più possibile, affinché quel posto non potesse più essere utilizzato da nessuno. Mentre cavalcavamo via, lasciandoci alle spalle le rovine fumanti, nessuno di noi tre disse una parola.

Avevamo tutti qualcosa su cui riflettere.

Una sola volta mi girai in quella direzione.

Rividi di nuovo Michelle; questa volta mi volgeva le spalle, camminando leggera verso la nuova alba.

Il traditore

L'alba è appena sorta venendo incontro al mio cammino, il sole di mezzo autunno illumina un'altra mattina. Con essa, sono nove i giorni che cavalco senza sosta...

Mi muovo furtivo, l'armatura nascosta da un enorme mantello che mi cela anche il volto al fine di non essere riconosciuto. Sono solo, in una terra popolata da nemici. Se essi sapessero chi sono, mi farebbero fuori subito, senza nemmeno pensarci troppo. Ho visto paesaggi cambiare attorno a me, passare da sentieri montuosi, stretti e tortuosi, ad aride alture, battute da un sole cocente. Mi trovo in Spagna, in territorio Saraceno. Solo nelle fauci del lupo.

Sento le membra farmi male in ogni mio essere, la gola secca e le labbra impastate di polvere. Tuttavia, i miei occhi sono vigili sulla strada e la mia volontà è più ferma che mai nel mio proposito. Sono il Conte Claude L'Aigle e da nove giorni sto inseguendo un traditore!

Il suo nome è Crotàle, Edmònd Crotàle, cavaliere del serpente, un'ex compagno d'arme vendutosi al nemico. Se penso che tempo addietro egli fu uno dei miei beniamini, la rabbia mi sale ancor di più. Ricordo ancora i tempi dell'Accademia di Cavalleria quando, insieme ad altri, ci riunivamo per sentir narrare le sue imprese.

Dopo qualche anno, lo conobbi veramente.

Fu per merito suo e di Tristàn d'Auvernie, cavaliere dell'unicorno se, mio fratello e io, fummo reclutati nelle fila dei paladini di Francia. All'epoca, nulla poteva presagire un tale voltafaccia ma poi, come tutti i nodi che alla fine vengono al pettine, anch'egli fece uscire la sua vera natura da vigliacco. Lo conoscevamo tutti come un grande guerriero, invece si rivelò essere un vile. Fu lui a colpire a tradimento Leòn alla schiena, ferendolo così gravemente da farci temere per la sua vita...

Accadde durante la battaglia di Couxoute.

Era quella una collina piena di vegetazione che, per la sua posizione, poteva essere usata dai Saraceni come posto d'osservazione.

Lebeuf, attuale Generale dell'esercito Franco, non era mai stato uno sprovveduto.

Aspettandosi possibili imprevisti, decise d'inviare due cavalieri a controllarla.

Venne mandato Edmònd, assieme a un altro ricognitore.

Dopo un'ora, tornò solo il primo, riferendo di non avere avvistato nessuno.

Disse inoltre, d'avere lasciato il compagno sulla collina, come sentinella, affinché avvisasse con un segnale la presenza di nemici.

Alto quanto me, Edmond Crotàle aveva una corporatura longilinea. Il viso si sarebbe anche potuto definire piacente, se non per gli occhi piccoli e languidi e la leggera stempiatura. A renderlo meno simpatico c'era quella smorfia, che faceva con la bocca ogni volta che ti guardava. Nessuno conosceva altro di lui o del suo carattere, in quanto con i compagni era sempre schivo e riservato.

Ciò nonostante, era un'abile spadaccino, oltre ad essere un nobile di alto rango. Il suo casato aveva preso come simbolo il serpente, stilizzato nell'elsa della sua spada.

Poiché Crotàle era veterano di molte battaglie, alcune delle quali combattute anche al nostro fianco, Lebeuf in quell'occasione si fidò delle sue parole. Sicuro di non avere nemici alle spalle, il nostro comandante fece muovere l'esercito in direzione del forte nemico, l'ultimo bastione di difesa Saraceno, al di qua dei Pirenei. Da un bel po' di tempo, gli arabi avevano iniziato una lenta e inesorabile ritirata verso la Spagna. Ogni giorno, cresceva nei nostri cuori la consapevolezza che stavamo vincendo. Noi cavalieri lo sentivamo nell'aria, tuttavia la vittoria totale era ancora lungi a venire. La linea araba di fortificazioni alla base dei Pirenei, usata come testa di ponte, garantiva ancora la possibilità ai nostri nemici di tornare a minacciarci in qualsiasi momento. L'unico modo per l'Imperatore Carlo Magno di vincere definitivamente la guerra, era di prendere quei forti. Per tale ragione, i carpentieri dell'esercito erano stati attivati per costruire le macchine da assedio.

In quel momento, la nostra colonna trasportava, seppur smontate e suddivise in più carri, tre catapulte e due trabucchi.

Per mezzo di tali macchine d'assedio, avremmo avuto ragione delle mura avversarie. Tuttavia, affinché tali strumenti da guerra fossero efficaci a dovere, dovevano essere posizionate a una certa distanza dal bersaglio. Se l'esercito o la cavalleria Saracena ci avessero attaccato prima, distruggendo le nostre macchine, avremmo perso tantissimo tempo per ricostruirle, permettendo loro di riorganizzarsi in una nuova offensiva.

Questo fu il motivo per il quale Lebeuf, da abile stratega, mise noi cavalieri di scorta sui fianchi della colonna.

Tuttavia, quella collina vuota non ci convinceva tanto.

Anche Leòn era perplesso.

Il suo fiuto, che fino ad'ora non lo aveva mai tradito, gli diceva di diffidare di quella situazione.

Fu così, che mio fratello chiese al nostro comandante di poter tornare a dare un'occhiata alla collina. Lebeuf, vecchia volpe di guerra, acconsentì alla sua richiesta, ma solo a patto che fossero in due ad andare.

Mi proposi per accompagnarlo io, ma a quel punto fu Crotàle a intromettersi.

Fingendosi indignato, per la scarsa fiducia accordata alle sue parole, Edmond disse che sarebbe stata una cosa superflua mandare due cavalieri lassù, anziché tenerli a difesa, ma se questa era la decisione del comandante, a quel punto sarebbe toccato a lui stesso tornare. Aveva portato avanti la sua decisione, dicendo che l'avrebbe fatto per dimostrare a Leòn che si stava sbagliando. Al fine di avvalorare ancora di più la sua posizione, fece notare che era anche il solo a conoscere il luogo dove aveva lasciato il ricognitore. Poiché il ragionamento del cavaliere del serpente non faceva una grinza, il Generale decise che sarebbe stato proprio lui ad affiancare Leòn.

Fu così che i due si avviarono verso quella collina, quel giorno tuttavia, neanche io mi sentivo tranquillo.

In virtù del mio titolo nobiliare, nonché dei buoni servigi resi all'Imperatore fino a quel momento, mi era stato dato il grado di Vice Comandante, col compito di dirigere l'avanguardia.

Tuttavia, presagendo il peggio, chiesi al mio superiore di essere spostato nella retroguardia, al fine di potermi accertare meglio della situazione. Poiché non ero il solo Vice Comandante quel giorno, la mia richiesta fu accordata, per quanto Lebeuf poté forse interpretare male le mie reali intenzioni. Effettivamente, dopo l'episodio della Rocca di Guelfòr, mi ero un po' estraniato dai miei compagni d'arme. Inoltre, il Comandante era nuovo e non aveva ancora avuto modo di apprezzare il mio valore come stratega. Ma non era certo il mio coraggio a esser messo in discussione, anzi tutt'altro! Dalla morte di Michelle, un grande vuoto aveva pervaso il mio cuore, cosa che nemmeno la vendetta era riuscita a colmare. Se tutto ciò mi rendeva triste dentro, dall'altro mi faceva essere più spavaldo in battaglia. Avevo lasciato a un servo fidato la gestione dei miei possedimenti, ributtandomi a capo fitto nella guerra. In battaglia sfidavo la morte di continuo, con buona pace di Leòn che, nonostante tutto, si prodigava a venirmi in soccorso tutte le volte, anche quando facevo qualcosa di avventato.

Sembrava ci fossimo scambiati i ruoli, con lui adesso divenuto il più assennato fra i due.

Ultimamente, lo vedevo addirittura bere con moderazione, lui, che in genere era una spugna! Sapevo comunque a cosa fosse dovuto quel cambiamento, un po' lo invidiavo, poiché anch'io avevo conosciuto l'amore per una donna.

Rebecca era riuscita a fare a Leòn, ciò che Michelle aveva fatto a me, l'aveva fatto innamorare. Ero a conoscenza della loro frequentazione, anche se mio fratello cercava di tenermelo segreto.

Peccato che, per certe cose, mio fratello sia un libro aperto per me...

A ogni modo, ero contento per lui.

Seppur ebrea, ella sarebbe stata una buona moglie per Leòn, inoltre anche David, il fratello di Rebecca, mi era simpatico.

Sto divagando, forse è dovuto alla stanchezza...

Sono arrivato a una pozza d'acqua pulita e ne approfitto per dissetarmi e riposare un po'.

Mi metto a bere da quella sorgente, tuffando tutta la mia testa in quel fresco liquido.

Ho appena il tempo di stendermi, usando il mantello a mo' di coperta, che il sonno mi avvolge totalmente, facendomi rivivere i momenti di quella battaglia...

Ricordo d'aver udito il segnale d'attacco frontale, i miei cavalieri della retroguardia scalpitarono per potersi lanciare in soccorso dei loro compagni. Avrei dovuto dare l'ordine di farlo, ma ebbi un presentimento e non lo feci, salvando loro la vita. Fu un attimo, mi voltai in direzione di quel colle, dove nitido mi apparve il baluginare di una spada.

Erano due bagliori brevi e uno più lungo.

Si trattava di un segnale che io e mio fratello usavamo da piccoli, per segnalarci un pericolo:

  - È una trappola, - gridai. - Ci attaccano da dietro!

A conferma delle mie parole, vidi subito dopo la cavalleria Saracena scendere dai fianchi della collina. L'attacco frontale era stato un diversivo, volto a farci lasciare la nostra posizione a difesa delle macchine d'assedio, ma né io, né Leòn c'eravamo cascati. Essendomi accorto per tempo dell'attacco nemico, potei far girare i miei cavalieri, schierandoli a difesa in una formazione stretta. I Saraceni pensarono di poterci prendere alle spalle, invece ci trovarono pronti ad attenderli.

Fu la loro fine.

Approfittando del terreno accidentato ai lati della strada, potei difendere la colonna facilmente. Non solo, una volta sbaragliato il primo attacco, mi lanciai con metà dei miei all'inseguimento dei superstiti, fino ad occupare la collina antistante.

Fu lì, che ritrovai Leòn in una pozza di sangue.

Fortunatamente era ancora vivo, anche se conciato male.

Era circondato dai cadaveri di tre soldati arabi, mio fratello aveva venduto cara la pelle. Era stato ferito gravemente alla spalla sinistra da un coltello, la cui lama era fuoriuscita dal davanti.

Leòn era stato preso a tradimento, con un colpo inferto alle spalle.

Al momento di soccorrerlo, lo guardai, mio fratello era molto pallido in volto, aveva perso tanto sangue. Benché ferito, Leòn si era battuto ugualmente, come testimoniavano i cadaveri nemici. Era stato lui a inviare il segnale di pericolo con la spada, salvando tutti noi dalla trappola.

Feci chiamare immediatamente il medico da campo, per fortuna, arrivò quasi subito, assieme a due suoi assistenti. Non appena gli aiutanti riuscirono a togliere la lama traditrice dalla spalla, il medico gli tamponò la ferita, quindi tutti e tre caricarono Leòn su una barella.

Presi in mano quell'arma, fin da subito essa mi parve familiare.

Non era una sciabola, né un pugnale Saraceno a lama curva. Si trattava di uno dei coltelli a lama dritta in dotazione al nostro esercito, ma qualcuno aveva provveduto a personalizzarlo. Ne studiai l'elsa; girandola, notai che al centro riportava stilizzato il simbolo di un serpente.

Avevo in mano la misericordia di Edmond Crotàle!

Guardai Leòn negli occhi, a dispetto delle gravi condizioni egli mi fece un cenno di assenso, dando conferma ai miei timori.

Crotàle ci aveva traditi!

Giurai di fargliela pagare, ma prima dovevo occuparmi di cose più importanti.

Mio fratello era pallido come un cencio, mi tornò in mente il volto esangue di Michelle quando era morta.

Non avrei potuto sopportare oltre.

Intimai al medico di salvare la vita di Leòn, egli mi rispose di non poter fare di più di quel che aveva già fatto. Per quanto si fosse terrorizzato dal mio tono, quell'uomo avrebbe anche sopportato la morte. Ogni giorno, ricuciva ferite senza lamentarsi di quanto fosse arduo il suo lavoro.

Mi scusai con lui e ammorbidii il tono.

L'uomo fece bere a Leòn del vino drogato, in modo da lenirgli il dolore e permettergli di riposare nel mentre veniva trasportato.

D'un tratto, seppi dove poterlo curare efficacemente.

Chiamai i due aiutanti del medico da campo e diedi loro due fibule d'argento:

> *- Portatelo a Valèn, presso l'alloggio del medico e chiedete di Rebecca, penseranno loro a prendersi cura di lui. Fate che non gli accada nulla, o verrò personalmente a cercarvi! Andate!*

Gli assistenti non se lo fecero ripetere due volte, vuoi perché avevano timore di me, vuoi per la ricompensa. Mostrando ogni riguardo, i due coprirono mio fratello ancora in barella con un lenzuolo pulito. Si congedarono quasi subito, prendendo in fretta e furia le loro cose, infine si avviarono in direzione del borgo. Fosse stato per me, avrei accompagnato mio fratello Leòn personalmente, ma c'erano ancora molte cose da fare.

Quel giorno, ricevetti un encomio dal mio Comandante, tuttavia altri erano i miei pensieri.

Dal simbolo sulla misericordia che aveva colpito Leòn, nonché dal cadavere sgozzato del ricognitore ritrovato poco più avanti, ogni ipotesi aveva trovato certezza.

Crotàle ci aveva venduto al nemico.

Era stato sempre lui a uccidere il ricognitore, durante il primo sopralluogo, per impedirgli di avvertirci. Dopo aver commesso tale omicidio, costui era tornato alla colonna, fingendo fosse tutto normale. I timori di Leòn, esternati al Generale assieme alla richiesta di una nuova ricognizione, avevano fatto precipitare gli eventi. Temendo d'essere scoperto, Crotale aveva fatto di tutto per tornare sulla collina a controllare la situazione. Per tale ragione, si offrì di accompagnare mio fratello. Attese il tempo necessario da permettere ai tre Saraceni nascosti fra la vegetazione di circondarli, quindi lo colpì alle spalle. Doveva avere pensato di avergli trapassato il cuore, ma per sua sfortuna Leòn non è così facile da uccidere!

Mio fratello riuscì a scansarsi per tempo.

Accortosi della situazione, Feline si prodigò ad avvisarci.

Lo fece nel solo modo che poteva conoscere, mandando un segnale riflesso tramite la lama del suo spadone. Vistosi scoperto, a quel punto Crotàle fuggì, lasciando ai suoi alleati arabi il compito di finire l'opera. Ancora una volta, aveva sottovalutato la tempra e la tenacia del mio fratellone. Seppur ferito gravemente, Leòn ebbe ugualmente ragione dei tre nemici, prima di svenire.

Dopo la battaglia, la colonna si rimise in marcia per unirsi a una seconda armata Franca in quel momento accampata nelle vicinanze del forte nemico. Arrivammo al limitare del forte che era già sera. Per ordine del Generale, piantammo l'accampamento e posizionammo le macchine per l'assedio. Eravamo così immersi nei preparativi, da non aver minimamente tempo di pensare alle condizioni di Leòn. In ogni caso, decisi di voler credere che si sarebbe rimesso presto.

Della mia famiglia ormai, mi restava solo lui.

Sotto ordine del Generale Lebeuf, il quale adesso iniziava a vedermi con occhio più benevolo, predisposi le sentinelle a guardia dell'attendamento. Per tale compito, scelsi solo elementi ritenuti fedeli al di sopra di ogni sospetto, che conoscevo personalmente. In fin dei conti, come già accaduto per Crotàle, altri traditori potevano nascondersi fra le nostre fila. Programmai turni di guardia, con rotazioni di un'ora, in modo da avere sempre gente sveglia. I Saraceni, all'interno del forte, avrebbero potuto organizzare una sortita notturna, al fine di incendiare i nostri mezzi. Non avrei lasciato loro una tale opportunità.

Al fine di controllare le operazioni Saracene, feci personalmente l'intero giro delle mura nemiche a cavallo. Si trattava di una cinta, realizzata con pietra, unita alla malta, collocata in posizione rialzata, seppur non molto sviluppata in altezza. Le mura nemiche erano inoltre poco spesse, sarebbero bastati pochi colpi di trabucco per sfondarli. Mille erano i pensieri che si affacciavano nella mia mente durante quell'esplorazione.

Uno su tutti, il pensiero di Leòn, in quel momento trasportato verso Valèn.

Fu allora, che vidi Crotale, stava lì, in piedi sugli spalti.

Indossava ancora la sua vecchia armatura di scaglie metalliche, non aveva avuto nemmeno il buon gusto di togliersela! Una volta informato l'imperatore del suo tradimento, egli era divenuto indegno di portarla. Ciò nonostante, pensandoci bene, essa era forse l'unica cosa che lo accomunasse al serpente che era!

Mi osservò da lassù con odio.

Nonostante fosse buio, notai comunque sul suo volto una recente ferita da poco ricucita. Ce l'aveva sulla guancia destra, scendeva dalla fronte fino alla bocca. Tale cicatrice ne avrebbe deturpato per sempre il volto, in quel momento fui consapevole essergli stata inflitta da Leòn. Ne godetti dentro di me, dissi col labiale il nome di mio fratello, ben sapendo sarebbe riuscito a vedermi. Come ultima cosa, indicai sul mio viso il medesimo punto della sua ferita, mostrando infine a quel traditore un riso beffardo. Crotàle dovette capire il mio gesto, perché portò la mano sulla cicatrice e il suo odio si fece più feroce. Fu allora che io estrassi la mia spada, puntandola contro di lui.

Nel nostro gergo di cavalieri, ciò indicava un segnale di sfida a duello.

Durante la battaglia, sarebbe stato lui il mio prossimo avversario.

Egli impallidì, quindi indietreggiò, fino a scomparire nell'oscurità.

Aspettandomi una ritorsione, riposi la spada nel fodero e alzai lo scudo in posizione di parata. Quasi in contemporanea, una freccia vi sbatté contro, frantumandosi. Il dardo cadde a terra, consentendomi di inginocchiarmi a raccoglierlo. Osservai la freccia appena lanciatami contro, era stata dipinta di nero per renderla invisibile al buio. Scagliata dalle mura, era quanto di più letale potesse esservi come arma notturna. Se quel vigliacco pensava di potermi eliminare così facilmente, si sbagliava. Tuttavia lo ringraziai dentro di me, se non altro adesso avevo una ragione ulteriore per ucciderlo!

Tornai indietro verso l'accampamento, scesi da cavallo e mi mossi a piedi, conducendo l'animale verso la zona allestita come stalla.

Purtroppo, la cavalcatura non era Antares, il mio destriero personale capace di muoversi sulle sole zampe posteriori persino all'indietro, ciò nonostante era un discreto baio da battaglia. Giunto alla stalla, lo legai accanto al mio cavallo e a Bucefalo, il destriero di Leòn rimasto con me.

Accarezzai anche lui, rassicurandolo che il suo padrone sarebbe tornato presto, quindi mi diressi alla mia tenda. Una volta dentro, il mio paggio, Gustàve, mi aiutò a togliere l'armatura.

Il servo mi fece accomodare, mentre Robèrt, il paggio di mio fratello, provvide a portarmi un bicchiere di vino, che bevvi avidamente. Sorrisi, pensando a quanto fosse strano che quest'ultimo fosse di fatto più un mio servo, anziché di Leòn.

Glielo avevo regalato, accollandomi di pagarlo al posto suo.

Era accaduto dopo il terzo Torneo di Cavalleria, a cui avevamo partecipato.

Per mio fratello, era come se Robèrt non esistesse.

Morbosamente geloso della sua roba, quella testa cocciuta di Leòn si ostinava sempre a fare tutto da solo, nonostante esistessero i servi anche dove non ve ne fosse bisogno!

Eppure, dovendo scendere in battaglia, non avrei voluto altri accanto a me. In quel momento mi mancavano perfino i suoi modi rozzi e burberi, nonché il suo essere a volte taciturno e musone. Non pensavo l'avrei mai ammesso, ma rimpiangevo anche le sue esagerazioni col vino che puntualmente mi facevano arrabbiare!

Era strano, come se lui ed io, fossimo complementari. Eravamo cresciuti insieme, volendoci bene come fratelli, seppur diversi d'animo come il giorno e la notte. Ognuno di noi, aveva sviluppato un carattere e un modo di fare totalmente opposto all'altro.

Tuttavia, insieme ci completavamo come i due lati di una moneta. Passai tutta la notte a pregare per la vita di mio fratello, finché il sonno non mi prese nel suo abbraccio.

La battaglia vera e propria iniziò solo l'indomani pomeriggio, per tutta la mattinata fu un bombardamento di sassi e proiettili infuocati. Continuammo a lanciar pietre, finché non si creò nelle mura avversarie una breccia larga abbastanza da consentire il passaggio dei nostri armati. Gli arabi all'interno fecero poca resistenza, del resto i nostri ultimi successi avevano fiaccato loro il morale. Come se presagissero la loro imminente fine, parecchi si arresero senza combattere, consegnando le armi e ponendosi direttamente alla nostra mercé. Una volta dentro la cinta nemica cercai Crotàle dappertutto senza trovarlo, finché da uno dei prigionieri che parlava la nostra lingua appresi ciò che era successo realmente. Il grosso dell'esercito Saraceno era fuggito, approfittando di una galleria scavata attraverso la montagna, da cui venivano fatti pervenire i rifornimenti.

Da un po' di tempo, da parte dell'armata Saracena erano cominciate le operazioni di sgombero del territorio Franco, diventato ormai poco difendibile. Anche nella penisola Iberica, i Califfati avevano seri problemi coi Regni Cristiani, in particolare Castiglia e Aragona.

Il traditore era fuggito, riparando verso la Spagna.

Poiché smascherato per essersi macchiato di alto tradimento, a Crotàle era proibito tornare in Francia, pena la morte. Quel bastardo pensava comunque di farla franca rifugiandosi in territorio Saraceno. Con molta probabilità sarebbe vissuto nel lusso godendo della protezione di qualche Califfo del luogo.

Peccato non avesse fatto i conti con il sottoscritto.

La presa del forte aprì la via alle altre fortificazioni dislocate alla base dei Pirenei. Senza possibilità di ricevere più rifornimenti dalla Spagna, tali fortezze sarebbero capitolate una dopo l'altra.

L'esercito Franco avrebbe presto vinto.

Tale situazione mi consentì di richiedere al mio Comandante una licenza dal servizio. Riferì che sarei stato via per un po', per ricongiungermi all'esercito un mese dopo per l'ultima offensiva.

Il Generale Lebeuf sapeva quanto fossimo lontani dalle mie terre.

Avrebbe potuto obiettare facilmente a tale riguardo, tuttavia non mi ostacolò, né tanto meno chiese alcuna motivazione o spiegazione.
Da vecchia volpe, egli l'aveva già intuito da tempo:
  - Hai la mia benedizione, - mi disse il generale, in tono
    sommesso. - Prendilo! Vivo o morto che sia... meglio morto!
Fu così che con un otre d'acqua, una scorta di carne secca e gallette di pane per due settimane, mi avventurai verso la Spagna alla ricerca di quel traditore.
Stavo cacciandomi nella bocca del lupo, ma ero determinato più che mai a vendicare mio fratello.

***

Vedo l'ombra di un'aquila passare sopra di me, poi il mio udito, divenuto fino nel corso dei turni di sentinella, mi avvisa di un pericolo. Lo sento avvicinarsi da dietro, furtivo e strisciante come un serpente, tuttavia costui appartiene alla famiglia dei rettili a due gambe! Lo riconosco dal tintinnare del metallo dell'armatura a scaglie. Pensa di potermi colpire alle spalle e alza la spada per infilzarmi, ma la punta incide solo il terreno. Con una capriola sono già in piedi, spada alla mano, che fronteggio il mio nemico. Crotàle mi guarda stupefatto, pensava di potermi cogliere nel sonno, ma io ho sventato i suoi piani e ora gli sorrido beffardo:
  - Cosa c'è bastardo, - lo insulto. - Non sei in grado di uccidere
    nemmeno un uomo nel sonno?
Egli prova a colpirmi di nuovo; mi scanso prontamente senza nemmeno bisogno di parare con la spada. Crotàle mi osserva, studiandomi, finché un bieco sorriso non gli si dipinge in volto. Lo guardo, noto i suoi occhi puntare prima il mio scudo, ancora appeso sulla sella di Antares, quindi il fodero vuoto sul mio fianco.
Ho lasciato la mia lama a terra, accanto al mantello, e lui se ne è accorto.
Con gesto lento e quasi misurato, quel bastardo sfodera la sua seconda arma.

Da traditore qual è, ha sostituito la sua misericordia con un coltello Saraceno a mezzaluna. Certo del suo vantaggio, usando entrambe le lame comincia a incalzarmi con vari affondi, costringendomi a indietreggiare. Mi piacerebbe potergli rispondere, ma sono costretto a tenerlo lontano per evitare che blocchi la mia spada e mi trafigga col coltello. Lui capisce il mio gioco e modifica il suo stile di conseguenza, provando a fintare. Pur non essendo uno spadone, la mia arma è abbastanza lunga da tenerlo distante un paio di metri. Continuiamo a scambiarci finte e provocazioni, finché non lo vedo spiccare un salto. Ha capito che quello è l'unico modo per arrivarmi abbastanza vicino; con una mossa a sorpresa, Crotàle usa entrambe le lame per bloccare la mia spada. Gli basterebbe spingere la mia lama verso destra, per liberare il suo coltello quel tanto che basta a infilzarmi, ma anche io ho capito il suo gioco! Usando la mano libera, prima gli sferro un pugno al volto per intontirlo, poi gli artiglio il polso dove impugna il coltello e glielo giro, costringendolo a mollarlo. Sento arrivare la sua ginocchiata sul mio costato, che mi costringe a mollare la presa e ad allontanarmi da lui. Ho appena il tempo di parare un nuovo fendente e reagire con un affondo, lui lo para, quindi torniamo a studiarci. Adesso vi è nuovamente distanza fra noi, solo che ora siamo ad armi pari. Lo vedo osservare il suo coltello a terra, Crotàle prova a fintare un tentativo d'affondo per recuperarlo, ma io sono lesto a portarmi col piede nella posizione in cui si trova a e calciarglielo via:

- Affrontami ad armi pari, - lo provoco. - Bastardo!

Lo vedo portarsi la mano al volto, dove gli ho sferrato un pugno:

- Ti sapevo meno rozzo nel combattere... - mi sbeffeggia, pur essendo rimasto sorpreso per la mia mossa.

- Mio fratello ha fatto scuola, - rispondo io, facendogli notare il suo coltello a terra. - E quando ci vuole, è efficace!

- Beh, non ti servirà, - mi minaccia, caricandomi. - Perché ti ucciderò lo stesso!

Prova un fendente dall'alto, ma io sono lesto a pararlo, ci scambiamo vari colpi e parate, lui è abile e veloce, ma io non sono da meno! Come se avvertissi lo spirito di mio fratello Leòn combattere insieme a me, tutto il mio corpo inizia a muoversi automaticamente. Improvvisamente, alternando i movimenti a quelli della mia spada fra un fendente e l'altro, il mio fisico tira pugni, dà gomitate, sferra calci e ginocchiate. D'un tratto, mi sento come se il mio intero corpo sia divenuto una vera e propria macchina da battaglia, anche Crotàle lo nota, infatti è costretto a indietreggiare ogni volta.

Se prima poteva sentirsi certo della sua vittoria, adesso avverto la sua paura.

Potrei finirlo subito, ma preferisco giocare un po' e lui lo capisce.

Percepisco la sua rabbia e la sua frustrazione ogni volta che tenta un affondo, lo sto stancando e lui lo sa. Allo stesso tempo, egli capisce anche che se non mi uccide ora, non ci riuscirà mai più, adesso è lui che cerca di blandirmi:

- Cosa c'è grand'uomo? Forse non mi reputi all'altezza di combattere contro di te? Anche Leòn lo pensava, eppure l'ho ucciso lo stesso!

Paro un suo fendente e lo sbilancio con una spazzata di piede sulle sue gambe, facendolo cadere a terra:

- Avresti dovuto controllare meglio l'operato dei tuoi amici Saraceni: Leòn si è salvato, anche se tu l'hai ferito a tradimento! Ha ucciso i tuoi compari e ha mandato il segnale che ci ha messo sul chi vive... tu piuttosto, scommetto che sei fuggito subito a medicarti non appena Leòn ti ha colpito!

Mi guarda come se gli avessi letto nel pensiero, la sua mano va a posarsi sulla ferita. Sa che ho ragione, ma forse non riesce nemmeno ad ammetterlo con se stesso. Continuo implacabile, prova a farmi un affondo rialzandosi di scatto, ma io colpisco il suo avambraccio col piatto della mia lama, lui perde la presa. Con una pedata, spedisco il suo corpo lontano dalla sua arma, ora è disarmato ed è completamente alla mia mercé:

- C'è una sola cosa che mi preme di chiederti, prima di porre fine alla tua vita. Perché hai tradito la tua gente e il tuo Imperatore?

Mi guarda con una espressione divertita negli occhi:
- Il probo Claude, paladino di Francia e difensore della giustizia, - dice in tono canzonatorio. - Mi fanno ridere i vostri modi gentili e i vostri ideali che tanto sbandierate al vento! Se proprio vuoi saperlo, l'ho fatto per denaro! Molto denaro...

Gli vedo sfilare dal suo petto un rotolo di pergamena:
- Questa lettera di credito mi dà diritto a riscuotere, presso un ebreo di Granada, una somma tale da vivere nell'agiatezza per il resto dei miei giorni! Inoltre, il Califfo di quella regione può garantirmi la sua protezione...

Vedo il suo volto farsi sogghignante:
- Se ti va, - osa propormi, con la voce quasi sibilante. - Potremmo anche spartircela...

Fa il gesto di darmela, ma è solo un diversivo: porta dietro l'altra mano per impugnare un secondo coltello. Si muove veloce, ma io sono più lesto di lui. Paro il suo braccio, infine lo infilzo sotto l'ascella nell'unico varco esistente nella sua armatura. Mi guarda sorpreso, osservo il suo volto stupefatto persino nella morte:
- Davvero credevi che mi sarei lasciato corrompere da una viscida serpe come te?

Raccolgo la lettera di credito da terra e sento la mia rabbia ribollire.

Per quel piccolo rotolo di pergamena, un uomo ha tradito la sua stessa gente e il suo Imperatore, che squallore...
Preso dall'ira la faccio a pezzi, lasciando al vento il compito di trascinarli via.
Un'ombra passa sopra il mio viso e io guardo in alto. Un'aquila vola in direzione del sole, verso occidente, in direzione della Castiglia. D'un tratto son tentato d'inseguirla ma credo non sia opportuno. Ho ancora molto da fare e vi sono persone che hanno bisogno di me. Monto sul mio destriero dopo essermi dissetato dalla mia borraccia,

il cadavere di Crotàle è ancora lì dove l'ho lasciato. Penseranno gli avvoltoi o i corvi a completare l'opera.

Personalmente spero stia già marcendo all'inferno!

Sto per andar via, tuttavia, qualcosa nella sua espressione da morto mi fa desistere. Scendo da cavallo e nonostante il caldo mi metto al lavoro. Impiego un'ora buona per seppellirlo, una volta fatto, recito una preghiera per la sua anima. Stranamente mi sento alleggerito nel mio animo, dopo aver dato un'ultima occhiata al mio operato risalgo a cavallo.

Uno stormo di corvi inizia a volteggiare sulla pila di pietre, purtroppo per loro resteranno a digiuno. Non gli sarà possibile cibarsi del cadavere di Crotàle, ma almeno per un po' resteranno lì a fargli compagnia.

Lascio che sia il mio Antares a fare l'andatura, mi sento libero e contento per la bella giornata, tuttavia vedo nuvole ammassarsi in direzione dei Pirenei.

Un grosso serpente si para dinnanzi agli zoccoli del mio cavallo, lo faccio fermare. Senza timore alcuno, guardo negli occhi del rettile. Da principio sembra voglia avventarsi contro di noi, ma subito dopo se ne scappa, rifugiandosi fra le rocce.

Almeno per quest'oggi ne ha avuto abbastanza...

Superstizione

Chiudo gli occhi, sperando possa trattarsi di un brutto sogno. Quando li riapro mi accorgo che la realtà è anche peggiore: sono l'imputata di un processo dove la posta in gioco è la mia vita, chi mi giudica sono le medesime persone che ho aiutato a guarire. Pur avendo alleviato le loro sofferenze, tali ingrati ora mi additano come una strega!

Mi chiamo Rebecca di Sion e sono un'ebrea di Gerusalemme.

Per puro miracolo sono scampata agli sgherri del Principe Abdul al Rashid, un potente Califfo invaghitosi di me. Senza pietà alcuna, costui mandò i suoi a rapirmi a casa dei miei genitori. I sicari uccisero tutta la mia famiglia, tranne mio fratello David, fu lui a salvarmi.

Dopo molte peripezie, riuscimmo a fuggire da Gerusalemme.

I primi tempi riparammo a Bisanzio, dove mio fratello divenne cavaliere al servizio dell'Imperatore d'Oriente. Vivemmo lì per un po', finché le spie di Rashid non ci trovarono.

Fortunatamente, anche quella volta David fu vigile.

Partimmo nottetempo, senza aspettare fossero i nostri nemici a tenderci l'imboscata.

Lasciando definitivamente Costantinopoli con una nave, raggiungemmo Venezia via mare.

Una volta sbarcati, col denaro rimastoci acquistammo due destrieri e da quel momento procedemmo a cavallo.

Ci dirigemmo prima a Nord, fino ad arrivare a Munch, un borgo della bassa Sassonia. Si trattava di un insediamento di medie dimensioni, abbastanza lontano dai combattimenti. Gli abitanti ci accolscro bene e per un po' sembrò potessimo vivere tranquilli. A quel tempo, David prese servizio presso un nobile della zona, raccomandatoci da un nostro compatriota di Bisanzio, come Comandante della Milizia. Nonostante il ruolo di prestigio, la paga non era granché, ma a noi bastava così. Io cercavo di aiutare mio fratello come potevo, facendo piccoli lavori saltuari nella tenuta del nobile. Fu durante una di quelle occupazioni che il padrone di casa mi notò.

Purtroppo, Dio mi ha donato una bellezza che per me è anche una maledizione. Da sempre il mio bell'aspetto è stato cagione di tragedie, ma se da piccola alcuni dei miei coetanei si erano presi a botte per potermi corteggiare, una volta divenuta donna le cose andarono ancor peggio. Dapprima fu Rashid a perseguitarmi, poi fu il turno del padrone della tenuta presso cui mio fratello prestava servizio. Ovunque andassi, gli uomini anelavano a far di me la loro schiava. Dicevo del nobile, egli mi notò durante uno dei lavori e pensò di approfittarsi di me prendendomi con la forza.

Urlai e lottai con le unghie contro di lui, stavo quasi per soccombere quando mio fratello venne nuovamente in mio soccorso. David colpì quel depravato con un potente gancio, mandandolo al tappeto. Avemmo giusto il tempo di prendere le nostre cose e scappare il più lontano possibile. Quel nobile non era potente quanto Rashid, ma non gli ci sarebbe voluto molto affinché denunciasse mio fratello alle autorità.

Del resto, noi siamo ebrei senza alcun diritto in queste terre, se non quello di essere derisi e sbeffeggiati.

Ci dirigemmo verso la Francia, badando bene di restare sempre nei territori Carolingi. Ci saremmo avvicinati un po' di più ai teatri di guerra ma, con l'aiuto di Dio, almeno David avrebbe potuto trovare più facilmente lavoro.

Con i pochi soldi che eravamo riusciti a mettere da parte, assumemmo una persona al nostro servizio. Costui si chiamava Gedeone, era un uomo anziano e per tale ragione si sarebbe accontentato di quel poco che potevamo offrire. Nonostante il nome biblico, egli non aveva nulla a che fare coi nostri profeti, tuttavia fu l'unico ad accettare di far da guida a due ebrei.

Purtroppo, sono tempi di guerra e durante i conflitti diventa difficile mantenere l'ordine nei territori. Fu così che, durante il nostro viaggio, fummo assaliti da alcuni banditi.

I briganti uccisero Gedeone, David si mise a fronteggiarli, qualcuno dei loro riuscì pure a ucciderlo, ma erano sempre in troppi. Quei malviventi mi presero alle spalle, puntandomi un coltello alla gola e minacciando d'uccidermi se mio fratello non avesse gettato a terra la spada.

Ricordo d'aver chiuso gli occhi e aver invocato Dio, pregandolo con tutto il mio essere.

Il signore ascoltò la mia supplica e provvide, mandandoci in soccorso due salvatori.

Si trattava di Leòn Felìne e Claude l'Aigle, paladini di Francia. Come furie, essi si avventarono sui banditi, uccidendoli tutti in breve tempo. In particolar modo il primo si batté con estremo coraggio. Quando vidi quell'uomo togliersi l'elmo, il mio cuore ebbe un sussulto.

Era giovane, eppure il suo sguardo mostrava le molte sofferenze patite. Non fu il colore grigio dei suoi occhi, né il suo aspetto in sé, decisamente mascolino e selvaggio. Fu il senso di protezione che riuscì a trasmettermi, con lui al mio fianco sarei stata al sicuro. Mi prese per mano e tale contatto mi trasmise un calore tale da farmi avvampare. Fu la consapevolezza di avere accanto a me un uomo come quello a farmi innamorare di lui.

Ci accompagnarono fino a Valèn, dove ci aiutarono a sistemarci.

Fu lì che io divenni l'assistente di un dottore. Egli è molto anziano, come tale avrebbe avuto bisogno di aiuto, quindi feci del mio meglio per dare una mano a far star bene la gente. Per breve tempo ho pensato di potermi lasciare alle spalle le brutture della mia precedente vita. Eppure, ora che ho trovato persino l'amore, rischio di morire per mano della stessa gente che ho salvato.

Era passato meno di un mese da che avevo preso servizio presso il Medico del borgo e già il numero della clientela si era raddoppiato. Molti degli uomini venivano soprattutto per la curiosità di conoscermi, anche se restavano delusi al momento di vedere il mio volto velato. Tuttavia molte persone, che lamentavano dolori o infiammazioni, traevano giovamento dalle tisane e unguenti che preparavo loro. Poiché sapevo che il mio compito era quello di aiutare il vecchio Dottore, mi prodigai in tutti i modi affinché egli non dovesse faticare molto. Lui dovette fraintendere la cosa, perché da quel momento iniziò a guardarmi con sospetto, quasi temendo volessi rubargli il mestiere.

Con David quasi sempre in battaglia assieme a Claude e Leòn, ultimamente avevo molto tempo libero. Decisi di sfruttarlo per ampliare le mie conoscenze mediche. Poiché il sapere è sempre stato appannaggio della chiesa, mi presentai al vicino Monastero per consultare qualche libro della loro biblioteca.

Frate Rolànd, il bibliotecario, mi lasciò entrare nella sala delle letture. In quel momento era quasi deserta, se non per la presenza di alcuni novizi e dell'abate Elmann. Fu quest'ultimo che, non appena mi vide, si scagliò contro di me:

    - Vade retro, figlia di Sion, - esordì, quasi urlando. - Il sapere di questa biblioteca non è per gli ebrei!

Mio malgrado, ignorai il velato insulto e cercai una soluzione accomodante:

    - Buon Abate, - dissi in tono pacato. - Se vengo in codesto luogo sacro a voi Cristiani, lo faccio per consultare dei testi di Medicina. Anche se ebrea, agisco al solo fine di metterla al servizio della comunità Cristiana di questo villaggio, di cui anch'io faccio parte in quanto aiutante del Medico. Non fu forse del resto il buon Ippocrate che giurò di prodigarsi a salvare delle vite, chiunque essi fossero?

L'abate purtroppo, fraintese le mie intenzioni:

    - Se tali libri saranno di interesse per il Dottore, sarà egli a dover venire per consultarli! Quanto a Ippocrate, egli non era Cristiano! Ergo, il suo giuramento non è considerato se non è in linea con la fede Cristiana! Può andare adesso...

Ciò mise fine alla discussione e io dovetti andarmene.

Purtroppo, non era la prima volta che il mio popolo veniva bistrattato. Che fossero arabi o Cristiani, entrambe le fazioni avevano in comune l'odio per la mia gente, anche se per motivi differenti. Se da un lato gli arabi volevano le nostre terre, dall'altro i Franchi, in particolare i nobili, i Re e la chiesa, volevano il nostro denaro che, con oculatezza e saggezza, la nostra gente era riuscita a mettere in salvo grazie alle lettere di credito. Era anche con tale denaro che l'Imperatore Carlo Magno attualmente finanziava la guerra contro i seguaci di Allah.

Tuttavia nessun nobile, una volta indebitatosi, ammetterebbe mai di voler pagare il debito ad un ebreo. Per loro è più facile additarci come usurai, piuttosto che ammettere di darsi a lussi sfrenati per fare quadrare i propri conti. A tutto ciò si aggiungeva l'invidia per le presunte ricchezze della mia gente, in realtà da sempre frutto di sudato lavoro.

Nel caso di David, egli possedeva l'abilità di cavaliere, io invece avevo il mio sapere medico.

Purtroppo, tutto il resto della nostra ricchezza ci era stato sottratto da Rashid. Ciò nonostante, la maggior parte della gente del luogo, ci guardava con disgusto.

Non posso in coscienza affermare che tutti i Franchi siano così, esistono anche persone con differenti modi di pensare nei nostri riguardi. Da questo punto di vista, il Conte Claude L'Aìgle è la perfetta eccezione, rispetto ad altri nobili. Nonostante le sue proprietà siano state incendiate, egli le sta ricostruendo a poco a poco con i proventi delle sue terre. Il fratello, ed ex protetto del padre, gli dà una mano, cedendogli anche la sua quota.

Il mio Leòn...

Quel giorno, avrei tanto voluto che il mio Paladino fosse insieme a me. Sono convinta gli sarebbe bastato guardare negli occhi l'Abate per farlo desistere, anche se probabilmente avrebbe rischiato di provocare una rissa. Il suo unico difetto è essere a volte troppo schietto di modi, anche se devo ammettere che insieme a lui mi sento sempre al sicuro.

Mi sento protetta persino adesso che, ancora ferito, cerca in tutti i modi di difendermi...

Quando lo vidi arrivare a Valèn quasi morente, dopo la battaglia di Couxote, ebbi un tuffo al cuore. Il suo corpo era freddo al tatto e aveva perso moltissimo sangue. Gli assistenti del Medico da campo che lo avevano scortato, temettero fosse già deceduto. Poiché Claude li aveva minacciati, qualora Leòn fosse morto, essi ebbero paura per le loro vite. Non appena il Conte L'Aìgle fosse venuto a sapere che non erano riusciti a tenerlo in vita, li avrebbe inseguiti per mari e per monti pur di fargliela pagare.

Li tranquillizzai.

Per quanto il mio cavaliere potesse dare l'impressione di non essere vivo, il soffio vitale era ancora presente in lui, anche se debole. Per due settimane gli stetti accanto, nutrendolo con brodo di carne e dandogli infusi curativi, mentre i balsami medicamentosi provvedevano a fare cicatrizzare le ferite. Per sua fortuna, gli organi interni non erano stati toccati. La guarigione era lenta, ma il suo spirito era forte e determinato. Gli davo tisane per farlo dormire, affinché il recupero potesse avvenire il prima possibile. A volte lo vedevo aprire gli occhi per poi richiuderli subito dopo. Accadde tuttavia una volta, in uno dei suoi momenti di lucidità, che egli mi sfiorasse il viso, attirandomi a sé in un bacio dolce e allo stesso tempo appassionato.

Avrei potuto resistere facilmente ma non volevo, poiché anche io l'amavo. Fu in quel momento che divenni consapevole che egli sarebbe stato l'unico uomo della mia vita. Spinto dalla forza di questo sentimento, Leòn parve attingere a nuova forza, poiché il suo ritorno alla salute fu sorprendente. Lo fu così tanto che, dopo un'altra settimana di convalescenza, egli era già in piedi, anche se non poteva ancora affaticarsi troppo. Ciò non gli impedì comunque di chiedermi in sposa, anzi a sentire lui neanche tutte le armate di questo mondo lo avrebbero fermato! Era stato troppo vicino a perdermi per rischiare che potesse accadere una seconda volta... e io accettai.

Il nostro matrimonio fu molto semplice, il mio abito nuziale fu quello della moglie del Dottore, che riadattai alle mie misure. La cerimonia fu con i più intimi: mio fratello, il Medico e sua moglie, Claude e alcuni loro servi. Il prete che ci sposò fu Padre Jacques, il parroco di Valèn, questo perché i frati del Monastero si rifiutarono. Accadde tutto a causa dell'Abate che, dopo aver saputo del nostro matrimonio, da quel giorno iniziò a spiarci sempre più assiduamente.

Leòn affittò temporaneamente una casa vicino l'abitazione del medico, almeno fino a che non fosse stato di nuovo in grado di cavalcare. Ciò mi permise di poter continuare il mio lavoro e allo stesso tempo di stare vicina a mio marito.

Ogni tanto, David e Claude venivano a trovarci, portando notizie dal fronte.

Da quello che ci raccontavano, sembrava che i Saraceni si fossero ritirati definitivamente oltre i Pirenei. La prudenza comunque non era mai troppa, tanto che l'Imperatore aveva ordinato che venisse costituita, nei territori attigui alla catena montuosa, una Marca Spagnola. Si sarebbe trattato di un territorio a statuto speciale, presieduto dall'esercito Franco, posto definitivamente a guardia dei confini.

Era piacevole vedere quei tre amici stravaccati sulle sedie, a bere vino o birra immersi nei loro discorsi 'da uomini'.

Anche se mi faceva piacere tenessero compagnia a mio marito, ogni volta non vedevo l'ora che se ne andassero per poter restare sola con lui.

Unica nota stonata di quell'esistenza tranquilla era l'Abate, il cui sguardo spuntava sempre ogni volta che uscivo per andare al lavoro o per fare compere al mercato. Ovunque andassi, sentivo i suoi occhi fissi su di me, tant'è che avevo ripreso l'abitudine a mettere il velo. Il suo guardarmi m'inquietava come quello di Abdul al Rashid, anche se in maniera diversa, fu così che ne parlai a Leòn.

Mio marito non si era ancora rimesso del tutto, ma già era in grado di camminare. Fu così che un giorno, visto il frate appostato dietro un albero intento a spiarmi, senza farsi scoprire lo aggirò, portandosi alle sue spalle. Lo fece molto silenziosamente finché, arrivatogli vicino, chiamò Elmann per nome facendolo sussultare dallo spavento.

Essendo abituato a spaventare la gente con i suoi sermoni, l'Abate non gradì tanto di essere messo in ridicolo. Provò a rifarsi, snocciolando a mio marito tutta una serie di punizioni che il divino avrebbe riservato a lui. Leòn, mai stato un fervente Cristiano praticante, ignorò del tutto le minacce del prete alla sua anima, anzi ci rise pure sopra.

Fu solo quando l'uomo si rivolse a me, chiamandomi sgualdrina di Sion, che mio marito perse la pazienza. Presolo dalla collottola, Leòn diede al prelato un calcione nel sedere che lo fece ruzzolare a terra.

Considerata la forza di mio marito, in grado di uccidere a mani nude un avversario, costui se la cavò con poco, tuttavia dovette pensare di avere subito un gravissimo affronto. Lo credé tanto, da mandare una lettera al Vescovo, scrivendo nei miei confronti accuse di ogni tipo. Avvenne così che due settimane dopo, un inquisitore Imperiale venne ad interrogarci per conto dell'Alta Autorità Ecclesiastica. Nonostante Leòn e io ci fossimo sposati con il rito Cristiano, l'inviato ci mise a conoscenza che il nostro matrimonio non era stato riconosciuto dalla Chiesa, poiché io ero ebrea...

Avrei abbracciato persino la fede Cristiana se fosse servito a farmi stare insieme al mio paladino, la stessa cosa avrebbe fatto lui, convertendosi alla mia. Lo dicemmo entrambi al prelato che a quel punto con un sorriso beffardo sulle labbra, passò alle altre accuse nei miei confronti.

L'Abate mi aveva accusata di stregoneria!

Fu la goccia che fece traboccare il vaso.

Leòn, arrabbiatosi per l'assurdità delle accuse, colpì sul muso l'inquisitore.

Non essendosi ancora rimesso del tutto, il pugno di mio marito provocò nell'uomo solo un labbro spaccato. Ciò permise all'inquisitore di non finire al tappeto e andarsene da casa nostra, ancora con le proprie gambe. Quel gesto non impedì comunque all'uomo di chiamare a soccorso la milizia cittadina.

Una volta giunto un contingente di guardie a casa nostra, mio marito e io fummo messi entrambi agli arresti. Nonostante ancora convalescente e disarmato, Leòn si batté fino allo stremo per difendermi. Mio marito fisicamente è alto e molto possente, tanto che, in quella particolare occasione, dovettero servire sette uomini per immobilizzarlo, inoltre un paio di loro rimediarono svariati occhi neri prima di riuscirvi.

Passammo diversi giorni nelle celle del comando della milizia, separati l'uno dall'altra, finché non fummo scortati al tribunale della città vicina per il processo. Grazie alla moglie del dottore, il giorno prima potei mandare un messaggero al fronte per avvisare David. Lo scrissi di mio pugno nella nostra lingua, così da non farlo decifrare da nessun gentile.

Purtroppo i giorni passarono e di mio fratello non ebbi alcuna notizia, tanto che mi preoccupai gli fosse successo qualcosa. L'unica cosa positiva di quelle giornate in cui ero prigioniera, furono i messaggi d'amore che mio marito riusciva a farmi recapitare. Me li faceva pervenire tramite la serva addetta ai pasti della prigione. Ella metteva il foglio ripiegato nel vassoio sotto al piatto, io rispondevo allo stesso modo. Leòn aveva corrotto una delle guardie, affinché chiudesse un occhio al momento di consegnarmi il bigliettino. Tempo dopo seppi che per pagare quell'uomo, mio marito aveva impegnato una delle preziose gemme del suo spadone.

Restammo separati anche durante il viaggio fino al tribunale, ero stata rinchiusa dentro una gabbia e caricata su un carro. A mio marito invece era toccato seguirci a piedi, incatenato alle mani. Dalla mia posizione, lo vedevo fissarmi, ed il suo sguardo era risoluto come sempre.

Non avrebbe permesso a niente e nessuno di farmi del male.

Pregai in cuor mio non facesse pazzie, in particolar modo quando le guardie della milizia lo strattonarono per farlo camminare. Fortunatamente, egli non reagì e non vi furono problemi.

La sala del tribunale era poco più di uno stanzone, nel quale trovavano posto il bancone dei giudici con le sedie. Quel giorno, la commissione era formata da tre elementi. Si trattava di gente mai vista prima d'ora, uno dei tre era un prelato, gli altri due invece non mi sembravano persone di chiesa.

Venni lasciata in piedi per tutta la durata del processo, senza che mi venisse concessa la benché minima parola per difendermi. Al contrario, l'accusa poté inveire e lanciare ogni infamia nei miei confronti.

Cominciò Elmann: disse che, in quanto serva del male, avevo da principio tentato di profanare un luogo del Signore. Affermò addirittura che solo grazie a lui e al suo intervento, ciò non fu reso possibile. Mi accusò inoltre di aver operato falsi prodigi miracolosi, il tutto al solo fine di legare a Satana in persona le anime di coloro che avevo curato. Furono introdotti in'aula persino un paio di falsi testimoni, i quali diedero una visione distorta della verità. Si trattava per lo più di gente semplice, alla quale l'Abate aveva fatto il lavaggio del cervello. Giocando sulla paura di quelle persone, tacciate d'aver venduto l'anima al diavolo, egli si assicurò la loro testimonianza.

Leòn, dal canto suo, all'udire tali scempiaggini non riuscì a stare zitto. Ogni volta che qualcuno diceva una falsità, mio marito sbraitava all'indirizzo dell'accusa, tuttavia l'Abate usò anche le sue parole contro di me. Mi tacciò di avere irretito quel povero cavaliere con le mie arti arcane. Disse inoltre che, al fine di proteggere la giuria dai miei incantesimi, dovevo rimanere velata! Era stata un'abile mossa di padre Elmann, lasciarmi tenere il velo sul viso, poiché a suo dire la mia bellezza avrebbe sicuramente affascinato i giudici. A quel punto qualora avessi deciso di toglierlo, egli avrebbe potuto affermare come tale atto fosse un mio tentativo d'usare le arti di stregoneria contro la commissione, per farli votare a mio favore. Con una strategia del genere, qualsiasi giudice, che non avesse votato colpevole, sarebbe sembrato agli occhi di tutti una vittima dei miei incantesimi di seduzione.

Venne poi il turno dell'inquisitore, il quale avvalorò l'accusa di stregoneria, dicendo che mio marito era solo un poveraccio, che era stato irretito dalla sottoscritta. A detta loro, non era possibile che un Cristiano potesse amare un'ebrea. Solo un'oscura magia poteva aver sortito un tale effetto su Leòn. Fui quasi sul punto di cedere, mi sarei messa in ginocchio a piangere, quando qualcuno mi mise in mano un messaggio.

Senza farmene accorgere lo lessi, riconoscendo la calligrafia di Claude.

C'era scritto di richiedere una sfida fra campioni al fine di dimostrare la mia innocenza.

All'inizio non compresi il senso di quelle parole, poi voltandomi mi accorsi anche di David, egli mi indicò la spada e poi l'arazzo con la croce, posto dietro la giuria. Mentre il mio accusatore completava la propria arringa finale, io osservai la croce indicatami da mio fratello. Su di essa vi erano incise due parole, scritte in latino. Le stesse, tradotte, volevano dire giudizio divino. A quel punto capii tutto, nel frattempo l'accusa aveva finito e la parola passò ai giudici.

Vidi Claude e mio fratello avvicinarsi a mio marito e parlargli sottovoce. Leòn ascoltò interessato, annuendo di tanto in tanto col capo. Una volta finito di ascoltare, il suo sguardo divenne attento, mentre un mezzo sorriso si fece strada nella sua bocca.

Nel frattempo i membri della commissione, dopo essersi consultati, arrivarono a una decisione. Per bocca di uno dei tre, essi comunicarono il verdetto al resto degli uomini presenti in sala. Il giudice lo lesse a voce molto alta, anche per dar modo alla folla di persone radunatesi per seguire il processo, di venire a conoscenza di tutti i fatti:

    - Orbene... udite le tesi sostenute dall'Abate Elmann, avvalorate
    dalle testimonianze fornite, viene formulata l'accusa di
    stregoneria, con conseguente condanna al rogo! L'imputata
    vuol dire qualcosa a sua discolpa?

Adesso toccava a me fare la mia parte.

Avevo ascoltato ogni accusa, parola per parola, l'Abate era stato molto abile nella sua oratoria, ma proprio quando tutto sembrava dovesse compiersi, anche stavolta Dio accolse la mia supplica. Tramite uno dei suoi segni, mi indicò la via:

    - Signori della giuria, - esordii. - Son stata qui tutto il tempo,
    ascoltando ognuna di queste infamanti accuse... eppure mai
    una volta mi è stato permesso d'intervenire in mia difesa! Sono
    stata assistente di un Medico in Oriente, da questa mansione ho
    appreso le cure e i rimedi prescritti alle persone. Essi sono
    guariti e la cosa mi ha reso fiera del lavoro da me svolto, ma
    poiché sono donna ed ebrea per giunta, allora tutto ciò è male!

Se a operare tale guarigione fosse stato un uomo, egli sarebbe stato considerato alla stregua dei migliori medici del Paese. Se a prescrivere le cure fosse stato un prete, allora vi sarebbe stato un miracolo ed egli sarebbe stato acclamato dalla folla come il Messia... invece sono stata io, un'ebrea! Quindi, a vostro giudizio, per questo meriterei il rogo...

Mi ero presa una pausa, avvicinandomi alle persone che avevano testimoniato contro di me, essi ebbero paura persino di sostenere il mio sguardo:

- Non temete, - dissi con tono pacato, rivolta a loro. - Io vi perdono! Forse avete pensato di agire in buona fede. Purtroppo, a volte, anche le buone azioni vengono male interpretate...

Tornai a incamminarmi verso la giuria:

- Signori giudici, - mi rivolsi a loro, guardandoli negli occhi uno ad uno. - Sono stata tacciata di essere la peggiore delle streghe! Sono stata accusata persino di usare incantesimi ammaliatori! Io sono ebrea, signori! Tuttavia, non sono forse fatta di carne e sangue, come le altre donne?

Indicai mio marito:

- Si dice io abbia ammaliato quell'uomo, affinché mi sposasse, poiché, siccome sono una figlia di Sion, è impossibile che qualcuno possa volermi bene! Ebbene, signori, sappiate che quel Gentile è stato l'unico a vedere oltre quello che è il mio aspetto, il mio ceto o la mia etnia! Egli mi ama per ciò che sono! Mi ha baciata la prima volta, quando ancora era in bilico fra la vita e la morte e non perché l'avessi irretito! Se avesse voluto, avrebbe preso il mio corpo con la forza già dalla prima volta che mi conobbe! In fondo, a chi importa di una misera ebrea? Invece è stato buono con me, trattandomi con ogni rispetto! Poteva avere qualsiasi altra delle vostre donne, invece ha scelto me! Mi ha chiesta in moglie, infischiandosene del giudizio di tutti!

Senza che potessi far nulla per fermarle, calde lacrime irrigarono il mio viso velato:

- E io lo amo! Per questa e per tante altre cose che ha fatto per me.

Vidi anche gli occhi di Leòn inumidirsi, mai come allora mi sembrò così bello:

- Tuttavia, - continuai rivolgendomi nuovamente ai giurati. - Tuttavia a causa di ciò che sono, devo morire per mano di giudizi dati dagli uomini. Ebbene, signori, io non lo accetto! In quanto ebrea, io chiedo solo a Dio di giudicare le mie azioni: invoco quindi la regola del Giudizio Divino! Chi, se non Dio, potrebbe guidare la mano del giusto campione?

Le mie ultime parole crearono scompiglio in tribunale, uno dei giudici si rifiutò di accogliere la mia richiesta, tacciandola come empia. Lo stesso Elmann tentennò, quasi imputandomi di voler usare le mie arti oscure contro il loro campione. Tuttavia il prelato presente in giuria e l'altro giudice acconsentirono, incitati pure dalla folla che per nulla al mondo si sarebbe voluta perdere un simile spettacolo.

Venne deciso di far svolgere la sfida fra i due campioni all'indomani a mezzodì, a quel punto restavano solo da scegliere i cavalieri. L'Abate non seppe che pesci prendere, in quanto non conosceva nessun cavaliere, mentre, al contrario, io avrei avuto a disposizione almeno un paladino come difensore.

Venne in suo aiuto il giurato con la tonaca, il quale altro non era che il cugino di Tristàn D'auvernie, uno dei più famosi elementi di cavalleria dell'Imperatore. Conosciuto come il cavaliere dell'unicorno, tempi addietro era stato persino il beniamino di mio marito, che pareva l'avesse conosciuto durante uno dei suoi primi tornei. Alla notizia della presenza di un simile campione, l'Abate si ringalluzzì, mostrandomi un riso beffardo.

Adesso dovevo essere io a scegliere il mio difensore, Leòn fu il primo a proporsi.

Seppur non totalmente guarito, egli avrebbe combattuto fino alla morte per il mio onore, dentro di me sentii una stretta al cuore...

A quel punto, fu il giurato che aveva definito la sfida empia, a rigettare la sua candidatura.

Costui, si scoprì in seguito, era un nobile più di una volta disarcionato da mio marito negli scontri di torneo.

Conoscendone il valore per averlo visto duellare, non ci teneva che io venissi rappresentata da un paladino così titolato.

Non potendo essere difesa dal mio primo campione, seppur ferito, dovetti fare richiesta per un altro difensore, sebbene in cuor mio fossi contenta di non far correre pericoli al mio Leòn.

Fu Claude a candidarsi per secondo, ma anch'egli fu rigettato, dal prelato questa volta, con la scusa che un nobile non poteva abbassarsi a prender le difese in un processo del genere. In verità, il giurato era a conoscenza delle vittorie ottenute dal Conte dell'Aìgle nei vari tornei e non voleva concedermi un tale vantaggio.

Restò solo mio fratello, candidatosi per terzo.

In quanto non molto conosciuto come paladino, la sua richiesta venne considerata abbastanza idonea e fu quindi accettata.

Ogni tanto mi era capitato di assistere alle loro sfide durante gli allenamenti. Fra i tre, mio marito era il più forte. L'unico in grado di tenergli testa era Claude, seppure non fossero totalmente alla pari, per ultimo veniva mio fratello. Per quanto si allenasse duramente, David non era sicuramente al livello del suo sfidante, a detta di tutti uno dei più titolati paladini di Francia.

Ciò nonostante, egli non avrebbe desistito.

Del resto, David era ebreo come me. Ogni volta che mio fratello sconfiggeva un gentile, era come prendersi una rivalsa nei confronti di chi ci disprezzava. Al fronte, pur combattendo dalla stessa parte per l'Imperatore Carlo Magno, David non veniva preso in molta considerazione dai compagni. Al contrario, i cavalieri tenevano in'alta considerazione mio marito e Claude, finora gli unici a legare con mio fratello.

Eppure, non so perché ero fiduciosa.

Lo sguardo del mio difensore che, da piccoli mi faceva i dispetti, in quell'occasione mi ispirò la stessa sicurezza datami da mio marito.

Per la prima volta, vidi mio fratello David sotto una luce diversa, tuttavia in lui notai esserci ancora di più. Era cresciuto, diventando un uomo, come tale si era accollato sulle sue spalle la responsabilità della famiglia.

Il ferro della spada l'aveva temprato, così come l'odio per Abdul al Rashid. Il suo desiderio di vendetta l'avrebbe sorretto fino alla fine, consentendogli di superare qualsiasi impresa. Fu con questa consapevolezza nel cuore che lo abbracciai. Anch'egli mi strinse forte, poi la milizia mi riportò in cella, l'avrei rivisto solo l'indomani.

Adesso sono qui, in attesa che la sfida si compia.

Nonostante si tratti di un processo poco importante, l'arena dello scontro è stata allestita con tutti i crismi di una giostra Reale. La balaustra di separazione è stata costruita, come da regolamento, di lunghezza uguale a quella del torneo. L'amministrazione cittadina non ha badato a spese, realizzando due piccole tribune nel campo scelto per la tenzone, ove prenderanno posto giudici e accusatori. Quasi a completare il tutto, mercanti e giocolieri fanno da contorno all'evento, quasi fosse un giorno di festa, peccato che invece sia la mia vita a esser messa in gioco.

Osservo i due contendenti nelle loro armature così diverse...

Tristàn D'Auvernie, cavaliere dell'unicorno, indossa una bianca armatura, dello stesso colore del suo vessillo. Sul pettorale ha dipinto le miniature dei cavalieri da lui sconfitti durante le sue imprese, riempiendolo quasi tutto.

Ben altra storia l'armatura di mio fratello, nera come la notte e senza fregi di alcun tipo, oggi per la prima volta noto il suo stemma, ha scelto il corvo. Ai molti spettatori giunti a visionare lo spettacolo, essi appaiono differenti come il giorno e la notte.

L'Abate non perde occasione per far notare come i colori scelti dai giostranti siano indicativi della luce e delle tenebre. Rimarca soprattutto quest'ultima parte, quasi a far intendere che il mio difensore sia un servo di Satana.

Mio fratello non gli dà conto, anzi sorride sfrontatamente di rimando all'Abate, disegnando a terra il simbolo della stella del suo omonimo Re. Essa gli ha sempre infuso forza e oggi egli ne avrà bisogno.

Mio marito e suo fratello gli fanno da padrini, sento Leòn fornire a David molte dritte nei riguardi del suo avversario.

Egli ha già avuto modo di vederlo in combattimento e David ascolta molto attentamente. Ogni tanto mio fratello annuisce, facendo cenni con la testa oppure domandando a sua volta, finché non arriva l'ora dello scontro.

Le trombe suonano, dando il segnale ai duellanti, di portarsi con i loro destrieri alle posizioni di partenza. I due si posizionano in breve tempo, poi viene il turno dei paggi, i quali provvedono a consegnare ai cavalieri scudi e lance da torneo. Alla fine viene lanciato, da uno dei giudici, il fazzoletto da gara.

Nel momento che la stoffa tocca il suolo, entrambi i cavalieri partono all'attacco.

La corsa per diminuire il terreno fra loro è breve, ma l'intensità dello scontro è fortissima. A entrambi si rompe la lancia, senza tuttavia che nessuno dei due sia stato disarcionato. A quel punto, regola vuole che i paladini scendano da cavallo e si affrontino a terra, cosa che i due fanno puntualmente, sguainando le proprie spade.

Inizia il secondo combattimento, Ser Tristàn comincia a menare molti fendenti, ma mio fratello è abile a schivarli. Il cavaliere nero è molto coperto in difesa e ogni parata di scudo vanifica i colpi dell'attaccante. Ogni tanto anche David tenta qualche fendente, ma senza affondare troppo, onde evitare di scoprirsi. Tutto ciò secca parecchio il cavaliere dell'unicorno, il quale al contrario sprona il suo avversario ad attaccarlo, ma mio fratello non raccoglie i suoi inviti. Continuano a punzecchiarsi in questo modo finché Tristàn, stancatosi di quella situazione di empasse, decide di passare all'azione. La chiamano la mossa dell'unicorno, parte con un doppio fendente veloce, sferrato quasi rasoterra, per poi alzarsi di colpo verso l'alto, come fosse un'incornata. Tristàn D'Auvernie è maestro di quest'arte, affinata in anni di combattimenti. Nonostante mio fratello sia stato avvisato da mio marito, la mossa del suo nemico lo coglie in fallo, causandogli un brutto graffio al fianco. David è costretto suo malgrado a parare, allontanandosi per non esser finito. Dagli spalti, accusatori e giudici battono le mani, segno evidente di quanto poco importi loro della mia vita e di chi sia il loro vero beniamino.

Tristàn incalza mio fratello, costringendolo a parare sempre più rapidamente, d'un tratto, sembra che le lame inizino a scomparire, di quanto son veloci!

Osservo David impegnarsi a fondo, è chiaramente in difficoltà, ma il suo sguardo è comunque concentrato sul suo avversario, quasi non esistesse altro. È un momento, ma rappresenta la chiave di volta, il cavaliere dell'unicorno, stancatosi di non riuscire a bucare la guardia di mio fratello, decide di effettuare un affondo più potente.

È l'attimo che David sta aspettando.

Approfittando della foga avversaria, mio fratello colpisce il polso del bianco col piatto della sua lama, facendogli mollare la spada, a quel punto d'Auvernie si arrende.

I giudici non comprendono, del resto poteva benissimo continuare a lottare col solo scudo. Già altre volte era successo e cavalieri esperti, al pari del bianco, erano pure riusciti a ribaltare la situazione...

Tuttavia è lo stesso paladino, una volta arresosi, a darne la reale motivazione:

> - Miei signori, - dice rivolto ai giudici. - Non è per viltà che mi son messo alla mercé del difensore di codesta donna! In vita mia, solo i più valenti fra i cavalieri dell'Imperatore sono riusciti a disarmarmi, ma costui ha fatto ancor di più! Egli ha combattuto correttamente, senza trucchi o slealtà! Inoltre, nonostante potesse tranciarmi di netto la mano, mi ha colpito col piatto della lama col solo fine di farmi mollar la spada, dimostrandosi magnanimo nei miei confronti. Solo questa è una prova di cavalleria non indifferente, ma non basta! Costui, mi ha sconfitto oggi per difendere la sorella, dimostrando l'amore per i suoi cari! Ora mi domando, miei signori... ma, l'amore e la magnanimità, non sono forse sentimenti che appartengono a Dio? Chi, se non l'Altissimo, avrebbe mai potuto guidare la sua mano contro di me, che sono uno dei più titolati difensori dell'Imperatore?

Le sue parole sciolgono ogni dubbio anche nei giudici, che a quel punto mi assolvono da qualsiasi accusa fra gli applausi generali della folla che acclama David come nuovo eroe.

Tuttavia, io al momento non desidero altro che abbracciare mio marito. Senza aspettare che mi tolgano i lacci, mi precipito dal mio Leòn. Egli accoglie a braccia aperte la mia testa sul suo petto, l'odore della sua pelle è la cosa più bella di quella giornata. Resto lì, mentre il calore divampa nel mio corpo. Dentro di me sono tutta un fremito, ma anche lui non è da meno, percepisco il rigonfiamento della sua virilità farsi strada attraverso le brache.

Più tardi, nella solitudine della nostra casa, chissà...

David e Claude vorrebbero unirsi all'abbraccio, ma io non voglio staccarmi dall'uomo che oggi ha rischiato di perdermi, voglio assaporare ogni singolo momento di questa vita! Lascio che mi stringa con le sue possenti braccia, mentre nuove lacrime scendono dal mio viso.

Solo che stavolta, sono di ritrovata felicità...

PARTE III

La Maschera di Bronzo

Saladin

Il Djinn annusò l'aria; era la prima volta che attraversava la grande distesa d'acqua.
Viaggiava da tre secoli ormai, cambiando di tanto in tanto ospite...

Appoggiato alla balaustra della nave, Saladin osservò il mare. Mille e più erano i pensieri che gli affollavano la mente, uno su tutti la delicata missione affidatagli dal suo Padrone. Ancora una volta, rilesse la lettera che il suo Signore e Principe gli aveva consegnato prima di far partenza da Roma.

Dal Califfo Abdul Al Rashid
al più valente fra i prodi cavalieri di Allah!

É di questi giorni una notizia a me pervenuta, da parte di una nostra spia al servizio del Pontefice. Costui mi porta a conoscenza della sorte capitata all'unica donna che mi abbia finora apertamente sfidato.
In qualità di nuovo Ambasciatore presso la Chiesa di Roma, vengo quotidianamente aggiornato sui loro incartamenti: Uno degli ultimi, inviato da un certo Abate Elmann, mostrava una relazione su un procedimento per stregoneria, intentato nei riguardi di una tale Rebecca di Sion, processo in seguito conclusosi con l'assoluzione della ragazza.
Grande fu il mio stupore quando lessi il suo nome, ancor di più quando seppi che costei ha da poco contratto matrimonio con un gentile. Nella fattispecie, sono stato informato che la giovane, fuggita assieme al fratello da Gerusalemme, risiede attualmente in un Borgo dell'Impero Franco, chiamato Valèn.
Poiché ella è mia promessa, ma ha osato ribellarsi e fuggire, ti ordino di rapirla e condurla a me, nei modi che tu riterrai più opportuni. Hai denaro a sufficienza per assoldare chiunque possa essere utile alla riuscita del tuo piano.
Che Allah vegli sempre su di noi.

Saladin strinse i pugni, quindi fece in mille pezzi la lettera, lasciando fosse il mare a inghiottirli. Per quanto avesse compiuto azioni nefande di ogni tipo agli ordini dell'Califfo, non aveva mai avuto a che fare con donne...

Il Djinn si deliziò della nuova preda, le femmine erano sempre le più indifese, era molto facile dar loro sofferenza...

Uno strano sorriso illuminò la bocca dell'arabo, d'un tratto si rese conto che forse sarebbe stata una cosa divertente...

La nave attraccò in perfetto orario.

Come da accordi presi precedentemente, i mercenari erano lì ad attenderlo. Si trattava di gente senza scrupoli, accuratamente selezionata fra i vari tagliagole della regione. Saladin li osservò uno per uno, erano proprio gli elementi che prediligeva...

Avevano seguito fedelmente le istruzioni impartite, provvedendo ad allestire il carro con lo scomparto segreto, dove l'uomo si inserì per visionarne la reale efficacia. Effettivamente, la prigioniera la dentro avrebbe provato molte sensazioni spaventose e...

Il Djinn pregustò il momento: si sarebbe cibato di quella paura lentamente, assaporandone ogni istante...

La cosa piacque molto all'uomo.

I mercenari avevano portato anche un abito per lui, con cui sostituire il suo vestito orientale che avrebbe dato troppo nell'occhio in quelle terre. Saladin lo indossò, seppur di malavoglia, non gli piacevano le stoffe infedeli. La sua unica consolazione fu che non avrebbe portato quell'abito a lungo. Finito di vestirsi, l'uomo prese con sé la fedele scimitarra, che provvide temporaneamente a nascondere nel carro assieme alle armi dei suoi compari.

Gli venne successivamente fornito un cavallo, sul quale montò silenziosamente.

Ultimati i preparativi, il piccolo gruppo di nove uomini, otto a cavallo più uno sul carro, presero la direzione di Valèn.

Qualcosa di inquietante turbò il Leone, come l'appressarsi di un pericolo...

Leòn si svegliò di soprassalto, qualcosa l'aveva fatto sussultare...
Chiuse gli occhi per meglio udire l'ambiente circostante, ma nulla dei rumori provenienti da fuori sembrò presagir qualcosa...
Si alzò dal letto, stando attento a non fare movimenti troppo bruschi per non svegliare Rebecca. Persino durante il sonno sua moglie era bellissima...
Sarebbe rimasto lì a fissarla per ore se il presentimento di un pericolo non l'avesse messo sul chi vive. Avvicinatosi alla finestra, il giovane cavaliere osservò le vie circostanti. Era una notte serena, senza luna, tuttavia, grosse nubi si stavano avvicinando a presagir futura pioggia.

Una strana sensazione pervase il demone orientale.
Da che camminava per il mondo, aveva conosciuto i suoi simili, tuttavia in quell'occasione percepì l'avvicinarsi a qualcosa di diverso...

L'arabo strinse le briglie, quindi fece cenno agli altri di scendere da cavallo e procedere con prudenza. Gli uomini obbedirono prontamente, erano appena arrivati al borgo di Valèn quando la pioggia iniziò a cadere. L'abitazione dove dovevano effettuare l'incursione era quasi alla periferia del borgo, era formata da due piani e un piccolo cortile chiuso da un muro non troppo alto da scavalcare. Vi arrivarono facilmente, legarono i cavalli al carro, quindi si armarono, appostandosi subito dopo secondo il piano studiato in precedenza.

La belva stette sul chi vive, annusando l'aria in attesa dello scontro. Lesti come fulmini, gli artigli uscirono dalle zampe, mentre il ruggito annunciò la sua presenza...

Leòn chiuse la finestra, la pioggia ticchettava sulle imposte. Non aveva notato nulla di sospetto fuori, tuttavia non riusciva a dormire. L'uomo aveva ripreso ad allenarsi da poche settimane, ma già era tornato quello di un tempo, decise comunque di esercitarsi un altro po'. Presto, egli sarebbe dovuto ripartire per il fronte Spagnolo. Facendo meno rumore possibile, per non svegliare sua moglie, Leòn prese lo spadone e scese in cortile ad allenarsi.

Il suono ruggente del felino allertò il Djinn, che sfoderò le unghie. Ciononostante, lui non era venuto lì per combattere. In ogni caso, pensò, sarebbe stato divertente saggiare la paura degli uomini che stava manipolando...

Saladin, nascosto dietro il muro, si appropinquò vicino l'ingresso per osservare meglio la situazione, fu allora che lo vide. L'infedele era alto quanto lui, indossava solo le brache di cuoio su dei calzari di pelle, lasciando scoperto il torace su cui facevano sfoggio molte cicatrici e bruciature.

Nonostante la pioggia, egli si allenava maneggiando abilmente il grosso spadone, a volte persino con un solo braccio.

L'arabo capì sarebbe stato un avversario di prim'ordine.

Saladin osservò la perfezione dei fendenti tirati dal paladino, nonché l'ottimale controllo della sua forza. Per quanto la lama dello spadone fosse molto pesante, Leòn riusciva a farla arrivare dove voleva.

Il volto di Saladin fece una smorfia seccata.

Avrebbe volentieri incrociato la sua fedele scimitarra con quel guerriero, di sicuro costui era superiore agli uomini che si era portato appresso. Tuttavia, non erano questi gli ordini ricevuti, il suo obbiettivo di quella notte era solo la donna. Pur di ottenerlo, Saladin avrebbe sacrificato tutti i suoi complici. Comunicando a segni con i suoi, il Saraceno diede il segnale. Come un sol uomo, i mercenari scavalcarono il muro del cortile, avventandosi sul paladino.

Il Leone si acquattò, pronto a spiccare il balzo...

Li aveva sentiti dietro le pareti, aveva intuito la presenza di persone ostili, oscura era la loro motivazione, in compenso era pronto ad affrontarli. Erano otto in tutto, da vili avevano pensato bene di accerchiarlo, tuttavia non erano soldati o cavalieri come lui e questa piccola differenza avrebbe decretato la loro fine. Provarono ad avventarsi tutti insieme, col risultato di ostacolarsi a vicenda, i loro movimenti erano lenti rispetto al giovane. Leòn, senza il peso dell'armatura a rallentarlo, menava colpi velocissimi. I primi a farne le spese furono i due che lo assaltarono da dietro, tranciati in due dalla lama dello spadone. Gli altri, vista la sorte capitata ai loro compagni, si fecero più cauti, ma il giovane non volle dar loro il tempo di organizzarsi. Con un'agile salto, Leòn si portò sopra uno di loro infilzandolo, adesso ne erano rimasti solo cinque.

La tattica del Djinn sortì il suo effetto, facendo in modo che l'attenzione del felino venisse spostata sugli umani. Lasciando scatenare il Leone su di loro, lui ebbe campo libero e poté occuparsi del suo piano...

Le grida di Rebecca fecero sussultare il paladino, dunque era lei che volevano!
Arrabbiato con se stesso per essersi fatto distrarre da quel diversivo, Leòn provò a dirigersi nella direzione delle urla, ma i superstiti gli sbarrarono il passo.

La belva ruggì nuovamente, era stata fuorviata, ma finalmente poteva vedere il vero volto del suo avversario...

Posati gli occhi sull'ingresso della casa, il giovane vide sua moglie, rapita da quello che sembrava il capo dei banditi.

Il Djinn e il Leone si fissarono negli occhi...

La pioggia e il buio rendevano più difficile riconoscere le figure dei volti, tuttavia il paladino fu sicuro si trattasse di un arabo. Dal canto suo, Saladin aveva già visto il volto del suo nemico, ma quella fu la prima volta che ne incrociò lo sguardo.

Il demone orientale sorrise alla belva, quindi si voltò: aveva ottenuto ciò per cui era venuto.
Continuando a ridere, egli fuggì nella notte...

I mercenari attaccarono nuovamente il cavaliere, il quale dovette impegnarsi in combattimento, non prima però d'aver visto il rapitore di sua moglie sorridergli beffardo. Lo vide tramortire la donna, per poi caricarla su un cavallo e fuggire.

Il felino, arrabbiatosi per la fuga, fece udire nuovamente il suo ruggito...

Intonato il suo grido da battaglia, Leòn si fece sotto roteando lo spadone. I compari del rapitore tentarono di infilzarlo, ma le loro spade erano troppo piccole. La pioggia si tinse del rosso sangue di coloro che osarono sbarrare la strada al giovane, in quel momento furente di rabbia. Senza nemmeno guardar negli occhi i propri avversari, Leòn dispensò la morte con ogni fendente, finché l'ultimo dei banditi non raggiunse i suoi compagni nell'Aldilà. Tuttavia, il vero esecutore del rapimento, l'arabo che aveva guardato negli occhi, aveva messo abbastanza distanza fra loro. Senza perder troppo tempo, il cavaliere indossò un corpetto di cuoio sulle spalle quindi, preso il suo fedele destriero, partì all'inseguimento.

Il Leone non si diede per vinto, sfruttando il suo fiuto sviluppato, seguì le tracce del Djinn, pregustando dentro di sé l'imminente duello...

Il giovane era stato abituato fin da piccolo a seguire le impronte, essendo cresciuto da un cacciatore che gli aveva insegnato i trucchi del mestiere. La pioggia non avrebbe mantenuto per molto la sagoma delle orme sulla strada, tuttavia, una strana consapevolezza animava l'uomo. Era come se Leòn percepisse, dentro di sé, la direzione ancor prima di osservare le tracce a terra. L'uomo spronò l'animale senza sosta in un galoppo forsennato. Per quanto il rapitore di sua moglie fosse in vantaggio, erano in due su un cavallo solo, quindi viaggiavano più lentamente, rispetto a lui. Egli inoltre fu certo di avvicinarsi al proprio nemico, era qualcosa che provava nel suo intimo. La pioggia diminuì poco dopo, permettendogli di seguire ancor meglio le impronte che iniziavano a farsi sempre più fresche. Le tracce si persero al porto di Marseil, ma ormai vi era un solo posto dove il rapitore poteva essere andato. Il paladino si diresse verso la zona degli imbarchi, gli sarebbe bastato capire dalla forma della nave dove trovare la sua donna.

Infatti, non rimase deluso.

Vi era un'unica imbarcazione araba, presente in porto, teoricamente di proprietà di un mercante.

Leòn intuì trattarsi di una copertura.

A conferma dei suoi sospetti, arrivò esattamente nel mentre che il rapitore strattonava sua moglie, per farla salire sulla nave. Due marinai, arabi anch'essi, aiutarono il marrano prendendo in custodia Rebecca, appena in tempo da consentire all'uomo di sguainare la sua lunga scimitarra.

Anche il paladino aveva estratto il proprio spadone, era sceso da cavallo e si era spinto incontro all'avversario.

Il felino si avventò contro il demone, il quale sfoderò le unghie, finalmente lo scontro era iniziato...

Leòn si avventò su Saladin, il quale parò il suo fendente e ne restituì uno di rimando, che il paladino schivò prontamente portandosi a destra. Il cavaliere caricò un colpo a girare, che il Saraceno parò con tutta la forza possibile, quindi strattonò la lama per mettere distanza. I due avversari avevano una buona possanza fisica e la forza dei colpi era uguale.
Per la prima volta, entrambi, avevano trovato un avversario alla pari.
Le lame divennero lampi, tanto era veloce il loro muoversi, tuttavia, nessuno dei due sembrò poter prevalere sull'altro.

Il Djinn non aveva mai trovato un avversario così tanto impegnativo.
Dal canto suo, anche il Leone aveva trovato un rivale alla propria altezza...

Per quanto avversari, entrambi sorrisero, avrebbero combattuto fino alla morte.
I colpi aumentarono d'intensità, i muscoli guizzavano lesti come molle mentre il ferro delle spade creava scintille ad ogni urto.

Il demone e il felino lottavano senza tregua, agli artigli del Djinn si contrapponevano le zampate del Leone, entrambi mostravano i denti e la loro ferocia non aveva limiti...

Gli occhi di Leòn si fecero ambrati, allo stesso modo quelli di Saladin divennero scarlatti. I loro colpi di lama guizzarono veloci oltre ogni modo, non erano più due cavalieri ad affrontarsi, ma qualcos'altro.
Lo sferragliare del metallo, presto avrebbe richiamato l'attenzione di qualcuno, permettendo al cavaliere di far bloccare la nave, rimasta in attesa del suo comandante.

Allo stesso modo, il Saraceno non avrebbe permesso che ciò accadesse, l'ultima cosa che gli serviva era di esser catturato dagli infedeli.

Il Djinn si avventò sul felino nel più potente dei suoi attacchi, ma anche il Leone non fu da meno, spiccando il salto contro il demone...

Tentando il tutto per tutto, Saladin si avventò sul paladino con un potente affondo, ma anche Leòn fece la stessa cosa. Si colpirono a vicenda, ferendosi entrambi alla spalla, tale fu la loro foga che rimasero agganciati l'uno all'altro.

I due esseri soprannaturali si fissarono l'un l'altro, avevano usato tutte le loro energie in quell'ultimo attacco ed entrambi dovettero ritirarsi...

I due contendenti erano ridiventati due esseri umani, il loro respiro si era fatto pesante, in quanto entrambi provati dal combattimento. I loro occhi erano tornati del loro colore originale, tuttavia continuavano a fissarsi col medesimo rispetto. Solo il tempo di riprendere le forze, poi avrebbero ricominciato a lottare con la stessa intensità di prima.

Furono i marinai arabi a dividerli, il sole sarebbe sorto fra poco e presto sarebbe giunto qualcuno attirato dai rumori dello scontro. I complici di Saladin recuperarono il loro Comandante, separandolo dal Paladino, il quale era troppo stremato per poter fare qualcosa. Uno di essi uscì un coltello, avrebbe tagliato la gola a Leòn che, troppo stanco a quel punto, non sarebbe stato in grado di impedirglielo.

Il Paladino vide il bagliore della lama traditrice sopra di sé, presto sarebbe stata la fine. Il suo ultimo sguardo andò alla nave dove sua moglie era stata imprigionata, infine fissò negli occhi il proprio as-sassino.

Dio tuttavia decise diversamente quel giorno, guidando il coltello della guardia dritto alla gola del marinaio arabo. Allertati dal rumore di spade, alcuni miliziani di ronda al porto, si erano avvicinati alla zona del duello, arrivando appena in tempo per vedere lo scontro fra i due. Riconosciuti dall'aspetto gli odiati arabi, vedendoli scontrarsi con un gentile, capirono subito da che parte schierarsi. Essendo ancora lontani, una delle guardie pensò bene di lanciare un coltello. Il tiro fu decisamente fortunato, salvando la vita di Leòn. All'arrivo dei miliziani, gli arabi fuggirono a bordo della nave, portando con loro Saladin e Rebecca. Invano gli uomini della ronda provarono a bloccare la nave, la quale riuscì a prendere il largo.

Il Leone ruggì di disperazione mentre il Djinn veniva portato in salvo...

Il Paladino urlò tutta la rabbia che aveva in corpo, si sentiva impotente contro quel destino avverso che gli aveva portato via la sua amata. L'alba spuntò poco dopo e con essa una nuova consapevolezza si fece strada nel cuore del giovane.

Il felino si rialzò, nulla gli avrebbe fatto perdere la propria fierezza.
Il Leone si sarebbe messo nuovamente sulle tracce del Djinn, ma la prossima volta l'avrebbe ucciso!

Leòn, promise a se stesso di ritrovare Rebecca, cercandola anche in capo al mondo! Quando vi fosse riuscito, l'avrebbe fatta pagare cara a colui che l'aveva rapita! Non c'era più tempo da perdere: per prima cosa, doveva organizzarsi...

La maschera di bronzo

Era un sogno troppo vivido per sembrare un semplice parto della mente, i suoi sensi erano acuiti al massimo. Ogni suono, odore, qualsiasi oggetto dava una sensazione al tatto. Tutto sembrava reale, persino la salivazione avvertita sulla lingua. Non ultimo, il sapore del suo sangue.

Era assieme alla sua amata Michelle, ma stavolta era lui a morire per mano di alcuni briganti. Non si trattava degli uomini di Broussàrd che avevano realmente ucciso sua moglie, ma per il cavaliere era come se la vicenda della morte della giovane si ripetesse con un differente finale. Lo avevano ferito a morte, dopo averlo colto di sorpresa, dapprima incendiando la sua casa, poi, circondandolo. Erano venuti per lui, perché li aveva traditi per stare con la sua donna.

Nessuno poteva permettersi di tradire la banda e restare ancora vivo...

In quella ridda confusa di ricordi non suoi, Claude stava vivendo la vita di un altro uomo.

Si chiamava Jean e per un po' di tempo era stato al seguito di una banda di ladri e assassini. Assieme a loro, aveva derubato alcuni nobili della zona, finché non aveva incontrato la sua compagna. Non fosse stato per il colore dei capelli, di un biondo più scuro di quello di sua moglie, Claude avrebbe giurato trattarsi di Michelle. La vedeva scappare dai briganti attraverso le fiamme, vedeva il fuoco lambirne una parte del volto, poi il suo nome, urlato nel sangue.

Avrebbe voluto chiamarla, ma il coltello dell'uccisore era stato più veloce.

Lo prese in pieno petto, il sangue entrò subito nei polmoni e da lì salì velocemente per la gola. Fu il suo ultimo alito di vita, lui lo usò per chiamarla, ma il nome gli rimase strozzato.

Ermengarda...

Il Conte l'Aìgle si destò di soprassalto dal suo improvvisato giaciglio, posto sotto un albero. I suoi compagni di viaggio, nel mentre riposava, ne avevano approfittato per accendere un piccolo fuoco con cui scaldarsi. Furono i volti familiari di suo fratello Leòn e di David a far capire a Claude di aver avuto un incubo. Scrollata un po' la testa, si mise a sedere, ricordando i reali motivi per cui lui e i suoi amici si trovavano al limitare di quella foresta.

Era accaduto subito dopo il rapimento di Rebecca.

Suo fratello aveva chiesto a lui e a David di accompagnarlo, nel tentativo di liberare la sua sposa dalle grinfie di Abdul al Rashid. Il Califfo aveva incaricato Saladin, il più potente dei suoi guerrieri, di rapire la donna. Il piano dell'arabo aveva avuto successo, Leòn li aveva inseguiti fino al porto di Marseil, dove si era scontrato con Saladin. Il duello era finito in parità, entrambi i due guerrieri si erano feriti a vicenda. Lo sgherro di Rashid aveva comunque vinto, riuscendo a scappare con Rebecca a bordo di una nave araba, diretta a Roma.

Non potendo noleggiare un'imbarcazione civile a causa delle continue scorrerie, operate in quel periodo dai pirati Corsi, i tre, coadiuvati dal fratello di Rebecca, avevano intrapreso un viaggio via terra. Servendosi della rete di conoscenze degli ebrei di David e del denaro, messo a disposizione da Claude, i Paladini erano partiti a cavallo, diretti in Italia.

Certamente Saladin aveva acquisito un grosso vantaggio, di certo una nave avrebbe viaggiato più velocemente di tre uomini a bordo dei propri destrieri, tuttavia una lieve speranza animava ancora il cuore di Leòn.

Dalle informazioni prese da David, sembrava che il Califfo fosse diventato Ambasciatore a Roma per conto dei Saraceni. Se ciò lo rendeva molto potente fra i suoi uomini, da un lato faceva anche in modo di renderlo impegnato a rimanere in quella Città.

Rashid sarebbe stato costretto a restare a Roma a causa dei trattati di pace che si stavano svolgendo a quell'epoca, fra L'impero Franco e quello arabo.

Al momento, i tre si trovavano nella contea della Linguadoca, al ridosso delle alpi. Con un po' di fortuna, avrebbero raggiunto il più vicino valico alpino e fra qualche giorno sarebbero arrivati in Italia. Erano giunti ai margini della foresta all'imbrunire, da lì si dipartivano due strade, una diretta a Nord, verso l'Elvezia e una a Sud, verso la costa. Dalle informazioni di David, risultava che la strada verso la costa, avrebbe richiesto tre giorni di cammino. Al contrario, attraversando la foresta, sarebbero potuti arrivare al valico più vicino in un solo giorno, ma avrebbero potuto incontrare maggiori pericoli.

Pareva infatti, che quella foresta fosse stato eletto territorio di caccia da parte di uno strano personaggio. Costui, il cui volto restava celato da una maschera di bronzo, era solito attaccare e derubare chiunque transitasse per quella foresta. Pareva che i primi a farne le spese fossero stati alcuni briganti della zona, poi però aveva iniziato ad assalire anche alcuni viaggiatori, a cui aveva rubato soldi e cibo.

Ovviamente i tre, già abituati ad affrontare i Saraceni in guerra, non si sarebbero certo fatti spaventare da una sola persona. Di conseguenza, avevano deciso di intraprendere la via più breve, inoltrandosi nella macchia. Avevano percorso una buona metà del tragitto, quando il sole era tramontato, costringendoli ad accamparsi.

Essendosi fatta sera, i cavalieri decisero di fermarsi a bivaccare in una piccola radura.

Come d'abitudine, facendo essi parte dell'esercito Imperiale Carolingio, optarono di fare dei turni di guardia. Iniziò per primo Leòn, poi toccò a David. In quel mentre, Claude ne aveva approfittato per riposare, ma il suo sonno era stato agitato.

Era stato David a salvarlo da quel brutto incubo, svegliandolo per farsi dare il cambio nel turno di guardia. Sollevato per non dover rivivere le brutte sensazioni provate nella sua esperienza onirica, Claude si sedette a vigilare sui compagni addormentati.

Pur essendo primavera già inoltrata, l'umidità presente nella foresta penetrava nelle ossa e si attaccava al corpo, facendo sudare copiosamente il giovane.

A parte i soliti rumori della foresta e il russare pesante di suo fratello Leòn, in grado di dormire anche disteso sulle pietre, sembrava tutto tranquillo. Passarono dieci minuti senza che nulla turbasse l'improvvisato accampamento, finché non accadde qualcosa che mise Claude sul chi vive.

Non fu lui ad avvertire la presenza del nemico, quanto i cavalli.

Abituati a fiutare istintivamente il pericolo, gli animali si erano messi in allarme.

Il paladino lo avvertì, ancor prima che arrivasse, dallo spostamento d'aria. A quel punto l'uomo si chinò, giusto in tempo per vedere il coltello sfiorargli la testa e conficcarsi nella corteccia di un albero vicino.

Spada in pugno, Claude si alzò, voltandosi ad affrontare il vile nemico.

Fu allora che lo scorse, era arrivato solo a pochi metri da lui. Non sembrava tanto alto, la sua muscolatura era nascosta dal verde mantello che ne celava il corpo. Sul volto una maschera di bronzo, ossidatasi in più punti, dava all'assalitore più l'aspetto di un fantasma che di una persona reale.

Il paladino rimase interdetto per la stranezza del nuovo arrivato, tanto che esitò più del dovuto. Di contro, anche il suo assalitore sembrò imbambolarsi. Forse non aveva ritenuto possibile che qualcuno potesse accorgersi della sua presenza. Tale indecisione durò solo qualche attimo, l'addestramento come cavaliere diede a Claude l'opportunità di prendere di nuovo il sopravvento e il giovane si buttò in un affondo. L'assalitore schivò facilmente il fendente per poi agire con un secondo pugnale, ma il giovane fu lesto a parare. Il paladino indossava la sua armatura e questo gli dava un buon vantaggio, tuttavia il suo avversario era molto agile. A ogni modo, il loro scontro svegliò gli altri due compagni di viaggio, i quali si portarono alle spalle della maschera di bronzo.

Vistosi circondato, il mascherato assalitore, si diede alla fuga.

Poiché il giovane Conte dell'Aigle gli sbarrava il passo, Maschera di Bronzo dovette distrarlo con un lancio. Claude fu lesto a parare il coltello, allo stesso tempo fu in grado di contrattaccare con un fendente alla testa. La sua lama colpì di striscio la maschera, tagliandone una delle fibbie.

Fu così che il nemico fuggì, lasciando sul terreno il metallico volto.

David e Leòn applaudirono Claude per il trofeo appena recuperato, tuttavia il giovane non se ne curò.

Senza nemmeno pensarci, Claude, si buttò all'inseguimento.

Non era abituato a lasciare le cose a metà.

Il giovane Conte, corse per una buona ventina di metri, prima che il peso della sua armatura lo facesse desistere da quell'inseguimento. Col corpo scosso dal fiatone, egli si appoggiò alla corteccia di un albero, osservando la schiena dell'assalitore. Claude lo vide allontanarsi verso una grossa quercia quindi, arrivato nelle vicinanze, il Cavaliere dell'Aquila vide l'incappucciato girarsi verso di lui. Un raggio di luna penetrò nella foresta, proprio in quell'attimo, illuminando metà del viso celato sotto il cappuccio.

Michelle...

Il giovane sbatté gli occhi, pensando di avere le traveggole. Non poteva essere reale ciò che stava vedendo. Forse ancora sognava. L'incappucciata mandò al Conte uno sguardo di odio, lasciando il giovane letteralmente sbalordito, quindi si dileguò nella macchia.

Claude mollò la presa della spada, piegandosi sulle ginocchia. Il suo respiro divenne pesante, fin quasi a iperventilare. Il Conte sentì il battito del suo cuore farsi così insistente da rimbombargli in testa. Per un istante la sua vista si annebbiò ed egli credette di svenire, poi tutto si fermò: Claude si sentì come sospeso in un limbo, in un solo istante avvertì la gola secca e un sapore metallico sulla lingua, poi il suo cuore tornò a battere normalmente e il suo inspirare ed espirare si fecero di nuovo regolari. Preso un nuovo respiro per il pericolo appena scampato, Claude si toccò il naso, dal quale era sceso un rivolo di sangue; l'uomo si ripulì velocemente con il guanto.

I compagni lo raggiunsero subito dopo, portando la maschera appena raccolta. Il giovane la osservò in ogni punto e angolazione, saggiandone la durezza del metallo.

Non aveva vissuto un sogno, era stato tutto reale.

Ermengarda era furiosa con se stessa...
Quell'uomo non poteva essere davvero il suo Jean.
Come poteva essere stata così stupida?
Aveva agito prima di pensare.
Non aveva osservato bene chi stava attaccando, supponendo fossero banditi, invece erano cavalieri ben addestrati. Per giunta, si era messa a lottare contro quello che somigliava al suo perduto amore, facendosi sorprendere come una principiante. Lei era normalmente più rapida di quanto lo fosse stata in quel combattimento, avrebbe potuto colpire il Paladino alla gola da subito. Invece non lo aveva fatto, restando interdetta quel tanto che era bastato a lui per lanciarle un affondo che, la donna, aveva schivato solo per miracolo.
Non paga di quella pessima mossa, si era persino messa a duellare con lui, facendo in modo di svegliare gli altri due.
Era stata estremamente fortunata a sfuggire alla lama della spada nemica.
Non fosse stato per la maschera, il cui metallo l'aveva protetta, a quest'ora sarebbe morta.
Non che desiderasse tanto restare in vita...
In fondo aveva perso tutto da molto tempo.
I suoi genitori, agiati mercanti dell'Elvezia, l'avevano cacciata di casa, scoprendo che ella se la intendeva con un ladruncolo. La donna aveva provato a spiegare loro come Jean fosse cambiato e si fosse ravveduto, ma sua madre e suo padre non le avevano creduto. Non le era rimasto altro che fuggire assieme al suo amato. Per un po' di tempo le cose erano anche andate bene, Jean aveva trovato pure un onesto lavoro nel borgo vicino, come aiuto fabbro.
Poi erano arrivati i vecchi amici della banda di Jean per ricattarlo.

Non volendo più tornare a quella vita, il suo amato denunciò i suoi compari alla milizia.

Costoro dovettero fuggire, ma non prima di minacciare entrambi di una futura ritorsione. Passò del tempo senza che accadesse nulla, poi una sera, essi giunsero per compiere la loro vendetta. Li presero, uccidendo il suo amato sotto i suoi occhi e incendiando la loro casa. Lei fuggì dalla finestra, ma non prima che la tenda bruciata le cadesse in testa, ustionandole metà del viso.

Pur col volto deturpato dalle fiamme, ella scappò. Per non essere trovata dai suoi inseguitori, si rifugiò in mezzo ai boschi, dove trovò riparo fra le radici di una vecchia quercia. Lì vicino scorreva un piccolo ruscello, dove aveva potuto sciacquarsi. La vista del suo viso bruciato, illuminato dalla luna, fu tale da farla impazzire, facendole giurare vendetta contro i suoi assalitori. Tornò alla casa la notte successiva, passando fra le macerie ancora fumanti in alcuni punti.

Fu lì che trovò la maschera.

Era un lavoro commissionato a Jean dal fabbro, si trattava di uno strumento usato per torturare i prigionieri. Generalmente, il suo interno era irto di punte, su quella dovevano ancora esservi applicati i chiodi. Tutto ciò che ella possedeva era stato rubato o era bruciato, per assurdo, quella era l'unica cosa che potesse ancora ricordarle il suo amato.

La ragazza indossò la maschera.

Rubare abiti maschili e un mantello fu facile, sgattaiolando nella fucina del maniscalco in piena notte, ella trovò i coltelli.

Fu a quel tempo che Ermengarda morì.

Da quel momento, nacque la leggenda della Maschera di Bronzo.

I primi a pagare furono i banditi che avevano ucciso Jean. Uno dopo l'altro, l'oscuro vendicatore li stanò dai loro nascondigli fino a ucciderli. Ogni tanto, la giovane si era trovata costretta a derubare del cibo a qualche incauto viaggiatore solo per sopravvivere, ma ogni volta lo aveva fatto senza uccidere.

Mancava un solo malvivente alla sua vendetta: Huber.

Per l'esattezza, era stato quest'ultimo ad accoltellare il suo amato. Al momento, costui si trovava in prigione per un altro reato, ma ella poteva attendere. Nel frattempo, la Maschera di Bronzo aveva avuto il suo bel da fare, terrorizzando qualche incauto viaggiatore impressionabile, oppure scacciando altri briganti, illusisi di trovar rifugio nella macchia.

I tre viaggiatori, accampatisi nella foresta quella sera, sembrava fossero gente al pari di coloro con cui ella aveva avuto a che fare fino a quel momento. Purtroppo, il suo fallito attacco le aveva dimostrato il contrario. Per la prima volta, la Maschera di Bronzo si era trovata ad affrontare un avversario che non si lasciava impressionare da leggende o dicerie.

Per di più, costui era bello come il suo Jean.

La ragazza scosse la testa, non era più possibile pensare a certe cose! Era divenuta Maschera di Bronzo e in quel momento, doveva trovare un modo di riprendersi ciò che le era stato tolto.

Doveva farlo per il suo Jean.

Con gesti attenti e misurati, usando bende ricavate da alcuni vestiti rubati in precedenza, la donna si fasciò il volto, quindi si buttò sul capo il cappuccio del mantello. Da una pozza d'acqua ella scorse il suo viso, era totalmente fasciata, con due aperture di grandezza giusta per gli occhi.

Era così che lei si preferiva.

Ora si trattava solo di recuperare la maschera, fortunatamente i tre sarebbero rimasti ancora per un po' nella foresta.

Claude aveva provato a spiegare a Leòn e David cosa fosse successo:

   - Ti dico che ho visto Michelle, sono sicuro di non essermi sbagliato!

Per quanto, i due compagni non fossero propensi a credere alle sue parole, egli sembrava certo di quel che diceva:

   - Potrebbe esserci un'altra spiegazione, - disse David, da sempre, il più razionale fra i tre. - Magari è qualcuno che le somiglia...

- In effetti, - ammise Claude. – La sola luce della luna può non essere sufficiente a ricordare un viso.

- In ogni caso, - disse Leòn, ancora perplesso. - Chiunque fosse, adesso abbiamo la sua maschera!

Il Cavaliere del Leone aveva infatti ricordato d'aver visto il fantasma di Michelle, in occasione della loro visita alla Rocca di Guelfòr. Aveva deciso di tacere la faccenda a suo fratello, per evitare di metterlo ulteriormente in agitazione, ma stavolta la situazione era diversa. Il loro assalitore era decisamente reale, così come tangibile era la maschera di bronzo, che il cavaliere al momento stringeva in mano. Era fatta di metallo, seppur ossidato in alcuni punti:

- Chiunque sia stato, il nostro assalitore ha comunque fallito, - fece notare David. - Come dimostra il trofeo che ha in mano Leòn. Non penso tornerà a reclamarlo; quanto a noi, fra un paio d'ore saremo già al valico.

Claude, comunque, non sembrava intenzionato a lasciar perdere:

- Non sono abituato a lasciare le cose a metà, voglio andare fino in fondo a questa faccenda!

- David ha ragione, - ribatté Leòn, pacato ma risoluto. - Inoltre ritrovare mia moglie è più importante che dare la caccia a un fantasma. Capisco che tu sia coinvolto emotivamente e credimi se ti dico che prego ogni giorno, affinché l'anima di Michelle trovi pace, ma dobbiamo concentrarci su ciò che è reale e la nostra è diventata una corsa contro il tempo!

Claude si trovava tra due cuori: da un lato aveva promesso a suo fratello di aiutarlo a riprendersi la moglie, dall'altro era ancora troppo fresca la ferita del suo amor perduto.

- Andate avanti, - disse Claude, dopo qualche istante di silenzio.

- Vi raggiungerò al valico non più tardi dell'imbrunire.

Il colosso lo fissò dritto negli occhi, Claude sostenne il suo sguardo finché non fu l'altro a distoglierlo. Facevano così anche da bambini; in genere era sempre Leòn a vincere, ma non quella volta:

- E sia, - concesse il Cavaliere del Leone. - Ti attenderemo al valico al tramonto. Non un'ora di più!

- Grazie, - disse Claude, abbracciando il fratello. - Non te ne pentirai!

- Tieni, questa ti sarà utile per stanarlo, - con queste parole il colosso porse la maschera al giovane cavaliere. - Sicuramente la rivorrà indietro.

Fu così che i tre si separarono. Montati a cavallo, David e Leòn lasciarono la foresta, diretti verso il valico. Nel frattempo, il sole era appena spuntato in cielo, illuminando il verde delle piante e degli alberi. Il cavaliere dell'aquila salutò i due compagni, sperando in cuor suo di aver preso la giusta decisione.

Rimasto solo, Claude decise di rischiare il tutto per tutto.

Per prima cosa si tolse l'armatura, riponendola in una sacca della soma di Antares, il suo destriero. Il bianco animale sbuffò e il cavaliere gli carezzò il collo domandandogli:

- Dici che ho fatto la cosa giusta, amico mio?

Come a volergli rispondere, il cavallo si mise in agitazione, avvisando il paladino dell'imminente pericolo. Quasi non stesse aspettando altro, Claude si voltò, mettendo in bella mostra davanti a sé la maschera di bronzo nella sua mano:

- Chiunque tu sia, esci allo scoperto! Non ti sono nemico e non intendo battermi contro di te! Ti restituirò ciò che è tuo, se tu mi rivelerai la tua identità e mi mostrerai il tuo vero aspetto!

In risposta alle sue parole, dal folto della foresta emerse nuovamente l'incappucciato.

Che cosa stava facendo quel giovane? Perché stava agendo così? Cosa aveva davvero in mente? Si era spogliato dell'armatura, unica cosa che potesse dargli un reale vantaggio contro di lei.
Non contento di ciò inoltre, adesso costui diceva di volerle restituire la maschera che tanto faticosamente le aveva sottratto.
La donna era confusa.
La parte razionale e opportunista all'interno della sua mente le suggerì di lanciare subito il coltello e riprendersi ciò che era suo, ma ella non lo fece. Per assurdo, fu la sua parte irrazionale a invitarla ad ascoltare cosa invece quel giovane avesse da dire.

Fu sempre l'istinto a farla uscire dalla macchia, dove era rimasta nascosta fino a pochi minuti prima.

L'incappucciata avanzò verso di lui, aveva un coltello in mano.

Il giovane aveva lasciato la spada nel fodero della sella, il suo avversario avrebbe potuto ucciderlo in qualsiasi momento. Claude decise di fidarsi del proprio istinto, muovendosi lentamente si abbassò, fino a posare la maschera sopra un sasso che emergeva dal terreno:

 - Perché ti interessa sapere chi sono, - domandò l'incappucciata. - Sei un conestabile?

 - So che sei una donna, - disse Claude, ignorando la sua domanda. - Voglio solo sapere se sei la donna che amo. Mostrami il volto!

Che cosa sta dicendo quel giovane, è forse impazzito? Eppure somiglia così tanto a Jean...

Com'é possibile?

La faccia era celata dalle bende e dal cappuccio ed ella parve avere un momento di esitazione, fu a quel punto che Claude le si avvicinò. La distanza fra loro diminuiva a ogni passo, l'incappucciata rimase immobile, come fosse pietrificata. Forte solo del suo senso di verità, il giovane si avvicinò ulteriormente alla donna. La persona mascherata era più bassa di una spanna, rispetto a lui, dalla forma del corpetto sembrava emergere un accenno di seno. Claude continuò ad appropinquarsi, adesso era a distanza di tiro, sarebbe bastata una coltellata per freddarlo, ma il suo avversario rimase fermo.

Non capiva cosa le stesse accadendo.

Si sentiva come imbambolata, vedeva solo quel giovane venire verso di sé.

E d'un tratto, scoprì di volerlo avere vicino anche lei.

Claude vide l'incappucciata mollare la presa del coltello, che finì sull'erba.

Grato della dimostrazione di fiducia, il paladino avvicinò le mani al volto incappucciato, dapprima scoprendolo:

- Posso? - chiese dopo aver toccato le prime bende.

Ella tacque e il giovane iniziò a toglierne le fasce.

Ecco! Adesso vedrà che sei un mostro e scapperà inorridito...

Claude iniziò a scoprire il volto celato, vide le parti ustionate, guarite lasciando la pelle scarificata, così come quelle ancora sane, mentre calde lacrime scesero dal suo volto:

- Amor mio, - disse poco prima di avvicinare le labbra alle sue. - Cosa ti hanno fatto?

Accadde così, naturalmente, senza che entrambi se ne accorgessero.

Le labbra dei due giovani si cercarono fino ad unirsi in un tenero e lunghissimo bacio.

Amore mio, anche tu mi sei tanto mancato...

I due continuarono a baciarsi finché, colti da una improvvisa eccitazione, iniziarono a spogliarsi l'un l'altro. Claude in quel momento non vedeva che la sua Michelle, deturpata nel volto forse, ma ancora viva. Di contro, Ermengarda preferiva credere che fosse il suo Jean risorto, a baciarla. Quando egli la prese ella si lasciò possedere con tutta la sua anima, accogliendolo dentro di sé. Fecero l'amore fino a sfinirsi, quindi giacquero lì per terra, provati ma felici:

- Vorrei che questo momento non finisse... - disse la ragazza.

Aveva la testa poggiata sul petto di Claude dalla parte escoriata, affinché egli notasse solo il suo lato integro.

Fu in quel momento che il giovane notò il differente colore dei capelli. Avevano una tonalità più scura, pur essendo sempre biondi. Allo stesso modo, ella notò come gli occhi del cavaliere fossero più chiari di quelli di Jean:

- Chi sei tu in realtà? Un mago? Un miliziano?

- Sono un Paladino, - rispose il giovane guardandola negli occhi. - Il tuo paladino, se me lo concederai, Michelle...

La ragazza si alzò con un leggero moto di stizza: dunque era un'altra che desiderava!

Claude se ne accorse:

- Aspetta, - s'affrettò a dire, trattenendola a sé. - Scusami, lo so che non sei lei. La verità è che sono un idiota! Mi sono voluto illudere che tu fossi la mia defunta moglie. Perdonami.

- Lascia stare, - rispose lei, sospirando. - Anche tu mi hai ricordato un mio passato amore... forse anch'io ho voluto illudermi.

- Chi sei in realtà? - le chiese il giovane.

Fu così che Ermengarda narrò a Claude la sua triste storia, il cavaliere la ascoltò senza giudicarla, poi venne il turno di Claude di narrarle le vicende che lo avevano portato fino a lì:

- Dunque siamo entrambe due anime in pena per un amor ucciso, - disse la donna alla fine del racconto del cavaliere. - Tuttavia abbiamo ancora dei doveri da assolvere: doveri che non ci permettono di essere felici...

- Ho promesso a mio fratello di aiutarlo, - disse Claude, rialzandosi. - Lui fece lo stesso con me a Guelfòr. Glielo devo, anche se non vorrei...

- Dunque è un addio il nostro? - chiese Ermengarda.

Il giovane le carezzò la parte escoriata, con la stessa delicatezza con cui le avrebbe carezzato la guancia sana:

- Se ti chiedessi di aspettarmi, tu lo faresti?

Ermengarda non seppe cosa dire, era estremamente confusa per i sentimenti che provava in quel momento:

- Non lo so... - disse, pentendosene un attimo dopo aver pronunciato quelle parole.

- Allora è meglio che vada, - disse Claude, visibilmente sconsolato. - Promettimi solo che la smetterai con questa sconsiderata e futile vendetta: uccidere chi uccide i nostri cari non fa sentire meglio, credimi, io lo so perché l'ho fatto. Semplicemente, fa sentire ancora più vuoti...

Entrambi si rivestirono, Claude montò a cavallo, sporgendosi per dare un ultimo bacio alla ragazza:

- Addio... - disse baciandola, per poi dare un colpo di sperone e partire al galoppo.

Ermengarda lo seguì con lo sguardo, fino a vederlo scomparire fra i rami.

Come lo seppe distante, s'inginocchiò a terra e pianse.

Perdonami, ma forse è meglio così...

Il valico alpino era uno stretto budello di roccia , al suo ingresso due cavalieri attendevano:

- Eccolo, - disse David al cognato, una volta scorto Claude poco distante. - Eccolo, è lui!

Leòn osservò suo fratello spronare Antares, capì che qualcosa era cambiato prima ancora che arrivasse a vederlo negli occhi. Quando Claude raccontò ai compagni la storia di Ermengarda, il Cavaliere del Leone intuì vi fosse stato qualcosa fra loro:

- Torna da lei, - disse Leòn al fratello. - Continueremo da soli.

- Che cosa stai dicendo? Te lo devo, - rispose Claude. - Ho promesso di venire per liberare Rebecca!

- Mentre ti aspettavamo, ci ho riflettuto a lungo, in realtà. Sei mio fratello e oltre a ciò sei un nobile: in qualità di Conte, hai anche dei doveri nei confronti del feudo dell'Aigle, a cui devi garantire un erede... - concluse Leòn, ammiccando.

- Che vuoi dire?

- Ho capito che il mio desiderio di vendetta verso Rashid non deve rendermi cieco nei confronti dell'eredità del nostro casato: se entrambi morissimo, cosa ne sarebbe delle terre lasciateci da nostro padre, che con tanta fatica abbiamo riconquistato?

- Ma io ho promesso di aiutarti! Tu non ti sei tirato indietro quando si è trattato di aiutare me a vendicare Michelle! Non sarei un uomo degno di tale nome se non adempissi alla promessa fatta!

- In questo caso, ti sciolgo da questa promessa, - disse suo
fratello, perentorio. - Puoi andare!
- Perché? - domandò Claude, perplesso.
- É giusto che anche tu sia felice... - concluse Leòn, guardandolo
con sguardo benevolo.

Claude fu per un attimo indeciso sul da farsi, poi il suo pensiero si
posò sulla ciocca di capelli biondi di Michelle, da lui ancora tenuta
gelosamente custodita in petto.

*Amore mio, so che ella non è te, ma è l'unica cosa che mi rende
meno pesante la tua assenza...*

Presa la sua decisione, Claude si rivolse nuovamente al fratello:
- Ti ringrazio, - disse, porgendo a Leòn la sacca tintinnante,
tenuta solitamente nascosta nella sella. - Tieni la mia borsa col
denaro, vi servirà!

Il biondo paladino si accomiatò dai compagni dopo averli abbracciati
e aver augurato loro il successo per la missione. Arrivato a una certa
distanza seguì con gli occhi le loro schiene, dirette verso l'Italia.
Dentro di sé, fu certo che prima o poi li avrebbe incontrati di nuovo.
Appena non fu più in grado di scorgere i compagni, Claude girò il
cavallo e tornò indietro per dove era venuto.

*Maschera di Bronzo giaceva ancora nel punto dove lui l'aveva
lasciata.*
*Lei era rimasta lì a piangere. Le sue lacrime non erano più per Jean,
egli era solo un ricordo ormai. Piangeva per Claude, che le aveva
spezzato il cuore...*
*Sapeva che non sarebbe mai potuta durare, al massimo lui l'avrebbe
considerata l'illusione della sua defunta moglie.*
Ella non poteva più soffrire così...
*Era diventata la Maschera di Bronzo per non soffrire più, adesso
invece anelava di essere di nuovo Ermengarda.*

La ragazza non si accorse degli uomini che, furtivamente, le erano
giunti alle spalle.

Non li aveva uditi prima perché troppo impegnata a pensare a Claude.
Quando si accorse della loro presenza era già troppo tardi.
Un colpo di randello la prese in testa, facendole perdere i sensi.

**

Fu svegliata da una secchiata d'acqua gelida.
L'avevano appesa per i polsi al ramo di un albero, quanto bastava affinché potesse toccare il suolo con le punte dei piedi. Aveva ancora la vista appannata per l'acqua, non appena poté vedere meglio, riuscì a scorgere i suoi assalitori.
Si trattava di Huber, l'assassino di Jean. Era evaso di prigione o forse era stato rilasciato, non che importasse. Si era portato altri due complici, balordi come lui, che lo avevano aiutato a catturarla. Lo vide avvicinarsi a lei fino alla distanza di pochi centimetri, il suo alito puzzava di carogna:

   - Vedo che nemmeno il fuoco è riuscito a fermarti. Così sei tu la
   famigerata Maschera di Bronzo, - disse Huber, osservando la
   copertura in metallo ossidato a forma di viso. - Non lo avrei mai
   detto... beh, vorrà dire che terminerò il lavoro che avevo
   iniziato con il tuo Jean!

Il bandito prese il suo coltellaccio, muovendolo velocemente in mano.
Avrebbe potuto pugnalarla da un pezzo, ma non lo aveva ancora fatto, voleva prolungarne l'agonia affinché ella soffrisse.

É la fine, addio amore mio...

Un improvviso rumore di zoccoli attrasse l'attenzione di Huber e dei suoi, dal folto della macchia Claude fece la sua comparsa. Non aveva ancora indossato la sua armatura, portava solo la sottocotta di cuoio. I banditi furono lesti ad avventarsi contro di lui, ma Claude li prevenne. Approfittando della velocità del cavallo, il giovane scartò di lato quindi, estratta la sua spada, scese dal destriero per fronteggiarli:

- Voi non toccherete questa donna, - disse rivolto ai banditi, minacciandoli. - Oppure dovrete vedervela con me!

Huber non credé ai suoi occhi, si trattava forse di Jean appena tornato dal Regno dei Morti?

Non conoscendo la vicenda i suoi compari, armati anch'essi di spade, si avventarono sul Conte. Seppur in due, nulla poterono contro un cavaliere perfettamente addestrato come lui. Con estrema facilità, Claude parò i loro affondi, quindi passò al contrattacco. Ferì uno dei due al braccio, recidendogli il nervo, l'altro invece lo prese all'addome. Tamponandosi le ferite alla meno peggio, i due compari di Huber se la diedero a gambe verso Nord, lasciandolo da solo:
- Non puoi essere realmente tu, - disse il brigante, titubante. - Io ti ho ucciso!
- Vattene e avrai salva la vita! - disse Claude, magnanimo.
- No, uccidilo, - urlò Ermengarda, ancora legata. - Lui ha assassinato Jean!

Huber, confuso, s'avventò con veemenza sul Paladino, per accoltellarlo.

Claude fu lesto a schivarlo, quindi gli affondò la lama in mezzo alle scapole, all'altezza del cuore. Il bandito morì sul colpo, accasciandosi subito dopo. Il cavaliere estrasse la spada dal corpo dell'ucciso, quindi si volse a liberare la ragazza. Ermengarda si strinse forte al giovane, mentre un pianto liberatorio si fece strada fra i suoi occhi:
- Sei tornato, - disse la donna con voce rotta dalla commozione.
- Sei tornato!
- Sì, - rispose Claude, stringendola a sé. – Sono tornato per restare...
- La tua missione è già finita? - chiese la ragazza.
- No, ma ne è iniziata una nuova, con te, - disse il giovane prendendole il volto fra le mani, guardandola dritta negli occhi.
- Ermengarda, io sono un Conte: le mie terre sono in Francia, voglio che tu venga via con me!
- Io sono un mostro, - disse la ragazza, mettendo in mostra la parte ustionata del suo volto. - Guardami! Cosa diranno i tuoi sottoposti?

- Non importerà cosa diranno, - rispose lui, attraendola a sé e baciandola. - Poiché per me tu sei la cosa più bella che ho...

Non era riuscito ad arrivare in tempo per salvare la sua adorata Michelle, non avrebbe permesso che accadesse una cosa del genere anche con lei:

- Cosa accadrà adesso? - chiese Ermengarda, ormai persa nel suo sguardo.

- Ci lasceremo tutto alle spalle, - le disse Claude tenendola abbracciata a sé. - Andremo avanti per la nostra vita, insieme...

Lettera da Roma

Al Conte Claude de L'Aìgle,
da David di Sion.

Amico mio,
due mesi sono già passati dal nostro commiato, avvenuto
al valico delle alpi. Come ben sai, dalle precedenti missive,
Leòn e io abbiamo attraversato il confine, entrando in
Italia. Bellissimi panorami ci sono passati davanti durante
il nostro viaggio, ma né io né tuo fratello eravamo del
giusto umore per soffermarci a guardarli.
Facendo tappa a Milano, abbiamo provveduto a sistemare
le armi. Era infatti accaduto che il freddo delle montagne
avesse portato alla luce alcune gravi scalfitture sulle
nostre lame, invisibili a un normale controllo. Immagina
cosa sarebbe potuto accadere se, al primo incrociare di
armi, le nostre spade si fossero spezzate! Avremmo perso
ancor prima di iniziare. Fortunatamente, la fama degli
spadai di questa città è ben meritata, tanto che le nostre
armi sembrano diventate persino migliori di prima!
Abbiamo perso giusto il tempo necessario a far riparare le
lame, nel frattempo ci siamo sistemati alla meglio in
un'osteria.
Leòn è diventato estremamente taciturno e da un po' si
esprime solo a monosillabi, la notte che abbiamo passato in
città ho dovuto faticare non poco per non farlo bere. È
triste e preoccupato per la sorte di mia sorella ed
effettivamente non posso dargli torto perché ne condivido
le stesse preoccupazioni.
La mattina dopo, ci siamo rimessi in viaggio.
Non ti starò a narrare le difficoltà al nostro passaggio in
quei territori, al momento contesi fra Longobardi e
Bizantini. A ogni modo, grazie anche al tuo denaro, è
stato abbastanza facile per noi corrompere chi di dovere
per permetterci di passare attraverso le varie frontiere.
Non hai idea di quanti posti di blocco vi siano in questo
paese, il Ducato Longobardo sembra un insieme di
territori sparsi, con molte guardie a ogni confine.

Alla fine, dopo varie peripezie, siamo finalmente giunti a Roma.

Per quanto non sia più il centro del mondo, essa trasuda ancora quella regalità che le diede il titolo di Città Eterna. Ovviamente, le dominazioni barbare hanno un po' fiaccato il morale degli abitanti, i quali si sono riversati nella loro unica attuale consolazione, la fede. Ovunque ti possa voltare, tutto in questa città richiama il potere della Chiesa, unico caposaldo della cristianità occidentale. Nonostante i vari scismi, devo ammettere che persino io, da ebreo, sono rimasto impressionato della grandiosità delle opere dei grandi maestri che hanno creato i monumenti Cristiani. A ogni modo, non è stato per fare i turisti che mio cognato e io ci siamo fermati in questa Città.

Subito dopo esserci sistemati in una locanda non troppo in vista, ci siamo subito messi all'opera per rintracciare Rebecca. Grazie alla mia rete di contatti, sono venuto a sapere che l'Califfo Abdul Al Rashid ha affittato un'antica magione Romana, situata nei pressi del Tevere. È una villa molto grande, cintata da mura abbastanza alte sui quattro lati, che ne fanno un posto molto facile da difendere.

In qualità di Ambasciatore, Rashid gode di immunità presso le autorità della città. È stato ciò che gli ha permesso di far passare indisturbato Saladin con il suo ostaggio. Leòn odia quel mercenario, pur rispettandone le capacità di combattimento, avrebbe sicuramente incrociato di nuovo la spada di lui, se non fosse già andato via.

Accadde il secondo giorno che eravamo arrivati.

Stavamo perlustrando i dintorni della villa, dove sapevamo essere stata rinchiusa mia sorella, quando ci accorgemmo della sua presenza. Saladin, si trovava su una barca in mezzo al Tevere, fu Leòn ad accorgersi della sua presenza, non chiedermi come. So solo che, improvvisamente, tuo fratello mi strinse il braccio, costringendomi a osservare il fiume.

Fu a quel punto che lo vidi e ti giuro che ebbi quasi l'impressione di non guardare un essere umano! Forse, fu il riflesso della luce sui suoi occhi, ma mi parve che fossero rossi come quelli di un Djinn, uno spirito maligno delle mie parti...

Anche lui sembrò accorgersi di noi.

Sia io, che Leòn, avevamo lasciato le nostre armature, tenendo il volto celato dal cappuccio dei nostri mantelli, eppure dentro di me, ebbi la consapevolezza che egli ci avesse riconosciuto. Lo vidi sorriderci con ghigno beffardo e farci un segno di saluto, mentre la barca lo portava lontano da noi, verso il mare. Fu allora che vidi il volto di Leòn come trasfigurato in quello di un leone, ma fu solo un attimo e sicuramente fu imputabile alla mia impressionabilità. Tuo fratello mi confermò come quell'uomo fosse il rapitore di Rebecca, lo sentii giurarmi che lo avrebbe ucciso, prima o poi.

Ma in quel momento, avevamo altre priorità.

Dovevamo trovare il modo per liberare mia sorella.

La vendetta contro Saladin avrebbe dovuto attendere.

Senza farci accorgere, prendemmo nota degli orari dei turni di guardia e di tutti coloro che potessero comporre il personale della villa. Scoprimmo esserci almeno una trentina di soldati a difesa dell'Califfo, più altrettanti servitori, tutti arabi. Allo stesso tempo, sapemmo anche dove Rashid avesse imprigionato Rebecca.

Accadde per caso, da una delle grate delle finestre che davano sul fiume, vidi mia sorella appoggiata alla balaustra, il suo sguardo vagava verso occidente. Senza farmi notare troppo dalle guardie sugli spalti, feci in modo di usare la lama del mio coltello per riflettere un raggio di sole verso i suoi occhi. La osservai farsi abbagliare, quindi la guardai voltarsi verso di me. Inizialmente parve non riconoscermi, poi vidi il suo volto illuminarsi. Era lei, la sua bocca si aprì e si richiuse per parlare, ma dalla mia posizione non riuscivo a udirla. Mi concentrai meglio sulle sue labbra, era generalmente un gioco che facevamo da bambini, anche se era lei quella più brava.

Seppur dopo alcuni tentativi a vuoto, riuscì finalmente a decifrare le sue parole. Parlava nella mia lingua, mi chiedeva di Leòn, in particolar modo se fosse ancora vivo. Parlando lentamente e accentuando il movimento delle mie labbra la rassicurai, le chiesi a mia volta se Rashid le avesse fatto del male.

Lei sembrò recepire ogni mia parola e rispose allo stesso modo. A chiunque potesse vedermi in quel momento potevo dare l'impressione di essere un'idiota che faceva strane smorfie in silenzio.

Tuttavia era preferibile esser preso per stupido che per una spia.

Continuai a osservare le labbra di mia sorella, mi disse di stare bene e di non essere stata toccata dal principe. Purtroppo non potei trattenermi oltre, le sentinelle avevano iniziato a insospettirsi e io fui costretto a eclissarmi, prima che venissero a controllare cosa stessi facendo.

Mi riunii a Leòn, raccontandogli l'accaduto.

Mio cognato mi ringraziò con enfasi, come se si fosse trovato in mezzo al deserto e io l'avessi appena dissetato. Mi chiese di poterla vedere, insieme stabilimmo un piano per poterla contattare il giorno dopo. Ci presentammo l'indomani nello stesso posto, ci eravamo ricoperti di stracci e applicato sul viso del carbone per sembrare mendicanti. Per quanto riguardava me, il mio fisico asciutto si poteva prestare benissimo a quella recita, purtroppo il corpo alto e possente di Leòn non poteva essere celato così facilmente.

Fu a quel punto che mi venne un colpo di genio.

Presa a prestito da alcuni bambini una carriola, feci inginocchiare Leòn sopra di essa, coprendone le gambe con una coperta. Allo stesso modo, gli bendai uno degli occhi con una garza, su cui avevo versato qualche goccia di sangue di pollo. In tal modo, mio cognato poté passare per un vecchio soldato a cui erano state amputate le gambe, che al momento chiedeva l'elemosina.

Arrivati che fummo, cominciammo la nostra messinscena, io facendo l'idiota compiendo smorfie con la faccia, Leòn facendo finta di chiedere l'elemosina. La recita funzionò a dovere, mio cognato si comportò da attore nato, tanto da rimediare persino qualche monetina gettata dai soldati sugli spalti.

Nel frattempo, vidi mia sorella affacciarsi alla grata.

Ella mi notò subito, così come immediatamente riconobbe suo marito, seppur conciato in maniera ridicola. Se ci sarà mai una cosa su cui potrò giurare sul mio onore, sicuro di non perdere mai, è l'amore fra Leòn e Rebecca. Il loro è un sentimento che travalica qualsiasi distanza o tempo.

Pur in quella situazione di estremo pericolo, entrambi continuavano a dichiararsi il proprio amore l'uno per l'altra. Per comunicare, stavolta dovetti alternare qualche parola a varie smorfie, mentre mia sorella più di una volta provò a dirmi qualcosa che io però non riuscì ad afferrare.

Si trattava di alcune parole che non riuscivo bene ad identificare, capendole parzialmente.

Una era i....ta e l'altra **ba.b..o.**

Più di una volta ella provò a ripetermele ma io non compresi nulla se non che, in qualche maniera a me sconosciuta, Leòn c'entrasse con tale storia. Allo stesso modo, rassicurai Rebecca sul fatto che l'avremmo presto liberata.

Era più facile a dirsi che a farsi.

La villa era pesantemente sorvegliata, con mura troppo alte per essere scalate agevolmente. Fortunatamente, il fiume ci venne in aiuto, facendoci notare uno dei canali di scarico delle fogne, il quale passava sotto le mura e sfociava nel Tevere. Ci tornammo a tarda notte con una barca, torce e coltelli in quantità. Il passaggio era sommerso interamente dalle acque e aveva una grata che ne impediva il transito. Ci immergemmo a turno per divellere una parte del reticolo, grande abbastanza da permettere il passaggio di un uomo. Dovemmo lavorare al buio con i coltelli, per sbriciolare la malta posta a trattenere il ferro delle sbarre.

Impiegammo due giorni buoni, solo per quello, poi, una volta liberate le prime sbarre dagli alloggiamenti, divenne più facile usare delle leve per piegarle.

Devo dire che fu per lo più Leòn a sobbarcarsi il lavoro più duro, meno male che è molto forte. Fosse dipeso da lui, sarebbe penetrato direttamente armi in pugno una volta creato il passaggio, per fortuna riuscii a dissuaderlo.

Sarebbe stato un suicidio entrare nel covo nemico alla cieca, senza conoscere la disposizione delle stanze.

Fortunatamente, un ebreo che lavorava al catasto riuscì a procurarci una serie di disegni della villa, grazie ai quali potemmo farci un'idea della dislocazione delle camere.

Fu così che scoprimmo la cella di Rebecca.

Facendo il raffronto coi disegni e quanto visto all'esterno, ci regolammo sulla posizione della finestra da cui l'avevo vista. Come appurammo da una successiva perlustrazione, la stanza dove tenevano rinchiusa mia sorella si trovava accanto a quella di Rashid.

Definire il piano ci costò solo un altro giorno, a quel punto agimmo.

Anche stavolta dovemmo smettere le nostre armature per essere furtivi, le spade sarebbero state le sole armi di cui ci saremmo serviti.

Portammo la barca nelle vicinanze della magione, quindi la fissammo a un ramo.

Non appena fummo pronti, ci tuffammo nel fiume.

Arrivammo alla grata a nuoto, quindi ci immergemmo, passando attraverso il pertugio aperto giorni prima.

Trattenere il fiato in quell'acqua nera, che non permetteva di vedere in che direzione stavi andando, non era il massimo, fu perlopiù il nostro istinto a guidarci dall'altra parte. Sbucammo nel punto di raccolta, quindi sempre a nuoto ci dirigemmo verso l'interno della galleria. Man mano che avanzavamo, notavamo che si riusciva a toccare; dopo una decina di metri potemmo camminare agevolmente.

Avevamo portato un paio di torce, ricoperte in precedenza con un panno impermeabile, affinché non si bagnassero.

Appena fummo sicuri le accendemmo, impiegammo un po' di più del necessario per via dell'umidità, ma alla fine ci riuscimmo. In tal modo, potemmo procedere più agevolmente. Il camminamento della galleria divenne più stretto man mano che salivamo verso su, adesso l'acqua della fogna ci arrivava a malapena alle caviglie. Sopra di noi, alcune botole segnalavano la presenza del pavimento. Avevo imparato a memoria la disposizione dell'apertura che spuntava in uno dei corridoi vicini la stanza di mia sorella, non appena vi arrivammo, ci mettemmo in attesa. Non sapevamo quanto tempo fosse passato, non avevamo nemmeno portato la clessidra perché si sarebbe bagnata. La nuotata di prima ci aveva stancato non poco, quindi approfittammo dei rumori che sentivamo provenire da sopra per riposare un po'.

Mi svegliai un po' prima di Leòn, quindi iniziai a studiare la situazione:

La botola scendeva perpendicolare al canale, ogni tanto avevamo osservato qualche servo svuotare gli orinali attraverso di essa. I liquidi scendevano direttamente nella canaletta, alimentata con acqua presa a monte dal fiume, per garantire sempre un ricircolo nella fognatura. Essa arrivava al canale più grande, che poi si buttava nel Tevere. Era un sistema già collaudato dagli antichi Romani, semplice ed efficace. Un po' meno semplice per noi sarebbe stato salire, non tanto per l'altezza del cunicolo, che ci arrivava giusto fino alla testa, quanto per la condizione che avremmo sicuramente fatto rumore. Tastai con la punta del mio coltello il lucchetto, ebbi fortuna, si era mezzo arrugginito e sarebbe stato facile scardinarlo.

Svegliai Leòn, mettendolo a conoscenza del fatto.

Egli si fiondò subito col suo coltello sul lucchetto, facendolo saltare al primo colpo.

Non fece molto rumore, tuttavia preferimmo ugualmente aspettare. Non avevamo idea di quanto tempo fosse passato, sapevamo essere notte, ma né io né mio cognato sapevamo l'ora precisa.

Attendemmo giusto il tempo necessario affinché non passasse nessuno, quindi agimmo.

Leòn andò per primo, io lo seguii subito dopo. Muoverci attraverso i corridoi di quella villa non fu per nulla difficile, avevo memorizzato a menadito ogni passaggio. In pochi minuti fummo davanti all'ingresso delle stanze, dove era stata rinchiusa Rebecca. Vi erano solo due guardie a piantonare l'entrata, non dovevano considerare mia sorella molto pericolosa, perché in quel momento dormivano profondamente.

Li facemmo fuori silenziosamente, quindi ci fiondammo nella stanza.

Mia sorella era lì, distesa sul letto. Non sembrava che la prigionia l'avesse fiaccata, anzi la notai persino ingrassata un po'. Come la svegliammo, lei ci abbracciò felicissima, fuori dalla finestra iniziava ad albeggiare. Purtroppo non avevamo molto tempo a disposizione, senza indugiare corremmo fuori dalla stanza. Durante la fuga passammo vicino alla camera di Rashid.

Saremmo volentieri entrati lì dentro per finire il lavoro, ma non avevamo più tempo.

Seppur a malincuore, dovemmo tralasciare la nostra vendetta.

Giurai su me stesso che avrei comunque ucciso quell'uomo, prima o poi.

Purtroppo, alcune guardie ci avvistarono poco prima di arrivare alla botola, sbarrandoci il passo. A quel punto non potevamo tornare indietro da dove eravamo venuti, dovemmo improvvisare. Ricordai che sulla destra si arrivava alle mura adiacenti il fiume, indicai ai miei due compagni la direzione, dicendo di seguirmi. Spuntammo in un piccolo cortile attiguo alle scalinate degli spalti, lì un paio di guardie armate provarono a sbarrarci il passo. Con la nostra esperienza di cavalieri, affinata nel corso di anni in combattimento, avemmo facilmente ragione di loro. Fu così che Leòn e io raggiungemmo gli spalti, portando Rebecca con noi.

Mia sorella ci fece notare di essere giunti in un vicolo cieco: la nostra posizione non era molto difendibile e degli arcieri avrebbero sicuramente potuto colpirci facilmente.
Mi venne in mente l'unica proposta sensata: gettarci nel fiume!
Leòn approfittò subito della situazione, presa in braccio sua moglie si gettò nel Tevere.
Io lo seguii immediatamente.
Mia sorella provò a dire qualcosa prima che suo marito la prendesse in braccio, ma egli fu lesto e in men che non si dica ci eravamo già tuffati.
Cademmo per una ventina di metri buoni.
L'impatto con l'acqua non fu dei più belli, ma se non altro eravamo riusciti a scappare. Fortunatamente, avevamo lasciato la barca poco lontano. Qualche arciere arabo tentò di lanciare dei dardi, ma quando arrivarono sugli spalti, noi eravamo già lontani e il loro tiro fu impreciso. Saliti sulla barca, Leòn iniziò a remare di gran carriera, mentre io finalmente riabbracciai mia sorella. Lasciammo l'imbarcazione al molo dove l'avevamo noleggiata, quindi ci dirigemmo a piedi fino alla locanda, dove avremmo preso le nostre cose. Avevamo giusto il tempo di cambiarci e pagare il conto, sicuramente Rashid avrebbe sguinzagliato i suoi uomini per tutta la Città al fine di cercarci. Il nostro piano prevedeva di raggiungere al più presto il posto di blocco Longobardo più vicino, di cui avevamo il lasciapassare. Tale documento ci era stato fornito da uno dei Comandanti, che avevamo provveduto a corrompere in precedenza. Purtroppo, avevamo fatto male i nostri conti, pensando d'avere a che fare con un solo nemico. Scoprimmo invece, con nostra sorpresa, di averne un altro e non si trattava di Saladin. Senza saperlo, in quella Città Abdul alRashid disponeva di un alleato che non avremmo mai preso in considerazione, neanche nei nostri pensieri più assurdi.
Arrivati alla locanda, trovammo la Milizia di Roma ad attenderci.

Essi ci arrestarono seduta stante, conducendoci in cella.
Per Rebecca e suo marito fu nuovamente straziante
separarsi, prima che portassero via me e Leòn, mia sorella
mi disse nella nostra lingua quelle parole che mi era stato
impossibile decifrare.
Ella era incinta!
Portava in grembo il figlio di suo marito.
Ora comprendevo perché Rashid non l'avesse nemmeno
sfiorata.
Poiché aspettava un bambino da un infedele, egli la
considerava impura.
Inoltre, uccidere un bimbo non ancora nato era sinonimo
di grande sventura per gli arabi.
Per tale ragione, mia sorella era stata trattata con ogni
riguardo.
La vendetta del Califfo sarebbe stata comunque rimandata
a dopo il parto.
Purtroppo, in quel momento, avevamo altre faccende a cui
dover pensare. La milizia di Roma ci aveva legato come
salami, quindi ci aveva incarcerato in una delle più
ignobili celle. Non ti starò a narrare del lerciume della
nostra prigionia o dei magri pasti, indegni persino di esser
dati ai maiali, ti racconterò invece perché avemmo a che
fare con loro.
Uno dei miei contatti ebrei era in realtà una spia del
Pontefice.
Venuto a sapere delle nostre intenzioni di entrare in casa
di Rashid, egli prese le sue decisioni e ci denunciò. Come
ben saprai, è stata da poco annunciata la pace fra arabi,
Franchi, Longobardi e Bizantini, un trattato le cui
consultazioni sono durate dieci interi giorni. Ciò che non
sai di tale retroscena, è di come gli arabi in realtà non
avessero alcuna intenzione di concedere il ritiro su alcuni
territori. Tuttavia dopo due giorni, inspiegabilmente gli
arabi avevano cambiato idea, accettando le condizioni
negoziate da Roma. La verità fu che Rashid accettò tali
condizioni sfavorevoli solo a patto gli venisse riconsegnata
Rebecca.

Senza volerlo, Leòn, mia sorella e io, eravamo diventati pedine di un gioco più grande di noi.

Ci liberarono solo dopo una decina di giorni, fu tanto se ci ridiedero le spade, i soldi e parte della nostra roba da viaggio.

Di Rebecca e Rashid non vi era più traccia.

Sapemmo dalle autorità Pontificie che l'Ambasciatore arabo aveva lasciato Roma due giorni prima con la sua nave, diretta verso l'isola di Creta, portando mia sorella con sé. Non ti dirò della rabbia di Leòn in quei giorni, in quel momento avrebbe ucciso il Papa in persona se lo avesse avuto a tiro ed effettivamente anche io nel mio animo la pensai allo stesso modo. Dovettero capirlo anche i miliziani, che stracciarono i nostri lasciapassare e di fatto ci diffidarono dal tornare a Roma, pena la morte.

Al momento che ti scrivo, ci stiamo per imbarcare su una nave diretta verso Creta.

Rashid ha già accumulato parecchi giorni di vantaggio e la sua imbarcazione è una delle più veloci che abbiano solcato i mari. Al contrario, la nostra è poco più di una barca di pescatori, a ogni modo, confidiamo di poterli raggiungere.

Termino questa lettera, dandoti l'indirizzo di un mercante di Creta, a cui potrai farci recapitare il denaro necessario, per la continuazione del nostro viaggio. Ci mancano i tuoi consigli di amico e la tua spada al nostro fianco, tuttavia anche se da soli siamo risoluti a proseguire la nostra missione!

Da questo punto di vistu, Leòn è più determinato di me. Se prima aveva solo sua moglie da ritrovare, ora ha anche suo figlio.

Il labirinto di Minosse

Corro a perdifiato attraverso gli stretti corridoi sentendo il mio respiro farsi sempre più pesante, tuttavia continuo fino allo spasimo. Purtroppo, se voglio sopravvivere non posso fermarmi.

Lui è dietro di me, pronto ad approfittare del minimo errore pur di trafiggermi.

Ho dovuto gettare via i pezzi della mia armatura, al fine di non tornare sempre negli stessi posti, ma qui dentro tutti i corridoi si somigliano. Avevo pensato a un ottimo sistema per orientarmi, invece sono riuscito a perdermi ugualmente. Adesso, la mia unica speranza è sconfiggere il mio avversario, ma non sarà per niente semplice.

Eravamo giunti a Creta da meno di un'ora, quando ci siamo imbattuti nella persona responsabile di tutto ciò.

Il suo nome è Stavros, il mercante più ricco di quest'isola.

Si dice faccia affari con Bisanzio allo stesso modo di come li faccia con gli arabi, quanto all'onestà meglio sorvolare. Il più delle volte si tratta di operazioni per niente pulite, punibili con la prigionia a vita o la morte stessa. Si racconta che la sua famiglia discenda da Re Minosse in persona, il potere del suo casato è così tanto radicato su quest'isola da esserne lui, di fatto, il vero padrone. Qualcuno ritiene che la sua famiglia sia sempre stata la vera padrona dell'isola, nonostante il succedersi di varie dominazioni.

Stavros è l'ultimo discendente di Minosse, depositario degli immensi segreti del labirinto.

Uno di essi è sicuramente il mio attuale avversario.

Che ci crediate o meno, mi trovo a combattere contro il minotauro.

Neanche io ho creduto mai a tale leggenda, tuttavia adesso so esserci un fondo di verità.

Quando raggiungemmo la bottega del mercante, segnalato dalla lettera di David a mio fratello, affinché quest'ultimo ci inviasse il denaro per completare il viaggio, non lo trovammo. Al suo posto ci aprì un'altra persona, la quale si qualificò a noi come il fratello del padrone di casa. Egli si scusò a nome del mercante ebreo, riferendoci che il nostro contatto aveva avuto un impegno e sarebbe giunto solo l'indomani. Nel frattempo saremmo stati ospiti presso un mercante, suo amico, di nome Stavros. Devo dire che inizialmente sembrò andare tutto bene, il mercante ci accolse come il migliore degli anfitrioni. L'uomo fece gli onori di casa, offrendoci una cena luculliana innaffiata dai migliori vini della zona. David e io ci eravamo accomodati a mangiare da un'ora circa, quando iniziammo a sentire la testa pesante.

Ci avevano drogati, mischiando un sonnifero nel vino, quando ce ne accorgemmo fu troppo tardi. Venni svegliato con delle secchiate d'acqua, dovettero tirarmene almeno quattro prima che riuscissi a tornare totalmente in me. Durante la mia incoscienza, qualcuno mi aveva portato all'ingresso del labirinto. Mi avevano vestito della mia armatura e fornitomi del mio spadone, ma dove ero in quel momento vi era poco che potessi fare.

L'ingresso del labirinto era una stanza scavata in basso, a cui si accedeva tramite delle scale. Aveva pareti piastrellate, diritte e lisce, alte almeno tre metri, impossibili da scalare.

In quel momento, una decina di arcieri sorvegliava dall'alto il mio operato.

Se avessi tentato di farmi largo a forza attraverso le scale sarei stato trafitto all'istante.

Stavros era lì con loro, vestito dei migliori abiti, pronto a pregustarsi lo spettacolo. Era effettivamente basso e non troppo prestante fisicamente, tuttavia era molto abile, tanto da riuscire a comandare a bacchetta su tutta l'isola. Una delle sue armi preferite era sicuramente il ricatto:

    - Ben svegliato, Cavaliere del Leone, - disse salutandomi, come se dovessimo discorrere del più e del meno. - Ho un piccolo affare da proporti.

    - Perché mi hai fatto questo, - chiesi io rabbioso. - C'è Rashid dietro tutto ciò?

    - Oh, per carità, - mi rispose in tono offeso. - Non penserai veramente che io abbia qualcosa da spartire con quell'essere borioso e pieno di sé?! Si diriga pure verso Gerusalemme con la sua schiava, per quello che mi concerne. Ho di meglio da fare, io!

- E allora perché?

- Ho sentito parlare di te e del tuo valore in combattimento da un mercenario di nome Saladin, - rispose Stavros ridacchiando.

- Ma è solo per mio svago che sei stato rinchiuso là dentro...

La mia ira esplose:

- Maledetto! Vuoi dirmi che sono qui solo per un tuo passatempo?

- La verità è questa, - mi rispose candidamente Stavros. - É solo per mio piacere personale che ho deciso di farti partecipare al mio gioco...

Maledii mentalmente il nome di Saladin: sembrava che dovessi ritrovarmi i suoi tranelli ovunque andassi. Era stato lui a rapire mia moglie, per conto di Abdul al Rashid. Lo avevo affrontato in combattimento, ma lo scontro era finito in parità e lui era fuggito. David, il fratello di mia moglie, mi aveva seguito in questa missione per aiutarmi a liberarla dalle grinfie del Califfo.

- Non intendo partecipare a niente! - dissi io convinto.

- Oh, ma non hai alternative, - rispose Stavros in tono autoritario di chi non ammette obiezioni. - Entrerai dentro il mio labirinto e affronterai il minotauro come un novello Teseo; anche perché, se non dovessi farcela o volessi rifiutarti, farò entrare il tuo amico... e senza armatura! Il minotauro è un essere molto forte, perennemente affamato e maledettamente pericoloso; te la sentiresti di rischiare la vita del tuo compagno per la tua codardia?

Strinsi forte l'impugnatura del mio spadone, fin quasi a spezzarla:

- Giuro che, quando avrò finito, ti ucciderò!

Il mercante si mise a ridere:

- Amico mio, si vede che non conosci la fama del mio minotauro: in molti sono entrati in questo labirinto, nessuno ne è mai uscito vivo... - disse sbeffeggiandomi; quindi, presa in mano una clessidra, continuò. - Hai due ore di tempo, poi toccherà al tuo amico entrare, disarmato...

Vidi i suoi servi tirare le catene del cancello, posto a chiusura dell'ingresso al labirinto, fino a sollevarlo sopra la mia testa. Successivamente, i suoi arcieri tirarono qualche freccia ai miei piedi, per costringermi a camminare, fu così che entrai. Ricordavo qualcosa della storia di Teseo e del minotauro, in particolare del famoso filo di Arianna.

Peccato io, in quel momento, non possedessi una matassa di filo con me.

Decisi di improvvisare rischiando, avrei lasciato un pezzo della mia armatura a ogni bivio.

Normalmente, avrei fatto dei segni con la punta della mia lama. Purtroppo, nel corso del tempo, chi era entrato prima di me aveva fatto la medesima cosa, con le pareti diventate piene di segni di ogni tipo. C'era stata un'altra ragione, comunque, che mi aveva spinto ad agire così. Avevo visto i cadaveri dei cavalieri in armatura, giunti nel labirinto prima di me, trafitti come fossero burro. Dai corpi ancora caldi compresi essere morti da poco. Ognuna delle loro ferite sembrava essere stata causata da un colpo così potente da riuscire a perforare tutto il corpo, fino a uscire dall'altra parte. Vista la potenza di tali colpi, l'uso dell'armatura sarebbe stato inutile, a quel punto meglio sfruttare la velocità. Iniziai dall'elmo, seguito quasi subito dagli spallacci, poi toccò ai cosciali, ai gambali, quindi agli schinieri e per ultimo al pettorale.

Ciò nonostante, il labirinto sembrava non dovesse aver mai fine, ma fu al momento di arrivare nella tana del mostro, che non capii più nulla e iniziai a perdermi.

Ero giunto in uno stanzone, da cui proveniva un fetore di morte così nauseabondo da farmi tappare il naso. Arma in pugno vi entrai, stando sul chi vive.

Ciò che vidi mi disgustò così tanto da farmi dubitare persino dell'umanità del mio avversario. Ovunque, nello stanzone, erano appesi corpi di esseri umani.

Ad alcuni mancavano arti o parti del petto, quasi fossero bestie pronte per esser macellate.

Chi li aveva sistemati a quel modo pareva l'avesse fatto appositamente per farne frollare le carni. Purtroppo, ebbi conferma della mia ipotesi subito dopo, quando fui vicino al perimetro della stanza. Al centro di essa, un bollente calderone stava cuocendo il pasto del minotauro, l'odore che ne veniva fuori richiamava quello di carne bollita. Lentamente, sempre con l'occhio vigile verso l'ingresso, ne scostai il coperchio, fu allora che mi accorsi di cosa vi fosse dentro. Con l'orrore che lentamente si fece strada attraverso di me, vidi un piede e una mano emergere da quella brodaglia.

Vomitai.

Espellere ciò che avevo precedentemente ingurgitato, mi rese meno vigile, quando riuscii a tornare padrone della situazione, lui era già lì. Credo di non avere mai avuto realmente paura in vita mia. Anzi, da che ricordi, sono sempre stato un tipo spavaldo e coraggioso. Eppure lì, in quella stanza, alla vista di quegli orrori, per la prima volta in vita mia, fui paralizzato dal terrore.

Non riuscivo completamente a muovermi, in compenso lui mi fissava come se volesse studiarmi.

Non so dire chi o che cosa mi trovassi davanti in quel momento.

Il corpo era sicuramente quello di un uomo, ma di altezza e corporatura spropositate. Era alto quasi tre metri, massiccio oltre quel che posso essere io che ho una muscolatura abbastanza possente, ma con i piedi deformi, quasi caprini, più simili a quelli di un satiro che a un essere umano. Il suo volto era deformato da varie cicatrici che sembravano essere molto vecchie. Lo stesso naso, era più simile a quello di un bovino. Vestiva di pelli e portava una corazza-elmo, dalla quale si dipartivano due lunghi corni di metallo. Dalle ferite notate sui resti dei cavalieri morti, trovati nel labirinto, quest'essere aveva usato le punte delle corna per infilzare tutti coloro che avevano provato ad affrontarlo.

Effettivamente, a vederlo, non sarebbe stato difficile crederlo.

Quell'essere doveva avere una forza spaventosa.

Non capii quanto tempo fosse passato, il mio corpo tremava come una foglia, fu allora che il minotauro cacciò fuori il suo urlo e caricò. Fu un grido agghiacciante, ma se non altro mi scosse così tanto da farmi scartare istintivamente di lato quel tanto che bastò per non essere colpito. La forza d'urto fu comunque talmente potente da sbalzarmi fino al muro. Lo vidi voltarsi e caricare di nuovo, si muoveva come fanno i tori, ma in quell'occasione fui lesto a scappare. Da quel momento, per me, vi fu solo la fuga.

Ho corso per un bel po' di corridoi con lui dietro, ma adesso mi sa che sono arrivato al capolinea. Sono in un vicolo cieco! Il cuore mi pulsa all'impazzata, mentre la mia mano tocca il freddo muro di mattoni, ogni via mi è preclusa. Arrivato a questo punto posso decidere solo due cose: attendere la fine, come il codardo che ho impersonato fin ora, oppure rimanere e combattere. É strano come basti un niente per trasformare il timore in coraggio. Quando ti accorgi di esser già morto, la tua paura vien meno e a quel punto ti senti più leggero. Lo stesso vale per me adesso, consapevole che sarò infilzato.
A questo punto non ho più timore di affrontarlo e così prendo la mia decisione.
Mi giro, stringendo lo spadone con entrambe le mani, voglio morire almeno guardandolo negli occhi. Lo vedo venirmi incontro e il tempo pare scorrere così lentamente da far sembrare un attimo lungo quanto un'eternità. Noto persino le sue narici farsi più grosse a ogni suo sbuffo, mi attacca a testa bassa come fanno i tori. Osservo la distanza fra noi diminuire a ogni metro, ma io adesso stranamente sono pronto. Aspetto che le sue corna arrivino a un centimetro da me quindi mi butto all'indietro con lo spadone, fermo perpendicolare al mio petto. Lo vedo infilzarsi sulla mia lama all'altezza del cuore, non ha nemmeno il tempo di fare un'espressione sbalordita che è già morto. Mi cade addosso, sento il suo caldo liquido rosso scorrermi sul petto, ma sono ancora vivo.
Seppur il mio avversario sia immobile non ho ancora il coraggio di muovermi.

Il mio respiro si è nuovamente fatto pesante, ma stavolta sono cosciente dentro di me che la cosa sarà temporanea.

Alla fine è mio cognato a trovarmi e a liberarmi dal pesante corpo della creatura. Stavros, probabilmente ritenendomi già morto e non sentendosi in dovere di mantenere la parola data, ha deciso di rinchiudere anche David all'interno del labirinto.

Ha commesso un grosso errore, che rimpiangerà amaramente.

Torniamo indietro insieme, anche David ha avuto la mia medesima idea, solo ha preferito usare dei pezzi dei suoi abiti. Durante il tragitto all'indietro, ritrovo tutti i pezzi della mia armatura e me ne rivesto. Siamo vicini alla porta d'ingresso tuttavia, né io né il mio compagno ci azzardiamo a uscir di là. Quasi sicuramente gli uomini di Stavros sono lì fuori, pronti a riempirci di frecce.

É a quel punto che mi viene un'idea.

Mi sono ricordato di una presa d'aria posta sul soffitto nella stanza degli orrori. Essa è sopra il calderone, fortunatamente è larga abbastanza da permettere il passaggio di un uomo. Spegnere il fuoco e buttare via il pentolone con il suo macabro pasto non richiede molto tempo, lo stesso realizzare una scala rudimentale usando le suppellettili della stanza.

Alla fine siamo fuori, in una zona non controllata dagli sgherri di Stavros.

Lo ritroviamo nello stesso punto dove lo abbiamo lasciato, all'ingresso del labirinto. Le sue guardie sono ancora lì, ma ci danno le spalle, ci lanciamo all'attacco. Stavolta siamo noi a coglierli di sorpresa, scopriamo che non sono nemmeno tanto bravi con le armi, il mercante ce lo lasciamo per ultimo.

Stavros ci batte le mani, si propone persino di assumerci, ma io non intendo restare su quest'isola un minuto di più. Con un preciso fendente, gli stacco di netto la testa dal collo, quindi la impalo su una delle lance di una sua guardia. La lascio in bella mostra davanti la porta del labirinto, conficcando l'altra estremità del giavellotto nel terreno.

Con ogni probabilità, quando gli abitanti vedranno la testa di quel bastardo morto lì davanti, leveranno grida di gioia al cielo.

Al porto di Cnosso, David e io noleggiamo un'imbarcazione con equipaggio Greco per la prossima nostra meta. Questa volta ci dirigeremo verso l'ultima destinazione di Rashid. Andremo direttamente a Gerusalemme, nella tana del lupo.

Solo che questa stavolta, ci sarà la resa dei conti...

Jerusalem

Alla fine siamo tornati qui, dove tutto è cominciato, sarà questo il luogo dove tutto finirà.

Il mio nome è David, cavaliere di Sion.

Dopo molte peripezie, sono finalmente ritornato a casa, a Gerusalemme. É questa la città che mi ha dato i natali, dove possiedo i migliori ricordi della mia vita. Purtroppo, con essi vi sono anche i miei peggiori incubi. Il responsabile di tutto è una sola persona, il suo nome è Abdul al Rashid. Principe su queste terre, è stato lui a ordinare l'uccisione di quasi tutta la mia famiglia.

Ricordo ancora la prima notte che impugnai la spada.

Vennero nell'oscurità, da vili quali erano. Erano mercenari, assoldati fra le peggiori canaglie che affollassero le prigioni di Sion. Chi li aveva assoldati, aveva promesso loro la libertà a patto mantenessero il silenzio. Fu mia sorella a destarmi, che erano già penetrati dentro l'abitazione di mio padre.

Impotente, fui testimone del massacro perpetratosi all'interno delle nostre mura.

Uccisero senza pietà nostra madre e la nostra sorellina Sara, vidi mio padre cadere trafitto dalle loro lame, nel tentativo di proteggere sua moglie, mia madre. Fu Dio a darmi la forza di prendere la spada per la prima volta e fu sempre LUI a guidare la mia mano in quella nefanda notte. Erano banditi della peggiore risma, mentre io ero solo un ragazzo che non aveva mai preso un'arma in mano. Ma l'Altissimo mi ascoltò quel giorno, dandomi il dono di maneggiare la spada come nessuno mai aveva fatto. Fino a quel momento, mi ero battuto per gioco con alcuni compagni, usando al massimo un bastone, quella sera provai per la prima volta l'ebbrezza del sangue.

Mi sentivo forte come il Re da cui ho preso il nome.

Quella notte, la mia mano si abbatté sui servi del malvagio, dando loro il meritato castigo. Ispirato da Dio, dispensai la morte agli scagnozzi di Rashid, tranciando braccia e spezzando le colonne vertebrali di chiunque trafiggessi. Dopo un po', di cinque manigoldi ne rimasero solo due, i quali preferirono darsela a gambe.

In uno dei cadaveri dei nostri assalitori, trovai la lettera del Califfo che li autorizzava a uccidere chiunque li avesse ostacolati. Rashid in persona li aveva incaricati di rapire mia sorella Rebecca, che mio padre con vanto aveva ribattezzato la perla della nostra casa. In cuor mio, fui consapevole che presto sarebbero tornati con i rinforzi, non potevamo più restare lì. Ricordavo ancora il posto dove mio padre teneva le lettere di credito, a quel punto dovetti prendere una triste decisione. Senza perder tempo, presi mia sorella e quel poco che potevamo trasportare. Portammo con noi anche le lettere di credito, certi di poterle cambiare all'occorrenza.

Rebecca e io ci avviammo nella notte.

Mia sorella è una donna di rara bellezza, la sua pelle è liscia come porcellana, gli occhi come due stelle del firmamento, ma tale beltà è divenuta maledizione. Rashid si era invaghito di lei, decidendo d'impossessarsene come fosse un oggetto.

Alle prime luci dell'alba, mia sorella e io fummo abbastanza lontani dalla città.

Sulle prime riparammo in Bisanzio, dove completai l'addestramento all'uso della spada e divenni cavaliere. Purtroppo, Rashid possedeva una rete di informatori molto vasta, grazie a una sua spia, egli ci trovò anche lì. Dovemmo scappare di nuovo finché, dopo varie peripezie, giungemmo in Francia.

In quella terra di Gentili finalmente, seppur con qualche difficoltà iniziale, mia sorella e io trovammo un po' di pace. Lì, conobbi dei veri amici, come Claude e Leòn. Soprattutto quest'ultimo, divenuto, contro ogni pregiudizio della sua stessa gente, il marito di mia sorella. Egli è un guerriero di gran valore, persino più bravo di me.

Più di una volta Leòn è venuto in mio soccorso in battaglia, allo stesso modo in cui si è battuto per mia sorella. A chi non lo conoscesse può sembrare burbero, ma in realtà è un uomo di gran cuore. Adesso egli è qui con me in questa città, insieme libereremo Rebecca.

Arrivammo a Gerusalemme alle prime luci dell'alba, nascosti sotto spessi cappucci in mezzo a pellegrini diretti al tempio.

Grazie a un mio conoscente, ci eravamo fatti passare per venditori di cavalli, in tal modo potemmo portare con noi i destrieri da battaglia. A coloro che ci fermarono con l'intenzione di comperarli, rispondemmo che era nostra intenzione metterli all'asta una volta giunti nel suk cittadino. Devo ammettere che i nostri destrieri avrebbero fatto sicuramente una degna figura, molta gente era rimasta affascinata dalla loro possanza.

Prendemmo alloggio presso la locanda di un ebreo mio amico, di nome Efraim, egli mi raccontò cosa fosse accaduto dopo il mio allontanamento:

   - Rashid ha ordinato di perquisire ogni casa, ci hanno fatto ogni
   malversazione, ma posso dirti David, che nessuno di noi vi ha
   tradito...

Il pensiero di quel cane che se la prendeva con la mia gente mi rese ancor più desideroso di porre fine alla sua vita. Ma vi era ancora dell'altro, come mi raccontò l'amico mio:

   - Da quando è tornato, portando tua sorella incinta del
   bambino di Leòn, egli ha ordinato di rapire tutte le donne della
   nostra gente per il suo harem. Ha rapito persino mia figlia
   Ester, portandola nel suo palazzo. Ho provato almeno a vederla
   per sapere come stesse, ma le guardie non ci fanno entrare... ti
   prego David, se ti è possibile, fa qualcosa anche per lei!

Promisi al mio amico che avrei pensato a liberare anche sua figlia.

Ne parlai con Leòn ed egli si disse d'accordo, del resto non potevamo permettere che un uomo come Rashid potesse continuare a far soffrire così tanta gente.

Ci mettemmo all'opera per studiare un piano.

Come fu per Roma, ci procurammo una pianta del palazzo di Rashid. Studiandone la planimetria, scovai un passaggio secondario da cui poter accedere non visto e ne feci cenno a Leòn.

Notai il mio compagno estremamente taciturno, come estraniato; quando gli chiesi cosa ci fosse che non andasse, la sua risposta mi stupì non poco:

- Non potrò accompagnarti per il passaggio: Saladin sa che sono qui, così come io avverto la sua presenza; se venissi con te, ci scoprirebbero...

Non so come, ma Dio mi fu testimone quando dico che gli credetti, aveva nuovamente gli occhi che avevano cambiato colore. Non so spiegare da dove derivi questa caratteristica del mio amico, tuttavia posso affermare esser vera. In alcune occasioni, come egli si avvicinava a Saladin, in entrambi avveniva un cambiamento.

Leòn e Saladin parevano trasfigurare in volto.

I loro occhi cambiavano di colore, il mio amico sembrava prendere l'aspetto in viso della bestia di cui porta il nome.

Quanto all'altro... beh non so che pensare, tranne che qualsiasi cosa avvenga in lui è malvagia. Ebbi modo di vedere la trasformazione su Saladin quando eravamo a Roma. Posso dire che al momento di fissare i suoi occhi, divenuti rossi, ebbi l'impressione di trovarmi davanti un Djinn.

Decidemmo di creare un diversivo, Leòn avrebbe sfidato apertamente Saladin a duello, mentre io avrei approfittato della situazione per introdurmi nel palazzo e liberare Rebecca ed Ester.

Tuttavia, venimmo a sapere in quegli stessi giorni di una novità che, senza volerlo, ci avrebbe potuto agevolare.

A causa della pace stabilita a Roma, era stato concesso dalle autorità Franche, Bizantine e arabe, di consentire a quei cavalieri che ritenessero di aver subito un torto, di poter sfidare a duello il responsabile di tale azione o in alternativa un suo campione.

Tale duello non avrebbe comunque avuto valore legale, nel senso che qualora la persona che avesse commesso il torto fosse stata sconfitta, avrebbe ugualmente avuto la facoltà di decidere di non riparare il male compiuto.

Poiché tale sfida poteva esser fatta una volta soltanto e non era appellabile, soprattutto le persone nobili o coloro che possedevano molti soldi, riuscivano ad aggirarla.

Accadeva per lo più da chi si faceva rappresentare da un campione.

Anche se il proprio cavaliere moriva, chi avesse perpetrato il torto poteva benissimo rifiutarsi di adempiere al proprio dovere o alla promessa fatta. In quel modo, egli ci guadagnava due volte, non era obbligato a pagare il suo campione se moriva e poteva continuare imperterrito nelle sue azioni. Ciò nonostante, a dispetto di tale circostanza, tali tenzoni erano divenute molto popolari e molti cavalieri di entrambi gli schieramenti, in questo periodo di pace, vi si erano cimentati. Per adempiere a tale sfida, bastava che il cavaliere si presentasse alle autorità e chiedesse di sfidare il proprio avversario, oppure in alternativa un suo campione.

Dopo alcune titubanze, relative a possibili legami fra Rashid e le autorità, fu Leòn a presentarsi. Per assurdo e con sommo stupore del mio stesso compagno, egli fu accolto con tutti gli onori dopo che ebbe detto il suo nome. In qualità di uno dei più valenti Paladini di Francia, il nome di Leòn Felìne risultò essere uno dei più temuti e rispettati fra gli arabi.

Ahmed al Fajalan, nonostante fosse comandante in capo delle autorità di Gerusalemme e quindi mortale nemico per i Gentili, inaspettatamente si offrì di concedere ospitalità a Leòn per tutto il tempo che si fosse fermato in città. Seppur con qualche riserba, visto ciò che ci era precedentemente accaduto a Creta, accettammo l'offerta del nobile arabo. Tuttavia, non avemmo di che preoccuparci per la nostra sicurezza, anzi l'Emiro fu un padrone di casa squisito e si prodigò affinché noi due potessimo avere tutto ciò di cui aver bisogno. Da sempre avversario politico di Rashid, di cui bramava di prenderne il posto, Fajalan non ne condivideva l'operato, in particolar modo le sue ultime azioni perpetrate in Gerusalemme. Moderato e fautore di una pacifica coabitazione con gli ebrei, Fajalan non aveva preso di buon grado le azioni perpetrate da Rashid, nei confronti della popolazione.

A quanto pareva non era il solo.

Le concessioni territoriali operate da Rashid, durante la firma del trattato di pace a Roma, avevano fatto infuriare molti altri Califfi, in particolare il principe Alì al Suleyman.

Quest'ultimo, una volta venuto a sapere del ritorno dell'Ambasciatore, lo aveva fatto sfidare dal suo campione. Rashid, da vile qual'era, si era fatto difendere da Saladin, il quale aveva poi ucciso il campione del rivale. Ancora col dente avvelenato nei confronti dell'avversario, Suleyman giurò di fargliela pagare. Fu una sera che venne a trovarci al palazzo di Fajalan, che parlai con lui per la prima volta. Era un uomo molto avvezzo al comando e poco incline al compromesso, tuttavia entrambi avevamo un obbiettivo in comune.

Fu così che, inaspettatamente, trovai in Suelyman un alleato:

- So cosa quel vile di Rashid ha fatto alla tua famiglia e intendo darti modo di vendicarti. Per quanto lo voglia morto, come ben saprai, non mi è possibile ucciderlo personalmente. Di conseguenza, ho bisogno che qualcun altro faccia il lavoro per me.

Gli chiesi quali garanzie avremmo avuto, Leòn e io, una volta compiuta l'opera:

- Cosa vorresti, - mi domandò, guardandomi fisso negli occhi. - A parte la concessione di vivere e lasciare indenni la città?

Gli risposi prontamente, sostenendo il suo sguardo:

- La liberazione dei mercanti ebrei rinchiusi a Gerusalemme e delle donne rapite da Rashid!

Ci pensò un po' su, poi rispose:

- Si può fare...

Il giorno dopo Leòn, accompagnato da Fajalan e dalla sua scorta, si presentò alle porte del palazzo di Rashid e ivi vi gettò il guanto di sfida.

Fu Saladin a raccoglierlo per il suo signore, con somma gioia di Leòn; la sfida avrebbe avuto luogo l'indomani a mezzogiorno.

Toccava allo sfidato stabilire il luogo della tenzone. Fu stabilito che l'incontro venisse fatto all'interno di una vecchia basilica sconsacrata, precedentemente liberata di tutto l'arredamento. Vi accompagnai Leòn, egli si era vestito di tutto punto con la sua armatura da battaglia:

- Hai paura? - gli chiesi prima che entrasse.

- Si, - rispose lui. - Ma intendo vincere lo stesso! Devo farlo per Rebecca e mio figlio!

Fu così che lasciai che mio cognato entrasse, mi premurai di controllare che tutte le uscite fossero state chiuse. Quanto a me, salii su uno dei due palchi allestiti sopra la navata, dove trovai l'Emiro Fajalan ad attendermi.

Sull'altro palco, Rashid aveva preso posto insieme a due sue guardie, a mia sorella e a un'altra giovane che immaginai dovesse essere Ester.

Il fazzoletto della sfida fu lanciato, tutti attendemmo che Leòn e Saladin, sotto in navata, cominciassero. Fu solo quando iniziai a sentire le loro sovraumane urla di battaglia e il clangore del metallo, che capii cosa stesse realmente accadendo.

Lo scontro fra Djinn e Leone era appena iniziato...

Scontro fra Titani

È cambiato qualcosa, ne è consapevole, ma non sa dire cosa possa essere. Il suo avversario lo attende, è davanti a lui, pronto a battersi al massimo livello. Leone e Djinn si fronteggiano per la seconda volta, occhi negli occhi, pronti entrambi ad annullarsi a vicenda pur di prevalere. Zanne e artigli sono affilati all'inverosimile, i loro spiriti forti e determinati; sarà uno scontro memorabile. L'arena è piena di gente, pronta ad assistere al duello, ma ne Djinn né il Leone vi fan caso.

É una faccenda che riguarda solo loro due.

Un fazzoletto viene lanciato da uno dei palchi, non appena toccherà terra lo scontro potrà avere inizio. Djinn e Leone attendono concentrati che la seta tocchi il suolo, rapidi attimi divengono apparenti eternità.

Il fazzoletto tocca terra e finalmente si scatena la battaglia.

Vi è silenzio tutt'intorno, rotto solo da movimenti d'aria e fruscii.

Gli spettatori sui palchi trattengono il respiro, nessuno di loro sembra voglia distrarre i contendenti, neppure col più piccolo suono. Solo il rumore dell'aria, spostata dalle spade, fa da cornice sonora all'evento. I contendenti sono veloci oltre ogni dire, ognuno di loro schiva e affonda fendenti che l'avversario scansa a sua volta.

Uno degli spettatori si lascia sfuggire un colpo di tosse, solo allora spadone e scimitarra si toccano. L'urto fra le lame è così potente da creare una scintilla, ma è solo l'inizio. Scimitarra e spadone guizzano alla velocità di pennelli in mano ai due cavalieri, i loro colpi sono pennellate su tela eseguite a regola d'arte. É una danza di spade eseguita alla perfezione fra due maestri esperti, non vi è divario fra di essi.

Leòn Felìne, cavaliere gentile del Leone, impugna lo spadone a una sola mano, con una tale maestria da lasciare di stucco i migliori guerrieri Saraceni presenti al duello. Di contro, Saladin maneggia la grossa scimitarra con fare esperto, pronto a sfruttare ogni possibile varco.

I corpi dei contendenti si muovono all'unisono, il loro respiro è cadenzato al ritmo degli affondi. Spade e scudi cozzano, si spingono l'un l'altro per poi separarsi e tornare nuovamente a farsi sotto. É una spirale di colpi quasi infinita, l'esito stesso dello scontro appare incerto fin da subito.

Su uno dei due palchi posti sopra la navata, il Principe Abdul al Rashid ha un fremito.

Una goccia di sudore freddo scende dalla sua fronte.

Il Califfo, che aveva immaginato uno scontro dall'esito facile per il suo campione, è costretto a doversi ricredere. La leggenda della bravura di Saladin è nota in tutto il Regno, nessun avversario è mai riuscito a sopravvivergli, chi è costui che riesce a impegnarlo alla pari? Accanto a l'Califfo Rebecca di Sion, moglie di Leòn Felìne e attuale oggetto della contesa, ha un sussulto. La donna segue con viva preoccupazione lo scontro di suo marito, assistita dalla fidata Ester, figlia di uno dei maggiorenti ebrei di Gerusalemme; anche costei ha subito il medesimo destino di Rebecca. Tenuta in ostaggio dal principe Rashid, anch'ella spera nella salvezza.

Dall'altra parte, David di Sion, fratello di Rebecca e cavaliere del Corvo, alterna preoccupato gli occhi fra navata e palco. La mano del cavaliere tortura l'elsa della propria spada, mentre la sua mente valuta la distanza fra i due palchi. David vorrebbe poter saltare verso l'altro palco, al solo fine di affondare la sua lama nel petto di Rashid, causa di ogni suo male.

Dal canto suo anche l'Emiro Fajalan, seduto a fianco di David, vorrebbe poter fare altrettanto. A differenza del fratello di Rebecca, le ragioni di Fajalan non sono di carattere personale, quanto politico. Il Principe Abdul al Rashid è l'unico ostacolo che si frappone fra Fajalan e il potere su Gerusalemme. Per l'Emiro, lo scontro di Leòn con Saladin non è che un semplice mezzo per l'ottenimento dei propri scopi.

***

Per nulla interessati alle macchinazioni perpetrate nei confronti dei contendenti, nella navata le persone sopra i palchi seguono concentrate il duello tra il Leone e il Djinn, che continuano a fronteggiarsi abilmente.

Non vi è pensiero razionale in loro, solo istinto.

I due spiriti guerrieri si scambiano colpi su colpi, avvinghiati in una lotta mortale.

***

Leòn e Saladin approfittarono di un momento di distanza fra loro per tirare il fiato. Entrambi avevano perso gli scudi e combattevano con la sola spada. Le loro armature, inizialmente lucide, erano al momento piene di polvere e sangue rappreso.

Si erano battuti per circa un'ora senza risparmiarsi.

A fasi alterne si erano feriti a vicenda, seppur a livello di semplici graffi, senza che nessuno dei due avesse preso punti vitali dell'avversario. Le loro fronti erano madide di sudore, il loro petto si alzava e abbassava velocemente. Avevano entrambi la gola secca e sentivano il cuore battere all'impazzata, ma nessuno dei due era intenzionato a chiedere una pausa. Leòn vide appannarsi la sua vista, una goccia di sudore gli scese sull'occhio, costringendolo a togliersi l'elmo.

L'avversario lo attaccò.

Tuttavia, Saladin, era anch'egli provato dal combattimento.

Il fendente dell'arabo risultò debole.

Leòn lo parò prontamente usando l'elmo, Saladin si sbilanciò perdendo l'arma.

La scimitarra ruotò in aria, cadendo a pochi metri di distanza.

Sarebbe bastato a Leòn un affondo verso Saladin, ormai disarmato, ma il giovane non ebbe abbastanza energia. Seppur a malincuore, il paladino dovette rifiatare, permettendo al suo avversario, di recuperare la propria scimitarra.

Sul palco di Rashid, il Califfo iniziò a temere di poter essere sconfitto. Non poteva permetterlo. Non era abituato a perdere, al contrario avrebbe usato ogni mezzo per prevalere, lecito o illecito che fosse.

Si rivolse a due delle sue guardie presenti sul palco, facendo loro un cenno convenuto preventivamente. Entrambi gli armigeri sfoderarono le sciabole, puntandole alle gole di Ester e Rebecca. Fu un gesto plateale, eseguito col chiaro intento di ricattare il cavaliere del Leone, impegnato a combattere nella navata.

Sul palco di fronte, David e Fajalan sguainarono le proprie spade, pronti a tentare il tutto per tutto.

Il Leone ruggì nei confronti dello sleale Djinn.

Leòn vide la lama della sciabola puntata alla gola della moglie e imprecò.

Saladin capì e attaccò nuovamente il cavaliere, con la chiara intenzione di approfittare della situazione.

La scimitarra dell'arabo colpì il polso del gentile dal lato piatto, facendogli cadere lo spadone. Nello stesso colpo Saladin, tornò indietro con la scimitarra, ferendo con il lato di taglio il cavaliere del Leone alla gamba.

Leòn cadde in ginocchio.

Sul palco di Rashid, Rebecca avvertì la lama della guardia puntata alla sua gola.

É la fine!

La donna vide il volto compiaciuto dell'Califfo mutarsi in un sorriso e in quel momento desiderò soltanto che qualcuno la aiutasse.

E sia, lo farò, ma voglio qualcosa da te in cambio...

Due coltelli, lanciati da David e Fajalan dal palco di fronte, si abbatterono fulminei sulle guardie, freddandole all'istante. Rebecca ed Ester provarono a fuggire, ma il Califfo bloccò la loro fuga ponendosi davanti la scala.

Nella navata sotto il palco, Saladin si pregustò la vittoria.

Avrebbe trafitto Leòn alla scapola da sopra, scendendo con la lama dritto verso il cuore. L'arabo alzò la scimitarra per colpire.

Fu in quel momento che il Djinn udì distintamente un secondo ruggito.

Un pugno poderoso, sferrato dal Cavaliere del Leone, lo prese da sotto il mento facendolo finire a terra privo di sensi.

Il Djinn rimase basito, non era possibile una cosa del genere!
Aveva avvertito qualcosa di strano, la zampata del Leone era stata troppo potente, quasi fosse stato aiutato. Il demone avrebbe voluto protestare, ma purtroppo per lui dovette battere in ritirata.
Il Leone attese che il Djinn fosse andato via, quindi, rizzò il pelo, preparandosi ad affrontare il nuovo arrivato.
Lo spirito dell'altro felino uscì dall'ombra. Aveva zampe poderose, il corpo striato ed era grosso esattamente come lui:
  - Dobbiamo affrontarci? - chiese il Leone, pronto a combattere seppur stanco.
  - Non qui e non ancora, - rispose lo spirito della Tigre prima di tornare nell'ombra. - Ma non temere, un giorno accadrà!

Leòn osservò il corpo di Saladin privo di sensi, avrebbe volentieri posto fine alla sua vita se in quel momento non vi fossero state altre priorità.
Su uno dei palchi, Abdul al Rashid teneva ancora in ostaggio sua moglie.
Leòn recuperò il suo spadone, quindi si diresse verso la scala. Nel frattempo, anche David era sceso dall'altro palco con la spada in pugno, andando nella medesima direzione.
Presto vi sarebbe stata la resa dei conti.

Vittoria a caro prezzo

Leòn si mosse lentamente, un passo dopo l'altro.

Impugnava lo spadone a due mani, tenendolo dritto al petto.

David di Sion lo raggiunse al suo fianco, pronto a dargli man forte.

Erano alla resa dei conti.

Il Califfo Abdul al Rashid avrebbe pagato una volta per tutte ogni sua malefatta.

Lo avevano circondato e lui ne era consapevole.

Ogni accesso della basilica era stato precedentemente sbarrato, Rashid volse lo sguardo verso l'altro palco, vedendo Fajalan, suo avversario politico, voltarsi per dirigersi fuori. Intenzionato a non sporcarsi le mani, l'Emiro avrebbe lasciato i due infedeli a fare per lui il lavoro sporco.

Senza il suo campione Saladin a difenderlo, sconfitto da Leòn nella precedente sfida, Rashid era rimasto da solo.

Aveva comunque un asso nella manica.

Rebecca di Sion, sorella di David e moglie di Leòn, si trovava ancora sul palco insieme a lui e a Ester. Costei era un'altra ragazza ebrea, figlia di uno dei maggiorenti di Gerusalemme, da lui presa come concubina. Rashid sguainò la sciabola, bloccando la via di fuga alle due donne. Dalla navata, Leòn e David si avvicinarono ancora di più alla scala che conduceva al palco.

Rashid prese una decisione.

Avrebbe preso Rebecca come ostaggio, usandola come lasciapassare. La sorella di David portava in grembo il figlio di Leòn. Quest'ultimo non si sarebbe arrischiato di attaccarlo, per paura di far male ad entrambi. Il Califfo si diresse verso Rebecca, Ester provò a contrapporsi, facendo da scudo all'altra.

Rashid sgozzò la ragazza con un veloce colpo di sciabola. L'unico rimpianto dell'Califfo fu di non essersi potuta godere abbastanza Ester come concubina, ma in fondo lei non era mai stata la sua prediletta.

Al contrario, Rebecca era l'unico frutto proibito che Rashid avesse mai voluto possedere. Aveva provato a corteggiarla cinque anni prima, ma lei aveva rifiutato le sue avances.

A quel punto, il Principe aveva mandato i suoi sgherri a prenderla direttamente a casa sua. Giunti di soppiatto nell'abitazione, gli uomini del Califfo massacrarono la famiglia di Rebecca. Purtroppo, prima di rapire la donna, essi furono fatti fuori da suo fratello David. Egli e la sorella fuggirono da Gerusalemme, Rashid dovette usare tutta la sua rete di spie per ritrovarli. Li scovò in territorio Franco, incaricando successivamente Saladin di rapire Rebecca.

Il suo campione riuscì nella missione.

Purtroppo per il Califfo, Rebecca nel frattempo si era sposata con un Gentile ed era rimasta incinta. Rashid prese per i capelli la donna, posizionando la sciabola in direzione del pancione. Al solo pensiero di aver dovuto barattare con Bisanzio territori conquistati in guerra per una tale ingrata, il Califfo si sentì un'idiota.

Era stato buono con lei, non l'aveva sfiorata neanche con un dito durante la sua gravidanza.

Aveva preso in ostaggio Ester come concubina per ovviare alle sue esigenze fisiche. Quanto a Rebecca, Rashid avrebbe atteso la nascita del bambino, vendendolo successivamente e rinchiudendo la madre nel suo harem.

Invece tutto era andato a catafascio e adesso si ritrovava a essere circondato.

Il Califfo scese le scale, tenendo la sposa incinta del paladino davanti a sé come scudo.

I due scesero fino alla navata, dove ad attenderli vi erano David e Leòn, il quale ordinò in tono perentorio:
- Lasciala andare!
- Altrimenti, - ribatté Rashid, in tono di sfida. - Che vuoi fare? Ho io il coltello dalla parte del manico!

David e Leòn indietreggiarono, consentendo al principe arabo di mettere un paio di metri fra loro.

Il Califfo si voltò in direzione di Saladin, ma si accorse che il suo uomo era scomparso.

Anche lui aveva preferito darsi alla fuga, lasciandolo da solo.

Maledetto mercenario!

Rashid valutò la situazione: non sarebbe riuscito a farsi scudo in eterno con Rebecca, doveva liberarsi di lei per avere una speranza di fuga.

- Mi spiace... - disse ironico alla giovane, prima d'infilzarla con la sciabola e fuggire.

Una macchia di sangue si propagò dal tronco della donna, la quale cadde in avanti verso David, che fu lesto a prenderla.

Il Califfo tentò di scappare, ma fece solo un paio di passi prima di essere colpito alla gamba da un coltello, lanciatogli contro da Leòn. Il Principe cadde a terra, azzoppato dalla misericordia del gentile. Era essa il coltello con il quale ogni cavaliere concedeva al proprio avversario sconfitto, una morte onorevole in battaglia.

Solo che Rashid quel giorno non avrebbe ottenuto misericordia da nessuno.

Arrivatogli a un metro, Leon colpì l'uomo con uno spaventoso fendente, tirato dal basso verso l'alto. La lama dello spadone colpì il Califfo fra collo e mandibola, asportandone la faccia come fosse stata fatta di burro.

Solo allora Leòn raggiunse David e sua moglie.

Come fosse stato un sogno, Rebecca si trovò a guardare dall'esterno il proprio corpo. Accanto a lei, David e Leòn stavano cercando in tutti i modi di rianimarla.

- Sono forse morta?

- Dipende solo da te... - rispose la voce dietro di lei.

L'essenza di Rebecca si voltò verso il nuovo arrivato e ne fu atterrita. Si trattava dello spirito di un grosso felino, dal pelo striato.

Rebecca rammentò di aver visto una volta un disegno di quell'animale, proveniente dai territori dell'India: il suo nome pareva fosse... tigre.

- Sei in grado di aiutarmi?

- L'ho già fatto, - rispose serafica la tigre. - Non rammenti?

Rebecca ricordò di quando, minacciata alla gola dalla sciabola di una delle guardie di Rashid, avesse udito la voce del felino. Subito dopo, la guardia che la minacciava era stata uccisa da un fortunato colpo di coltello, lanciato da David dall'altro palco.

    - Dunque, - domandò la donna a quel punto. - Sei venuta a richiedere il tuo pagamento?

    - Credimi, - rispose lo spirito del felino. - Vorrei ci fosse un altro modo, ma posso scegliere di salvare uno solo di voi due...

Rebecca avvertì tutto attorno a lei farsi buio e silenzioso, d'un tratto sentì due battiti di cuore in sottofondo.

Suo figlio!

Era il battito del suo bambino quello che riusciva a udire.

Rebecca prese la sua decisione immediatamente:

    - Salvalo, - gridò la donna, implorando il felino. - Salva mio figlio, ti prego!

    - Lo farò, - rispose la Tigre. - A patto che, a venti anni da oggi, egli si consacri a me in una terra lontana...

    - Sta bene, - s'affrettò Rebecca, in lacrime. - Ti chiedo solo una condizione: che tu protegga sia lui che suo padre Leòn...

    - Tuo marito ha già chi veglia su di lui, - rispose lo spirito. - Ma non temere: mi prenderò cura di tuo figlio, che crescerà forte e sano.

Rebecca vide la Tigre balzare verso il suo pancione, per rimpicciolirsi e scomparire al suo interno. Avvenne in un attimo, poi tutto divenne luce ed ella si lasciò trascinare in una nuova beatitudine.

    - Non c'è più nulla da fare, - sospirò David. - È morta ormai...

Avevano fatto di tutto per poterla salvare, ma alla fine la vita aveva abbandonato il suo corpo.

Il Cavaliere del Leone cadde in ginocchio, sopraffatto dal dolore.

Rabbiosamente, Leòn batté i pugni a terra con una forza tale da scheggiarne le mattonelle:

    - Tutti questi pericoli passati, - si disperò Leòn, sempre più affranto a ogni sillaba. - Tutto per niente!

David avrebbe voluto poter dire qualcosa per consolare l'amico, ma egli stesso era troppo sopraffatto per la morte della sorella non potendogli dare nessun conforto.

Non restava altro che chiuderle gli occhi.

David carezzò un ultima volta il viso di Rebecca, persino nella morte, ella era rimasta bella.

Con estrema delicatezza, l'uomo chiuse gli occhi di sua sorella, infine appoggiò la fronte sul suo petto pregando per la sua anima.

Fu allora che lo udì.

Era piccolo, ma era il battito di un cuore. David avvicinò il suo orecchio al pancione. Sentì il cuoricino battere più forte. Capì di dover fare in fretta, prima che quel cuore smettesse di battere. Presa la propria misericordia, David pregò Dio di non far morire suo nipote, quindi tagliò il pancione.

Leòn piangeva ancora lacrime amare, continuando a colpire a pugni il pavimento.

Quando udì il vagito, improvvisamente si voltò verso David.

Suo cognato teneva in mano un neonato.

Mio figlio!

Ancora nell'aria, il cuore gonfio di mille sentimenti contrastanti, il paladino si diresse verso David. Il neonato era ancora coperto di sangue, era piccolo in quanto nato prematuro. Eppure il suo vagito era potente! Segno che, con forza, intendeva aggrapparsi alla vita!

Leòn prese in braccio quel corpicino, che nel frattempo suo cognato aveva provveduto a staccare dal cordone ombelicale, ripulendolo del sangue che aveva ancora indosso, coprendolo con un pezzo del vestito della sorella.

Fu allora che notò la voglia di zampa di felino sul petto: la stessa che aveva anche lui!

Lo spirito del Leone, osservò la voglia sul corpicino e capì cosa avesse voluto dire la Tigre.

In attesa del loro futuro scontro, il felino si acquattò nell'ombra, pronto a future battaglie.

Ringraziamenti

In teoria, scrivere i ringraziamenti dovrebbe essere la parte meno impegnativa per uno scrittore, ma per quanto mi riguarda, ho sempre trovato questo compito molto impegnativo e gravoso, questo perché non è semplice per me rammentare le tante persone che mi hanno aiutato nella realizzazione di quest'opera. Sissignore, forse penserete che la genesi di un romanzo sia solo frutto della geniale mente dell'autore, in realtà non è veramente così: ogni persona che scrive è influenzata da chiunque gli stia attorno; persino un singolo episodio, apparentemente scollegato, può innescare nello scrittore quel guizzo creativo che egli traduce su carta, scrivendo.

Di conseguenza, cercherò di elencare tutte le persone che, direttamente o indirettamente, hanno fatto in modo che quest'opera vedesse finalmente la luce. Spero vivamente di non dimenticare nessuno e chiedo scusa in anticipo se qualcuno si sentirà escluso.

Come ringraziamento iniziale, mi sembra doveroso incominciare dalla casa editrice Eclypsed Word Publishing , nelle figure di Fabrizio Monticelli, il quale fu il primo che conobbi e che, con estrema trasparenza e chiarezza, mi illustrò dettagliatamente la procedura di pubblicazione e che è stato il mio primo riferimento con la casa editrice. Come seconda persona da ringraziare, ma di certo non meno importante, vi è sicuramente Emanuele Zivillica, nella sua qualità di editor, con il quale sono riuscito da subito a instaurare una buona collaborazione e che mi ha saputo ben seguire in corso d'opera.
Segue a tali ringraziamenti, per conto della casa editrice Eclypsed Word Publishing, Davide Romanini, per il suo splendido lavoro sulla copertina.

Una menzione speciale a parte va al mio amico Gianluca Tripodo, il quale si è prestato e cimentato in un primo lavoro di editing e correzione e a cui non è andata tanto giù la morte di un personaggio femminile a cui si era molto affezionato, tanto da volersi quasi armare di spada e scendere in strada ad affrontare il malvagio assassino personalmente, pur di vendicare costei!

Una menzione a parte va invece alle persone che, pur appartenendo ad altre case editrici, hanno comunque dato un loro contributo allo sviluppo dell'opera, in particolar modo ringrazio: Stella Fabbrini, Ada Prisco e Giusy Esposito Palmieri per il loro aiuto, nonché a coloro che vi hanno contribuito indirettamente, facendomi interrompere i rapporti con la precedente casa editrice, ovvero Deborah Raimondi e Giuseppe Aleci, ai quali faccio comunque i miei migliori auguri.

Allo stesso modo ringrazio la mia ex moglie, Mariagrazia Aliquò, per essere stata una delle mie prime correttrici di bozza, facendomi notare alcune parti da modificare.

Un sentito ringraziamento va da parte mia anche alle persone che, con la loro vicinanza, sono riuscite a ispirarmi, fin dai primi tempi della genesi dell'opera, quando ancora avevo scritto tre racconti sparsi e non collegati, come Santina Arena, a cui ho voluto molto bene e con la quale mi sono purtroppo perso di vista, ma che comunque ringrazio. Idem per Giampiero Neri, con il quale era nata l'idea di trasporre l'opera in una serie di fumetti, poi non andata a buon fine.

Un ringraziamento a parte va a Rossella Rosetta Guglielmetti, Maurizio Paparazzo, Federica Sartori, William Manera e Fabrizio Fiore, coi quali ho collaborato in passato per la cinematografia e che mi sono stati d'ispirazione per un'altra opera, per il momento inedita.

Per quanto riguarda i ringraziamenti ad altri artisti, ringrazio sicuramente tutta la cerchia del gruppo Asas di Messina, nella figura di Flavia Vizzari, Pierpaolo La Spina e Alba Terranova, oltre naturalmente a Renato di Pane e sua moglie Ruslana, a cui auguro ogni successo.

Fra le persone da ringraziare, non collegate al settore editoriale o artistico, non posso di certo dimenticare Fabrizio Faraci e Mimma De Grazia, Davide Currò, Antonio De Luca, Gaetano Costa, Filippo Vita, Claudio Ramorino e Mariella Mondo, Gaetano Scoglio, Paolo Bertuccelli, Giuseppe Sturniolo e Ilaria Uras, nonché i ragazzi delle Associazioni Energia Messinese e Cuore di Drago per essermi stati accanto nei momenti più importanti.

Allo stesso modo ringrazio la mia famiglia di zii e cugini, in particolar modo: i miei zii Vincenzo Alastra e Giuseppa Scandurra, Antonino Alastra e Santa Lombardo; nonché i miei cugini: Fabio Alastra, Alessandro Alastra, Davide Alastra, Milko Alastra, Mariagrazia Alastra e famiglie.

Un ringraziamento particolare va anche a Cinzia Ragusa e Antonino De Luca, a Mariangela e Valentina Tricomi, a Natale Famà, a Benedetto Boemi e Katia La Rocca, ad Arianna Trapani, Francesco La Cava e a Francesco Profilio, per avermi sostenuto nei vari momenti della vita.

Un ultimo e sentito ringraziamento va ad Anna Riso, per essermi stata vicina e a cui auguro ogni bene persino adesso che ci siamo un po' persi, quindi ai miei amici salseri, tra cui: Ivan Pruiti, Alessandra Forbetti, Patrizia Alessandro, i Salseri dello Stretto, Patrizia e Sabrina Maimone, Rosy Costa Nocita e tutti i ragazzi e ragazze della salsa, che non posso elencare tutti perché sono tantissimi!

Spero davvero di non aver dimenticato nessuno, nel caso me ne scuso, ad ogni modo vedrò di farmi perdonare, ringraziandovi nelle altre opere! In ogni caso, da parte mia, il mio più profondo e sentito

GRAZIE A TUTTI VOI CHE ESISTETE!

Pietro Rando

INDICE